Tabitha Lasley
Seegang

Tabitha Lasley

Seegang

Aus dem Englischen
von Tanja Handels

Luchterhand

Für Mum, in Liebe und Dankbarkeit

Alle Journalisten, sofern sie nicht zu blöd oder zu sehr von sich überzeugt sind, um es zu merken, wissen, dass ihr Tun im Grunde moralisch unhaltbar ist.

Janet Malcolm, *The Journalist and the Murderer*

Seufzt nicht so, Mädchen, seufzt nicht schwer,
Treulos warn Männer immer,
Ein Bein an Land, eins auf dem Meer,
beständig sind sie nimmer.

William Shakespeare, *Viel Lärm um nichts*

Das vorliegende Buch basiert auf einer Reihe von Interviews, die über ein halbes Jahr hinweg geführt wurden. Alle Namen, Einsatzorte und weiteren unverkennbaren Eigenschaften wurden geändert, um die Privatsphäre der Gesprächspartner zu wahren. Manche der Interviews setzen sich aus mehreren Einzelgesprächen zusammen, die zugunsten der erzählerischen Klarheit und aus Gründen der zusätzlichen Anonymisierung Einzelner verdichtet wurden. Jegliche Ähnlichkeit mit lebenden oder toten Personen ist rein zufällig und nicht beabsichtigt.

INHALTSVERZEICHNIS

Wir hatten mal eine Frau bei uns auf der Plattform. Die war erst neunzehn. An einem Abend hat sie im Aufenthaltsraum Billard gespielt. In Hotpants. Das sprach sich schnell rum, und im Aufenthaltsraum wurde es voll. Und voller. Und voller. Irgendwann hatte man das Gefühl, sämtliche Kerle von der ganzen Plattform sind da drin, hocken rum und sehen ihr beim Billardspielen zu. Sie wurde nicht abgemahnt, sie hatte ja nichts falsch gemacht, aber ihr Vorgesetzter hat Ärger gekriegt. Es hieß: »Das hätten Sie ihr sagen müssen, Sie hätten ihr erklären müssen, dass sie so was hier nicht machen kann. Es war Ihr Job, ihr das zu sagen, und den haben Sie nicht gemacht.« Die Frau ist danach nie wieder aufgetaucht. Es war ihr erster Offshore-Einsatz. Und ihr letzter.

1

T BLOCK

»Und wo ist zu Hause?«

Während ich ihn das fragte, schaute ich auf seinen Mund. Einen Akzent wie seinen hatte ich noch nie gehört. Ein bisschen erinnerte er mich an meinen eigenen (das kehlige »k«, typisch für Liverpool, eine ähnliche Dehnung der Vokale), aber seiner wies dazu noch die für den Nordosten typischen Melismen auf, die ein Wort wie »*module*« zu »*mod-ju-al*« machten und das Wort »*sure*« wie »*Schauer*« klingen ließen.

Seine Lippen waren schmal, schafften es aber, voll zu wirken. Sie sahen weich aus und formbar. Zwei tiefe Kerben rahmten seinen Mund wie zwei Klammern, sie zogen sich auf beiden Seiten von der Nase bis zum Kinn, und wenn er lächelte, waren sie weg. Ich musste mir verkneifen, den Finger in eine davon zu legen und nach oben zu drücken, um sie verschwinden zu sehen. Als er die Lippen öffnete und zu einer Antwort ansetzte, sah ich den schmalen Spalt zwischen seinen Schneidezähnen.

»In Stockton«, sagte er.

*

An der Straße, wo meine Mutter wohnt, gibt es eine unfallträchtige Stelle, an der manchmal Menschen zu Tode kommen. Sie heißt allgemein nur »die Kurve«. Es ist eine relativ ländliche Gegend. Moderne Wohnblocks mit Grünflächen dazwischen. Fast schon wie auf dem Dorf. Ausweichbuchten, Feldwege, versteckte Einfahrten. Die Straßen sind breit, mit einem sanften Neigungswinkel, der regelrecht zum Rasen auffordert. Eines Abends kamen wir auf dem Heimweg vom Kinetic durch die Kurve und bauten einen Unfall. Es war November, und es regnete. Mein Freund hatte damals einen klapprigen alten Kombi mit abgefahrenem Profil, und weil er die Kurve zu schnell nahm, verloren die Reifen den Kontakt mit der Fahrbahn. Der Wagen schlitterte über den Asphalt wie eine Kufe übers Eis, kugelte durch ein Metalltor, einen Zaun, eine von Stacheldraht gesäumte Hecke. Ich sah, wie die Hecke auf uns zuraste, von den Scheinwerfern grell erleuchtet, und war mir sicher, diesmal würde ich sterben.

Wir hatten davor schon zwei Unfälle gehabt, und in diesen wirbelnden, dehnbaren Sekunden war mir sehr klar, dass die Wahrscheinlichkeit gegen mich sprach. Später erzählten mir die Jungs, die auf der Rückbank saßen, sie hätten mich tatsächlich für tot gehalten. Sie hatten gesehen, wie ich mit dem Kopf, auf dem ein blauer Fischerhut von FILA saß, drei Mal gegen das Autodach knallte und wie mir dann das Kinn auf die Brust sank, wie mein Hals unheilvoll schlackerte. Aber als der Wagen schließlich im Graben landete und mein Freund seine Fahrgäste anblaffte, sie sollten gefälligst machen, dass sie rauskämen, unter der Kühlerhaube qualme bereits der Motor, richtete ich mich wieder auf und schloss den Mund. Zwischen den Backenzähnen spürte ich etwas wie Grieß. Ganz fein zermahlenes Glas.

Ich versuchte, die Tür aufzukriegen, aber beim Überschlagen hatte sich der Stacheldraht um den Wagen gewickelt wie Schnur um eine Spindel. Während ich an der Tür rüttelte, machte sich Panik in mir breit, und dann sah ich auch noch, dass ich allein war.

Als ich es schließlich geschafft hatte, mich durch die Fahrertür nach draußen zu zwängen, war mein Freund schon fast wieder oben an der Kurve. Der Wagen sah nicht mehr aus wie ein Wagen, sondern wie ein Kürbis. Das Dach eingedrückt, das Chassis ringsum nach oben gewölbt. Weder in den Seitenfenstern noch vorn war Glas zurückgeblieben. Das Stahlgehäuse war unter dem Aufprall einfach zusammengesackt. Zu geschockt zum Losheulen starrte ich es an. Wie konnte es sein, dass wir alle fünf unbeschadet davongekommen waren? Göttliches Einwirken. Anders war das nicht zu erklären.

Aber wir waren nicht unbeschadet. Die Essenz des Unfalls blieb an mir kleben. Noch lange danach sah ich jedes Mal, wenn ich die Augen schloss, alles wieder vor mir: die ruckelnden Scheinwerfer, die Hecke als hellen Fleck, der viel zu schnell näher kam. Das alles lauerte dicht unter der Oberfläche, und manchmal, wenn ich selbst fuhr, sah ich es vor mir aufsteigen. Der Wagen entglitt meiner Kontrolle. Das nutzlose Kreischen der Bremsen. Wegspritzender Schotter, Gras, Vögel, Himmel, Erde. Schwärze. Ein Knirschen, mit dem alles ein Ende fand. Knochen auf Beton, Blut, das langsam eine Lache bildete.

Unfälle passieren, wenn mehrere auslösende Faktoren zusammenkommen. Wenn mehrere Koordinaten sich unglücklich kreuzen. Schlechtes Wetter. Kurvenreiche Straße.

Junger Fahrer. Altes Auto. Auch die Musik machte es nicht besser: so laut und drängend, dass er das Gaspedal richtig durchtrat. Es war eine alte House-Nummer (schon damals alt, und das ist zwanzig Jahre her), aber die Zeilen klangen wie ein Kinderreim oder ein Nachtgebet.

When I go to bed at night,
I think of you with all my might.
I love you. Fool.
Remember? Relate.

In mancher Hinsicht war er der Freund, von dem ich am meisten gelernt habe. Er war zwei Jahre älter als ich, zu einer Zeit, als das noch etwas ausmachte. Er brachte mir vieles bei. Sein Evangelium kündete von einer freien und entsagungsvollen Welt, von der ich kaum etwas wusste, und doch prägten seine Lektionen sich mir für immer ein. Manche gab ich an andere weiter. Er brachte mir bei, Turnschuhe so zu schnüren, dass man die Bändel nicht sah. Outdoor-Jacken in der Taille enger zu ziehen, damit sie mädchenhafter wirkten. Er brachte mir bei – bis heute habe ich keine Ahnung, woher er das wusste –, beim Orgasmus die Fußsohlen aneinanderzulegen, um den Genuss zu steigern. Er lehrte mich alles über Hardcore-Techno, bevor Happy Hardcore daraus wurde, über den Breakbeat, der früher dazugehörte, und das dräuende Gefühl von Verhängnis.

Er versuchte auch, mit überschaubarem Erfolg, mir beizubringen, wie man sich prügelt, jemandem eine verpasst. Er erklärte mir, jeder Junge müsse sich damit abfinden, mindestens einmal im Leben zusammengeschlagen zu werden.

Viele solcher Schläge hatte er selbst verabreicht, aber einmal hatte er auch welche eingesteckt, als ein Trupp wildfremder Jungs ihn packte und auf den Schultern durch den Bahnhof trug wie eine siegreiche Fußballmannschaft ihren Kapitän rund um das Spielfeld. Drinnen angekommen, warfen sie ihn auf den Bahnsteig, stampften ihm auf den Brustkorb und traten ihm gegen den Kopf. Es war ein Überfall ohne jeden Anlass, ein Stammeszorn, der sich urplötzlich entlud, und er akzeptierte ihn ohne Scham, suchte weder nach Gründen noch nach Vergeltung. Er kannte die Gründe ja. Das Universum hatte ihm die Rechnung präsentiert. Seine Steuer aufs Mannsein war fällig.

I love you. Fool.

Er wuchs zu einem der seltenen Männer heran, die an körperlichen Auseinandersetzungen richtig Spaß haben. Für ihn war jede Aussicht auf eine Schlägerei so, als hätte er einen Zehner auf der Straße gefunden. Keine Sensation, aber doch ein kleiner Glücksfall, der sich auf den weiteren Verlauf des Tages auswirkte und ihm einen Aufwärtsdrall verlieh.

Einmal, morgens, etwa einen Monat nach dem Unfall, schickte ich ihn Rizla-Blättchen und Um-Bongo-Saft besorgen. Zwanzig Minuten später war er wieder da, rot im Gesicht und aufgekratzt, als käme er gerade vom Laufen zurück. Sein weißer Ellesse-Trainingsanzug war blutgetränkt. »Was hast du denn gemacht?«, rief ich, als hätte ich noch groß fragen müssen. Es sei nicht sein Blut, erklärte er, es stamme von jemand anderem. Er hatte grundsätzlich mehrere unterschiedliche Fehden laufen, und eben hatte er einen Typen entdeckt, mit dem er im Clinch lag und der neben dem Weihnachtsstand des Rotary-Clubs herumlungerte. Mein Freund hatte sich eine Flasche aus dem Mülleimer gegriffen, sich angeschlichen und dem Typen die Flasche über den Kopf gezogen. »Der Hammer«, erzählte er. »*Alle* haben's gesehen. Und der Weihnachtsmann hatte den besten Platz!« Er landete schließlich in Altcourse, im Knast, wo er aufblühte wie ein in heimischen Boden zurückverpflanzter Lorbeerbusch.

Remember? Relate.

Und meine Haftstrafe? Die war länger. Ich erinnerte mich tatsächlich, jeden Tag. Ich war davon überzeugt, dass mein stummes Gebet (ein wortloses Flehen um Gnade, geäußert in den tiefsten Schichten meines Hirns) uns gerettet hatte. Lange Zeit weigerte ich mich, selbst fahren zu lernen. Ich stieg schrecklich ungern zu anderen ins Auto, sogar zu meiner Mutter, die überall mit gemächlichen 45 Stundenkilometern hinzuckelte. In der Nacht damals erfuhr ich, dass Angst das wirkmächtigste Elixier überhaupt ist. Was für synthetische Stoffe einem auch durch die Adern fließen, was für Chemikalien das limbische System unter Kontrolle haben, von der Angst werden sie neutralisiert. Ich war high, als ich damals in den Wagen stieg, und stocknüchtern, als ich herauskletterte. Und den Moment des fließenden Übergangs, das beängstigende Tempo, mit dem die Umstände sich ändern können, habe ich nie vergessen. Im einen Augenblick hat man noch vier Räder fest auf dem Asphalt. Im nächsten schlägt man Räder durch die Luft.

*

In meinem Kopf hieß dieser Ort mit seinen unfallträchtigen Stellen und nicht einsehbaren Kurven, den schmalen Straßen und desaströsen Karambolagen immer noch Zuhause, obwohl ich schon seit Jahren nicht mehr dort lebte. Beim Einschlafen sah ich ihn vor dem inneren Auge, die Fußwege und Felder, die Straßenzüge aus buttergelben Klinkerhäuschen, die Vorstadtgässchen voller Birkenfeigen und feuchtem Holz. Die Bilder kamen ungebeten, wie früher das Testbild im Fernsehen. Ich ließ mich von ihnen trösten, von ihrem Stillstand, ihrem ausdruckslosen, unveränderlichen Wesen. Mein aktuelles Zuhause hatte ich kürzlich verloren. Oder nein. Nicht verloren. Das klingt zu ungewollt, als hätte die Bank es zurückgefordert, weil ich mit den Hypothekenzahlungen im Rückstand war. Ich hatte mein Zuhause kürzlich verlassen und mich seines gesamten Inhalts entledigt.

Ein paar Wochen nach Weihnachten war jemand in die Wohnung eingebrochen, in der ich mit meinem Freund lebte, und hatte mein Notebook gestohlen. Er (dass es ein Mann war, leite ich aus dem Fußabdruck ab, den er auf dem Paneel der Tür hinterlassen hatte; er trug Air Max Ones, so wie ich) hatte auch mein altes Notebook mitgenommen, das ich als externe Festplatte nutzte. Sonst hatte ich nirgends etwas gespeichert, und so war damit auch meine komplette Arbeit verschwunden, einschließlich des Buches, an dem ich mit Unterbrechungen seit vier Jahren schrieb.

Beim Aufschließen war mir nicht aufgefallen, dass in der Kassettentür ein Paneel fehlte. Adam war entschieden gegen jede Art Verschwendung. Es passte also überhaupt nicht zu ihm, dass überall Licht brannte, dafür passte es

21

umso mehr, dass die Wohnung aussah, als hätte – es lässt sich nicht anders formulieren – ein Einbruch stattgefunden. Die Schubladen meines Schreibtischs waren allesamt ausgekippt, der Inhalt lag auf dem Boden verstreut. Mein erster Gedanke war, er müsse wohl spät dran gewesen sein und irgendwas im Schreibtisch gesucht haben. Dann kam der zweite Gedanke, noch kaum entwickelt und bevor mir dämmerte, was wirklich passiert sein musste: dass er herumgestöbert hatte, auf der Suche nach Beweisen für eine Affäre. Er neigte zu sporadischen, aber immer sehr spezifischen Anfällen von Eifersucht und kontrollierte häufig mein Handy. Ich hatte kein Tagebuch, aber mehrere Notizbücher, und obwohl die stillschweigende Vereinbarung lautete, dass er nicht darin lesen sollte, tat er es natürlich trotzdem.

Ich ging weiter ins Schlafzimmer, und da sah ich dann, was los war. Die Matratze war vom Bett gezerrt, das Bettzeug zerwühlt, meine Unterwäsche lag als wirres Knäuel obenauf. Eine Handtasche mit einem aufgestickten Dackel, die meine Schwester mir geschenkt hatte, war ausgeleert, umgestülpt und dann beiseitegeworfen worden. Meine Schwester hatte mich schon ein paarmal gefragt, ob mir die Handtasche auch gefiel, weil sie mich nie damit sah. Ich ging zum Kleiderschrank, um nachzuschauen, ob meine teuersten Schuhe und mein einziger guter Mantel noch da waren. Air-Max-Träger hin oder her, der Dieb hatte offenbar keinen Blick für hochwertige Kleidung. Vielleicht wusste er auch einfach nichts damit anzufangen.

Ich sah mich um und dachte mir, wie kümmerlich, wie traurig unsere im Zimmer verstreuten Habseligkeiten aussahen. Das war die Summe unseres gemeinsamen Lebens, und jetzt lag sie auf dem Boden durcheinander. Die Wohnung war eins dieser opportunistischen Londoner Konstrukte, wie es sie jenseits der Hauptstadt gar nicht geben würde. Ein ehemaliges Pförtnerhäuschen, das hinten an einem Mietshaus klebte und unter seiner hochmodernen Ausstattung immer noch recht einfach wirkte. Ich ging nach draußen, nahm mir aus irgendeinem Grund noch die Zeit, die Tür abzuschließen, obwohl sie teilweise in der Küche lag, und rief Adam an.

»Geh wieder rein«, fauchte er, als er endlich ranging. »Geh wieder rein und hol mein Gras.«

»Ich will da nicht wieder rein«, sagte ich. Ich stand in der Einfahrt unseres Mietshauses und zitterte heftig. Die Gegenstände in der Wohnung, die Wohnung selbst, erschienen mir wie besudelt, was ich in dem Moment der Gestalt zuschrieb, die sich auf weichen Sohlen unbeobachtet durch die Zimmer bewegt hatte. Adam antwortete langsam, als hätte er es mit einer Person zu tun, die nur schlecht Englisch sprach.

»Gleich kommt die Polizei, und ich will nicht, dass die mein Gras finden. Kannst du also bitte wieder reingehen und es rausholen?«

»Die kommen, weil jemand eingebrochen ist«, sagte ich. »Wenn sie es finden, glauben sie sowieso, es ist seins.«

Nach zwei Tagen stellte die Polizei die Ermittlungen ein. Wir waren schließlich im Südosten von London, da hatten sie Wichtigeres zu tun, als einen gestohlenen Rechner zu suchen. Ich hoffte immer noch, dass irgendwann ein USB-Stick unter der Tür durchgeschoben würde, aber so was machten natürlich nur moralisch aufrechte Einbrecher, in Ländern wie beispielsweise Schweden. Ich sah meine Mails durch und kratzte zwölf Seiten meines Buches zusammen. Sonst war alles weg.

Eine Woche lang blieb ich noch in der Wohnung, verkroch mich im Bad und heulte. Abends ging Adam raus und patrouillierte, bewaffnet mit seinem Golfeisen, über das Gelände. Hin und wieder kam er ins Bad, um sich die Hände zu waschen oder die Zähne zu putzen, dann stieg er über mich hinweg, mit leicht verwirrter Miene, als könnte er diese Person, die da auf dem Boden seines Badezimmers heulte, nicht auf Anhieb einordnen und müsste sich erst darüber klar werden, warum sie dort war.

Ende Januar nahm ich mir eine Auszeit von der Arbeit. Ich wollte nach Norden: nach Hause, zum Geburtstag meiner Mutter, und anschließend für eine Woche nach Aberdeen. Ich wollte mit meinem Buch von vorn anfangen. Aber diesmal würde ich es richtig machen. Meine Redakteurin schaute skeptisch, als ich ihr von meinen Plänen berichtete.

»In Aberdeen ist es kalt«, sagte sie.

»Aber es ist auch nah an den Plattformen.«

»Warum willst du denn unbedingt über Ölplattformen schreiben?«

»Ich möchte wissen, wie Männer sind, wenn sie keine Frauen um sich haben.«

»Aber dich haben sie doch um sich.«

Zu Hause hatte ich ein paar Freunde, die auf Ölplattformen arbeiteten. Wenn wir abends zusammen weggingen, führten sie sich auf wie die großen Stars, warfen nur so mit Geld um sich und machten eifrig die Runde, damit auch wirklich alle etwas von ihnen hatten. Es war immer ein Ereignis, wenn sie auftauchten, weil es etwa so selten vorkam wie ein Blutmond oder eine partielle Sonnenfinsternis. Meistens waren sie unterwegs, bei der Arbeit oder in luxuriösen Winterurlauben.

Die Ölindustrie gehört zu den letzten Wirtschaftszweigen in diesem Land, die einfachen Arbeitern Karrieremöglichkeiten bieten, abgesehen vom Sport ist sie eine der wenigen Branchen, die Männern aus der Working-Class offenstehen und trotzdem gut zahlen. Die Ölarbeiter, die ich kannte, waren stets bemüht, dieses Ungleichgewicht aus der Welt zu schaffen, indem sie ihren Lohn, sobald er ihnen ausgezahlt wurde, umgehend verpulverten. Sie kauften sich dicke Autos auf Kredit, teure Kleidung, gute Schuhe, starkes Koks. Sie rannten ins Fitnessstudio, stemmten Gewichte und ließen sich ein Tattoo nach dem anderen stechen (diese kulturelle Praxis schien in irgendeinem Zusammenhang mit dem Beruf zu stehen, so wie sich die Bergarbeiter im Süden von Wales früher immer zum gemeinsamen Singen in der Kirche versammelten). Sie heirateten später als die meisten anderen Männer in der Provinz, und selbst ihre Ehen wirkten noch provisorisch, als könnten sie jeden Moment wieder gelöst werden. Sie waren irgendwie spannend. Genau die Sorte Mensch, die man auf einer Party sehen möchte, solange diese Party nicht im eigenen Haus stattfindet.

»Der Einbruch war ein Zeichen«, sagte ich. »Das Buch hat einfach nicht funktioniert. Da hilft nur eins: *Rip it up and start again*.«

Dabei dachte ich weniger an Adam als vielmehr an seinen besten Freund, der in dem Sommer, als wir uns kennenlernten, gerade eine kurzlebige New-Wave-Obsession gepflegt und diesen Song rauf und runter gehört hatte.

»Womöglich war er auch kein Zeichen«, sagte meine Redakteurin. »Es ist Januar, eure Wohnung ist nicht gerade schwer zugänglich, und dann hat Adam auch noch überall das Licht ausgemacht, bevor er gegangen ist.«

»Für mich ist er trotzdem eins.«

Sie legte ihre Hand auf meine.

»Ich habe mir oft gedacht, wie schwer das für dich sein muss. Zuzusehen, wie deine kleine Schwester heiratet, während deine eigene Beziehung so eine On-off-Geschichte ist …«

»Heiraten ist mir nicht wichtig.«

»Sie hat ein Haus gekauft, und du musst ständig umziehen.«

»Sie wohnt auch nicht in London.«

»Und jetzt ist sie schwanger …«

»Könnten wir vielleicht nicht mehr darüber reden, wie toll es für meine Schwester läuft?«

Ich empfand meine Redakteurin als mütterlich, obwohl sie bestimmt nicht viel älter war als ich. Vielleicht ja, weil sie rein äußerlich der gleiche Typ Frau wie meine Mutter war: eine helläugige, zierliche Brünette, der leicht einmal die Tränen kamen. Ein bisschen war sie wie die Chefredakteurinnen aus den romantischen Komödien – die, von denen immer alle sagen, sie seien so unglaubwürdig –, denn sie nahm regen Anteil an meinem Privatleben und machte sich nichts daraus, wenn ich meine Artikel zu spät abgab. Jetzt sah sie aus, als würde sie gleich losheulen, wahrscheinlich, weil es mir genauso ging. Eigentlich fand ich es schrecklich, bei der Arbeit zu heulen, auch wenn das auf zufällige Beobachter sicher anders wirkte. Sie drückte mir die Hand.

»Irgendwann triffst du einen Mann, der so hinreißend zu dir ist, dass du es gar nicht fassen kannst. So ist es mir gegangen, als ich meinen Mann kennenlernte. Und ich weiß einfach, dass es dir auch so gehen wird.«

*

Um einen Menschen zu verlassen, den man einmal geliebt hat, sind zwei Offenbarungen nötig. Der Moment, in dem einem klar wird, dass man die betreffende Person nicht mehr liebt. Und der Moment, in dem einem klar wird, dass man auch nicht mehr so tun kann, als ob. Der Abstand zwischen beiden variiert je nach der eigenen Begabung zum Betrügen, der eigenen Lügentoleranz. Am Tag, bevor ich nach Aberdeen aufbrechen wollte, rief Adam mich bei meiner Mutter an. Er hatte einen Scheck von der Steuerbehörde erhalten und war jetzt viertausend Pfund reicher. Ich überlegte, ob es sich lohnte zu fragen, was er mit dem Geld vorhatte, denn ich kannte die Antwort ja schon.

Unglückliche Paare wissen immer im Voraus, wie bestimmte Gespräche ablaufen werden. Er würde mir mitteilen, dass er vorhatte, das Geld – alles, bis auf den letzten Penny – für sich selbst auszugeben. Ich würde ihm in Erinnerung rufen, dass ich vor nicht einmal zwei Wochen meinen wertvollsten Besitz verloren hatte. Ich würde hinzusetzen, dass der Verlust jedes einzelnen Wortes, das man je geschrieben hat, für eine Autorin in etwa einer frühen Fehlgeburt gleichkommt. Er würde blaffen: »Ist mir schon klar.

Ich schreibe schließlich auch.« Ich würde entgegnen: »Falls man das so nennen kann.« (Es ärgerte mich nämlich, dass er sich immer als Autor bezeichnete, obwohl er eigentlich Öffentlichkeitsarbeit machte und das Krisenmanagement für einen Energiekonzern verantwortete.) Und er würde etwas kontern wie: »Weißt du eigentlich, wie scheißlangweilig du bist?«, denn in der Sinfonie unserer Zwistigkeiten war die Kluft zwischen seinen moralischen Zugeständnissen und meiner eigenen kompromisslosen Kunst ein Thema, auf das ich immer wieder gern zurückkam.

Es stimmte sicherlich, dass ich mehr Streits vom Zaun brach als Adam, aber er war besser darin, sie zu beenden. Manchmal legte er mir einfach den Finger auf die Lippen, um mir zu zeigen, dass es Zeit war, nichts mehr zu sagen. Wenn ich dann noch Widerworte geben wollte, sagte er mit leisem Singsang in der Stimme: »Sch-sch. Sch-sch. Schnauze halten.«

»Was hast du mit dem Geld vor?«, fragte ich.

»Ich werde mir ein neues iPad kaufen und meine Kreditkartenschulden abzahlen. Und der Rest wird gespart.«

Ich setzte mich anders hin. Ich hockte auf dem Boden, und die Rippen des Heizkörpers brannten sich allmählich durch mein T-Shirt. Wir waren seit fünf Jahren zusammen. In dieser Zeit hatte ich ihn zwei Mal verlassen. Es war eine Beziehung wie aus dem Märchen: Ich hatte zwei Mal scheitern müssen, bevor ich es schaffen konnte. Ich musste lernen, mich mit beschränkteren Verhältnissen zu begnügen.

»Ruf mich nicht mehr an«, sagte ich. »Lösch meine Nummer aus deinen Kontakten. Ich mache es mit deiner genauso.«

»Was?«

Ich hörte Gas zischen, dann ein Klicken. Er ging gar nicht darauf ein. Verdenken konnte ich es ihm nicht. Es war nicht das erste, nicht einmal das zehnte Mal, dass ich so etwas sagte.

»Lösch meine Nummer aus deinen Kontakten. Ich will nie wieder was von dir hören.«

»Ist das jetzt wegen dem Geld?«

Er klang verletzt, fassungslos. Schon wieder verlangte seine Freundin etwas von ihm. Schon wieder streckte sie die Hand aus. Sie war wie ein viktorianisches Straßenkind, ein bedürftiges Anhängsel. Unersättlich.

»Auch, ja. Es ist wegen dem Geld, aber nicht nur. Wir sind doch kreuzunglücklich, Adam. Oder etwa nicht? Bitte gib's endlich zu.«

Noch während ich das sagte, rief ich mich zur Ordnung. Genau dieser Drang nach Einigkeit fesselte mich immer noch an seine Wohnung. Ich wollte unbedingt recht behalten und das auch beweisen, aber er würde es niemals zugeben. Selbst wenn der Preis, den er dafür zahlte, ein frostiges Scheinleben mit einer Frau war, die er verachtete.

»Ich hätte dir schon noch was abgegeben. Wenn du ein bisschen Geduld gehabt hättest.«

Über Monate hatte ich neben ihm wachgelegen, während meine Nerven gellten und ich hektische, klammheimliche Manöver durchspielte. Jetzt war ich ganz ruhig. Die Erkenntnis, dass alle Möglichkeiten ausgeschöpft sind, bringt ihren ganz eigenen Frieden mit sich. Ich würde ihn verlassen, beschloss ich. Ich würde ihn ebenso verlassen wie das Geld seiner Eltern und die stoßfeste Gefangenschaft im bescheidenen Wohlstand. Und ich würde es sofort tun. Was für Entbehrungen mich danach auch erwarten mochten, das zumindest hätte ich hinter mir. Ich würde mir seine Lügen nicht mehr anhören müssen. Ich würde mir nicht mehr ansehen müssen, wie er, die Augen weit aufgerissen wie ein Manga-Mädchen, Stein und Bein schwor, er habe nicht gesagt, was er gerade gesagt, nicht getan, was er gerade getan hatte, das sei alles nur eine Ausgeburt meiner fiebrigen Frauenfantasie.

»Nein, Adam. Hättest du nicht. Und das ist ja auch in Ordnung. Es ist dein Geld, du kannst damit machen, was du willst. Aber ich will nicht, dass du mich noch mal anrufst. Also lösch meine Nummer.«

Eine Zeit lang blieb ich noch auf dem Boden sitzen und schaute in den Garten hinaus, zu den ihrer Blätter entkleideten Bäumen. Dann ging ich nach oben und fing an zu packen.

*

»Was hast du da?«

»Nichts.«

Ich scrollte durch eine Liste auf meinem Telefon. Die hatte ich auf der Fahrt nach Aberdeen zusammengestellt: Adams schlimmste Schandtaten. Ich hatte mir gedacht, es könnte vielleicht Spaß machen, sie aufzustellen, weil das zwei meiner Lieblingsbeschäftigungen in sich vereinte – Listen machen und über Adams zahllose Fehler sinnieren –, aber jetzt erwies sie sich als freudlose Lektüre. Schon bei der Hälfte ging mir die Puste aus:

Grillfest mit der Familie (seine MUTTER!!!)
Hat mich auf den Scafell Pike gescheucht – im Nebel!!!
Der Streit um die Hypothek
Die Dating-Website
Carlas Hochzeit!!!
Sorayas Junggesellinnenabschied!!!

»Willst du noch was trinken?«

»Die Runde geht auf mich. Was möchtest du?«

»Kommt nicht in Frage.«

»Warum nicht?«

»Du bist ne Frau. Du kannst uns keine Runde ausgeben.«

Er reckte den Hals, damit sein Freund ihn sah, der gerade aufgestanden war, um zur Theke zu gehen.

»Sie nimmt einen Peroni.«

Pie-rou-nie. Um den Tisch saßen sechs Männer. Sie hatten alle den gleichen singenden Tonfall. Süßer, musikalischer als die Akzente aus meiner Gegend.

»Dann machen wir das also?«

»Sieht so aus.«

»Ich muss dich aufnehmen, mit Steno sieht es bei mir nämlich eher düster aus. Und ich muss dich darüber informieren, dass ich dich aufnehme. Sonst ist es rechtswidrig. Oder wie war das? Vielleicht gilt es auch nur nicht als Beweis vor Gericht, wenn du nicht wusstest, dass du aufgenommen wirst. Egal.«

»Und was soll ich erzählen?«

»Was du willst.«

Ich legte mein Telefon auf den Tisch. Er musterte es misstrauisch, wie eine Bombe, die gleich hochgehen wird.

»Also, fluchen und so trau ich mich ja jetzt nicht mehr.«

»Alles gut. Du kannst ruhig fluchen. Hört ja nur mein Telefon.«

Während er redete, betrachtete ich ihn. Seine Nase war mit ein paar hellen Sommersprossen gesprenkelt. Für Sommersprossen hatte ich eine Schwäche. Ich malte mir immer selbst welche auf, mit dem Augenbrauenstift: zwei hingetüpfelte Flügelchen oberhalb der Wangenknochen, die am Abend meist zu braunen Schlieren verlaufen waren, sodass ich aussah, als verdiente ich mein Geld mit Schornsteinfegen. Er beklagte sich über einen Mann, mit dem er auf der Brae Bravo gearbeitet hatte. Dass er sich für irgendein Thema, jedes beliebige, hätte entscheiden können und dann von einem Kollegen erzählte, den er nicht leiden konnte, machte ihn mir noch sympathischer. Das hätte ich auch getan.

»Der steht oben auf Modul Vierzehn oder Fünfzehn, schnappt sich die Klemmen und lässt sie von ganz oben runterfallen, pfeffert sie einfach runter! Ein Albtraum war der. Der schlimmste Franzose auf der ganzen Welt! Ich konnte ihn nicht leiden und er mich auch nicht. Er meinte immer, ich wäre großspurig. Keine Ahnung, warum. Eine Woche lang war er für uns zuständig. Einmal hat's gepisst wie aus Eimern, und er kommt zu mir und diesem anderen Typen: ›Ihr zwei seid draußen.‹ Ich so: ›Ich geh da nicht raus, da isses mir viel zu nass.‹ Sollte natürlich ein Witz ein. Und da geht der hin und ruft in der Zentrale an und …«

So ging es immer weiter, er zählte sämtliche Schandtaten dieses Franzosen auf, die von einem Schild mit der Aufschrift »Finger weg!« am Temperaturregler in seinem Zimmer bis hin zur Sperrung des Mannlochs eines Krans ohne explizite Erlaubnis reichten. Die Tragweite dieser Vorfälle konnte ich größtenteils nicht beurteilen, aber ich hörte ihn gern sprechen, mir gefielen die winzigen Anklänge an zu Hause. Jedes Mal, wenn ich ihn ansah, lächelte er. Es dauerte immer einen Moment, bis er meinen Blick erwiderte. Und dann lächelte er, eilfertig und ein bisschen schuldbewusst, als wäre ich seine Vorgesetzte und er hätte den Job, mich anzulächeln.

Ich hatte ihn am Flughafen entdeckt. Er stand im Ankunftsbereich, gebeugt vom Gewicht seines Seesacks. Er war klein, kaum größer als ich, sein Körper kompakt und wohlproportioniert, wie bei einem Jockey. Er hatte auch das Gesicht eines Jockeys. Beweglich und äußerst blass.

»Ich bin auf der Suche nach Männern wie dir«, sagte ich. »Ich schreibe ein Buch über Offshore-Arbeiter.«

»Willst uns wohl in die Pfanne hauen, was?«

»Wie heißt du?«, fragte ich.

Er sah aus, als wollte er es mir nicht verraten. Dann sagte er: »Caden.«

»Na dann, Caden, gibst du mir deine Telefonnummer?«

»Das würd ich mich nie trauen«, sagte er. »Ich bin verheiratet.«

Er überredete seinen Freund Tyler, mich anzurufen. Tyler sagte, ich solle zu ihnen ins Hotel kommen, wo sie mit ein paar Männern was trinken würden. Offshore-Arbeiter kommen mit der Regelmäßigkeit der Gezeiten durch Aberdeen. Mitunter stranden sie auch. Im Sommer senkt sich oft Nebel über die östliche Küste und hängt dort eine Woche lang wie graue Gaze. Im Herbst nimmt das Wetter eine brutale Wendung. Super-Pumas fallen gern mal vom Himmel, und wenn das Meer so wild ist, dass keine Rettungsschiffe fahren können, fliegen auch die Hubschrauber nicht. Die Stadt ist reich und langweilig. Ihre Winter sind so kalt, dass es eine Strafe ist. Außer trinken kann man kaum etwas machen, und genau das tun die gestrandeten Offshore-Arbeiter. Sie trinken, als wäre das ihr Beruf: fangen an, sobald ihr Flug gecancelt wurde, und sind für die nächsten acht Stunden mit vollem Einsatz dabei. Teilweise treibt sie die Langeweile (das Fehlen von Tagesaktivitäten für ganze Trupps erwachsener Männer), teilweise das Wissen, dass sie, wenn sie erst mal offshore sind, keinen Alkohol mehr zu sehen kriegen.

Die Männer blickten auf, als ich in die Hotelbar kam, leise, erwartungsvolle Gesichter. Caden hockte in einer Ecke und sah sich auf seinem Telefon die Starterliste für ein Pferderennen an.

»Hilf mir aussuchen«, sagte er, ohne groß den Kopf zu heben. Ich wettete nicht oft genug, um mich von etwas anderem als Namen leiten zu lassen. »Der da«, sagte ich und zeigte auf Anonymous John. »Nimm den.«

Sie waren unterwegs auf die T Block, wollten – oder konnten – mir aber keine weiteren Details dazu nennen. Durchaus denkbar, dass sie gar nicht wussten, wo sie sich im Verhältnis zu anderen Ölplattformen befinden würden. Karten helfen da kaum weiter, denn ähnlich wie Pay-per-View-Sender bekennen die Betreiberfirmen sich immer nur zu ihren eigenen Aktivposten. Alle redeten über den Preis von Brent Crude, wie stark er abgestürzt war. Öl ist ein schwankungsanfälliger Rohstoff, sein Preis eng verknüpft

mit geopolitischen Aspekten und Wirtschaftswachstum sowie mit Angebot (das starr bleibt) und Nachfrage (die meistens zyklisch erfolgt). Seit in den Siebzigerjahren das erste
Rohöl aus der Nordsee an Land gebracht wurde, steckt der
Preis in einem Boom-Bust-Kreislauf fest, wobei der aktu-
elle Abschwung ernster zu sein schien als der davor. Auf
den Punkt gebracht: Der Markt war gesättigt. Die Maschinen, die uns zu Willen sein sollten, waren außer Rand
und Band geraten, so wie der verzauberte Besen des alten
Hexenmeisters. Sie spien massenhaft billige Ware aus – Iran
Heavy, Arab Light, Dubai Crude, Qatar Marine –, noch
während der Preis rapide fiel.

Auf der Fahrt zum Hotel hatte sich mein Taxifahrer ausführlich über die Verschwendungssucht von Aberdeen aus-
gelassen, das leichtsinnigerweise auf eine einzige Einnah-
mequelle baute. Die Leute setzten alles auf diese eine Karte
und lebten über ihre Verhältnisse. Ständig sehe man sie in
ihren geleasten Range Rovern rumkurven, zu ihren protzi-
gen Häusern an der Morningfield Road. Als ob sie sich das
leisten könnten! Es sei doch ein Mythos, dass Ölarbeiter
so gut bezahlt würden, ein Überbleibsel der Propaganda
aus den Achtzigern, das hauptsächlich von den Arbeitern
selbst in Umlauf gebracht werde, aber nur, wenn es ihnen
gerade in den Kram passe. Früher sei da wirklich gutes Geld
zu machen gewesen, aber inzwischen sei die Branche völlig vernachlässigt. Aus den Augen, aus dem Sinn. Klar hätten sie schon Rezessionen durchgemacht – 1999 seien sie
bei neun Dollar das Barrel gewesen –, aber diesmal sei es
anders. Diesmal müsse sich die Branche auf die Zukunft
vorbereiten. Sein Vortrag hatte viel von einer Predigt; er

klang hochzufrieden. Früher habe auch er mal offshore gearbeitet, aber er sei ausgestiegen, als es noch gut lief. In Aberdeen hatte jeder Taxifahrer früher offshore gearbeitet.

Ich schob mein Telefon zu dem Mann hin, der mir gegenübersaß.

Er machte sich über diverse Missstände Luft: was die Postflüge zurück nach Teesside kosteten, wie die Ölfirmen von ihren Leiharbeitern erwarteten, dass sie alles stehen und liegen ließen und mit wenigen Stunden Vorlauf fünfhundert Kilometer zurücklegten, was für eine Klassenhierarchie offshore herrschte. Er war der Älteste am Tisch und mit einigem Abstand auch der Bestaussehendste. Er hatte schwarze Augen und hohe, leicht schräge Wangenknochen. Wahrscheinlich war er *mixed-race*, aber der Gedanke kam mir erst nach einiger Zeit. Was in London offensichtlich ist und nicht weiter auffällt, wird an einem Ort wie Aberdeen vage und diffus.

»Inzwischen sind schon über tausend Männer arbeitslos. Die bewerben sich auf eine Stelle und kriegen ihren Lebenslauf gleich wieder zurückgeschickt oder bekommen zu hören: ›Sorry, aber den Job wollen noch sechshundert andere.‹«

»Wann wird der Preis denn wieder steigen?«

»Sie vermuten, dass es ab nächsten Monat besser wird. Ende März ist dann alles wieder normal.«

Tylers Stimme löste sich aus dem allgemeinen Gewirr. Er beklagte sich über Frauen. Ein Mann von der Tern war im Fernsehen bei *Take Me Out* gewesen. Er war noch nicht mal auf der Bühne, da hatten schon sämtliche Kandidatinnen ihre Lampen ausgeknipst. Ich dachte, wie schön es doch war, von Männern umgeben zu sein, die *Take Me Out* guckten. Adam hatte es nicht gemocht, wenn ich ITV schaute. Er sprach immer nur von »diesem Nord-Sender«.

Der Nachmittag neigte sich, der Himmel wurde allmählich dunkel. Wir tauschten Geschichten aus. Ich gab einen kurzen Abriss meines letzten Monats, die Männer bemitleideten mich kopfschüttelnd.

»Wovon hat dein Buch denn gehandelt?«, fragte der rechts von mir. Er hatte ein längliches, schwermütiges Gesicht, darüber einen Keil grauer Haare.

»Eigentlich genau davon«, sagte ich mit einem Blick zu Tyler. »Was es mit Beziehungen macht, wenn der eine ständig weg ist. Wie die Frauen zu Hause damit fertigwerden.«

»Leicht ist es nicht«, sagte er. »Für die erste Woche zu Hause darf man sich eigentlich gar nichts vornehmen. Weil man doch immer alles verpasst. Einmal ist einer nicht von der Central weggekommen, der hat seine eigene Hochzeit verpasst.«

»Hört sich an wie eine schlechte Pointe.«

»Ich glaub nicht, dass seine Kleine das so witzig fand.«

Der Grauhaarige wollte im kommenden Sommer heiraten. Er zeigte mir ein Foto: eine zierliche blonde Frau, jünger als er, die ein Baby auf den Knien schaukelte. Unter allgemeinen Glückwünschen machte das Foto die Runde. Neben mir brummte Caden etwas.

»Was hast du gesagt?«

»Hochzeiten. Ein Albtraum.«

»Ich finde Hochzeiten super.«

Eine dieser Lügen, die eigentlich schon unerklärlich sind, während man sie ausspricht. Ich fand Hochzeiten überhaupt nicht super. Die Einladung zu einer solchen frühsommerlichen Festivität in irgendeinem abgelegenen Kaff auf dem Land konnte mich in eine Stimmungslage versetzen, wie man sie sonst eher mit der Entdeckung verbindet, gar nicht auf der Gästeliste zu stehen.

»Heiraten ist sinnlos. Reine Geldverschwendung.«

Ich war erstaunt, dass ihn der Gedanke, Geld zu verschwenden, offenbar schmerzte. Seine Brieftasche war prall mit Scheinen gefüllt, und jedes Mal, wenn er aufstand, um neue Getränke zu holen, fielen knittrige Zwanziger heraus und trudelten zu Boden.

»Nicht aus Sicht der Frau. Da ist es wirtschaftlich sehr sinnvoll. Wenn man sich von seinem Freund trennt, hat man keinen Anspruch auf dessen Vermögen, nicht mal, wenn Kinder da sind. Die meisten Leute glauben das zwar, aber es stimmt nicht.«

»Ich sag dir mal was, okay? Kein Mann will jemals heiraten. Sie machen das alle nur für ihre Freundin.«

Ich zupfte an meiner Halskette. Das tat ich immer, wenn ich nervös war, ich schob das Kreuz daran hin und her, testete ihre Spannkraft. Es war eine zarte Kette, ich wusste genau, wenn ich weiter daran zog, würde sie irgendwann reißen, und trotzdem konnte ich es nicht lassen.

»Wolltest du deine Frau auch nicht heiraten?«, fragte ich.

Um uns herum schwoll der Lärm an und wieder ab. Sein Blick wanderte zur Theke und wieder zurück. Dann leuchtete sein Telefon auf, und er griff danach.

»Dritter geworden. Und ich hatte auf Platz gesetzt. Wir haben zwanzig Pfund gewonnen.«

Es fing an zu schneien. Mein Telefon lag vergessen auf

dem Tisch und zeichnete das Hin und Her der Gespräche auf. Es würde Stunden dauern, das alles zu transkribieren. Sechs verschiedene Stimmen, der Akzent zum Verwechseln ähnlich, und alle redeten durcheinander.

»Seine Kleine hat ihn gestern Abend in einem Stripclub aufgespürt.«

Cadens Lippen waren nah an meiner Ohrmuschel. Beide betrachteten wir Tyler. Er hatte ein attraktives, dunkelrot angelaufenes Gesicht. Mehr Zähne als jeder normale Mensch. Er wirkte wie ein Mann, der Erfolg bei Frauen hat und trotzdem noch dafür bezahlt. Gerade erzählte er von seiner letzten Heimreise. Sie hatten ihn erst so spät in Edinburgh abgesetzt, dass er kein Hotelzimmer mehr bekam, da hatte er irgendein Abkommen mit einem Obdachlosen getroffen. Inhaltlich war die Geschichte eher langweilig, aber er erzählte sie temporeich und packend. Einige stellten sogar ihr Glas ab, um ihm zuzuhören.

»In Stripclubs sollte man gar nicht gehen«, sagte ich. »Das ist erniedrigend. Solange es Stripclubs gibt, gibt es auch Männer, die glauben, dass man Frauenkörper kaufen kann.«

»Ich hab noch nie für einen Lapdance bezahlt«, sagte Caden. »Ich weiß auch gar nicht, was das soll. Wenn ich da hingehe, dann nur, um was zu trinken. Für alles andere hab ich noch nie bezahlt.«

»Nein.« Mein Blick ruhte auf seinem Gesicht. »Das wirst du auch kaum nötig haben.«

Er schaute auf die Tischplatte. Seine Wangen verfärbten sich. Die Sommersprossen, so rot unterlegt, leuchteten.

»Tylers Kleine hat ihm diese Find-My-iPhone-App in-

39

stalliert. Kaum war er drin, schon kam die Nachricht von ihr: ›Ich weiß, wo du bist.‹«

»Im Ernst?«

»Echt wahr.«

»Das ist doch … Irrsinn.«

»So ist das halt zu Hause.«

»Und wo ist zu Hause?«

Während ich ihn das fragte, schaute ich auf seinen Mund. Vor dem Hintergrund seiner Blässe waren die Lippen rosig. Seine Augen blau und sehr klar, als wäre ihm nie auch nur ein sündiger Gedanke gekommen.

»In Stockton«, sagte er.

Er erzählte ein bisschen von seiner Heimatstadt. Einem Ort, wo Ehemänner mit dem Lasso gefangen und eingepfercht werden mussten wie die Pferde in der Camargue und sich auch nach der Hochzeit noch gegen ihr Zaumzeug sträubten. Wo alle Männer offshore arbeiteten und turnusmäßige Gewalttaten und eheliche Keifereien die Nächte belebten. Kleinstädte waren umso fortschrittlicher, je näher sie sich an der zivilisierenden Atmosphäre einer Großstadt befanden, aber Stockton-on-Tees lag weit weg von allem: ein ödes, unbeaufsichtigtes Hinterland.

»Ich habe so eine Theorie über die Frauen bei euch in der Gegend«, sagte ich. »Die sind einfach ruppig. Ich weiß noch, wie ich mal eine Freundin in Nottingham besucht habe. Da gab es Frauen, die haben sich auf offener Straße mit ihrem Kerl geprügelt. Und gewonnen.«

Meine Theorie stützte sich auf nicht viel mehr als ein paar anekdotische Beweise, trotzdem nickte er, als wäre das eine anerkannte Tatsache.

»Meine Cousine ist ziemlich tough. Die geht auch raus und prügelt sich. Wenn's sein muss. Sie ist die einzige Frau, vor der ich körperlich Angst habe. Als ich fünfzehn war, hat sie mich mal gegen eine Tür geknallt. Die Narbe habe ich immer noch.«

»Wo?«

»Na, hier.«

Eine schartige Kerbe, direkt am Haaransatz. Ich fasste hin, zeichnete sie mit den Fingern nach. Er fuhr zusammen, wie von einem leichten Stromschlag. An der Stirn ragten seine Haare als freischwebendes Büschel in die Höhe. Ich strich darüber, drückte sie ihm an die Schläfe. Er hatte einen Wirbel in den Haaren, einen Anflug von Widerspenstigkeit in der Struktur. Selbst als sie längst wieder flach anlagen, strich ich sie noch glatt, wie gebannt von der Bewegung, von der Nähe seiner Haut. Er saß einfach da und ließ mich machen. An seiner Schläfe zuckte ein Puls. Er beschleunigte sich, als ich hinfasste.

»Deine Haare sind ganz strubbelig«, sagte ich schließlich. »Du solltest dir mal einen Kamm leisten.«

*

»Du bist ne Hure.«

»Was hast du gesagt?«

»Du bist eine Hure. Leicht zu haben.«

Ich musterte den Mann, der das gesagt hatte. Er war groß, hatte einen schweren Quadratschädel. Aus seinem Hemdkragen rankten sich die Tattoos.

»Beides geht nicht«, sagte ich. »Eine Hure ist definitionsgemäß nicht leicht zu haben. Man muss sie bezahlen. Also bin ich jetzt eine Hure, oder bin ich leicht zu haben? Was soll's sein?«

Der große Mann schwankte, seine Miene wirkte gequält. Es stresste ihn sichtlich, dass er sich entscheiden musste.

»Du bist leicht zu haben«, sagte er schließlich.

»Und du bist unverschämt.«

Caden legte mir die Hand auf den Arm. Wie warm seine Berührung war. Sein inneres Thermostat war etwas höher eingestellt als meines.

»Komm wieder runter«, sagte er leise.

Er streichelte meine Hand, wie man eine große Dogge streicheln würde, die Anstalten macht, einen Gast zu zerfleischen. Und es hatte tatsächlich etwas Hündisches, wie ich unter seiner Berührung erzitterte. So wurde ich immer, wenn ich trank: hin- und hergerissen zwischen dem Drang zu kämpfen und dem Drang zu kopulieren, während mein Über-Ich zwischen den widerstreitenden Impulsen zu vermitteln suchte.

Ich richtete meine Aufmerksamkeit wieder auf den Mann. »Was erlaubst du dir? Entschuldige dich gefälligst.«

Der Mann drehte mir das Profil zu. Er blickte stur geradeaus, ein aus dem Fels gehauenes Gesicht. Ernst, versunken, kein bisschen beeindruckt davon, welche Richtung das Gespräch genommen hatte. Und warum auch? Er war es ja, der es in dieses steinige Gewässer gelotst hatte.

»Wenn du willst, spendiere ich dir einen Drink. Entschuldigen werd ich mich nicht.«

»Meine Drinks kann ich selbst bezahlen. Außerdem will ich keinen Drink. Ich will eine Entschuldigung.«

»Die kriegst du nicht«, sagte er würdevoll. »Du bist leicht zu haben. Da hast du's. Ich hab's gesagt. Weil ich das nämlich sehe.«

Caden hatte die Finger in meinem Ärmel. Er strich über die Innenseite meines Handgelenks. Eine seltsam intime Geste, obwohl er die Haut kaum berührte.

»Du musst es jetzt gut sein lassen«, sagte er. »Aber das kriegst du nicht hin, oder? Das merk ich dir an.«

»Stimmt. Das kriege ich nicht hin.«

Der Mann war betrunken. Womöglich hasste er einfach alle Frauen. Trotzdem fühlte ich mich von seiner Bemerkung getroffen. Mit der lichten Gelassenheit eines Sehers blickte er in die Ferne. Seine Attacke hatte einen Unterton von »Nichts für ungut«. Vielleicht sah er es ja wirklich. Vielleicht wusste er etwas über mich, das ich selbst nicht wusste. Ich wand meine Hand aus Cadens Griff, stieß dabei sein Glas um und sprang auf, sodass der Hocker hinter mir schwankte, kippte und schließlich umfiel. Ich machte einen Schritt zurück und begutachtete das bisschen Chaos, das ich angerichtet hatte. Caden tupfte die größer werdende Lache mit dem Ärmel auf.

»Wenn du wirklich über Offshore-Arbeit schreiben willst, darfst du nicht so empfindlich sein«, sagte er. »Da draußen herrschen andere Regeln. So reden die Jungs eben.«

Da ging ich, stapfte die Wendeltreppe hoch und hinaus in die Nacht. Er stand auf und folgte mir; ich hatte genau gewusst, dass er das tun würde.

Draußen blieben wir stehen und klapperten einträchtig mit den Zähnen. Der Boden war vereist. Ich fühlte mich derangiert, in mehreren Schichten Wolle und einem dicken

Anorak (den ich am Morgen erst gekauft hatte, nachdem ich aus dem Hotel getreten war und feststellen musste, dass der Mantel, der mich bestens durch den Londoner Winter gebracht hatte, keinesfalls reichen würde). Er trug eine kurze, wasserabweisende Jacke, in der er aussah wie ein legerer Fußballprofi, die ihn aber nicht groß vor der Kälte schützte. In seinen Haaren hingen Schneeflocken.

»Wo willst du jetzt hin?«, fragte er.

»Weiß ich nicht.« Ich trat von einem Fuß auf den anderen. Die Bar lag im Souterrain, durch das Fenster konnte man wahrscheinlich noch einen Teil unserer Beine sehen.

»Es ist noch früh.«

»Mir kommt's spät vor. Vielleicht gehe ich einfach ins Hotel und lege mich schlafen.«

Es hätte alles zwischen fünf und neun Uhr sein können. Ich fühlte mich desorientiert durch die rasch einsetzende Dunkelheit, den frühen Alkohol.

»Dieser Typ. Ich weiß, das macht es auch nicht besser, aber er kommt aus der schlimmsten Ecke von Stockton. Ich weiß nicht, ob er …«

Er sah sich um, als gäbe es auf dem Boden weitere entlastende Informationen zu finden. Sein Gesicht war auf einer Höhe mit meinem. Er sah zugleich älter und jünger aus als ich: jungenhafte Züge, verlebte Haut. In einer anderen Epoche hätte man ihn wohl als Milchgesicht bezeichnet. Aber das war er nicht. Kein bisschen.

»Danke, dass ich herkommen durfte«, sagte ich. »Tut mir leid, dass es nicht gut gelaufen ist.«

»Ich fänd's komisch, wenn du jetzt gehst. Dich kenne ich schließlich länger als ihn.«

Es war eine Unterscheidung, wie ein Kind sie treffen würde. Oder jemand mit dem verqueren Zeitgefühl eines Kindes. Inzwischen waren wir ein Stück die Straße entlanggegangen und hatten vor einer schmiedeeisernen Brüstung Halt gemacht. Noch standen uns mehrere Wege offen, auch wenn der Vorwand, dass er die Bar nur verlassen hatte, um nachzusehen, ob es mir gutging, weil der böse Mann etwas Schlimmes zu mir gesagt hatte, mit jedem weiteren Schritt, den wir machten, unglaubwürdiger wurde. Es schneite jetzt heftiger. Die Flocken umwirbelten uns in windgepeitschten Strudeln und Spiralen. Kein Mensch war unterwegs, die Kälte trieb die ganze Stadt nach drinnen. Unter dem Deckmantel der Dunkelheit fiel es uns leicht zu glauben, wir seien unsichtbar und könnten es bleiben, solange wir wollten.

»Ich muss jetzt gehen«, sagte ich.

In Wahrheit, das wird er auch gewusst haben, musste ich nirgendwohin. Es ist immer gefährlich, Menschen ihre gewohnten Abläufe zu nehmen und ihnen dann zu erklären, sie sollten ihre Zeit sinnvoll nutzen. Sein Gesicht über dem Trichter seines Kragens wirkte weiß und verletzlich. Er sah verfroren aus. Ich wollte ihn auf die Wange küssen, und als ich mich vorbeugte, um den letzten verbliebenen Spalt zwischen uns zu schließen, drehte er den Kopf, sodass sein Mund auf meinem landete. Noch während er das tat, war mir bewusst, dass es noch möglich war, den Abend wieder einzufangen. Ich hätte die Lippen spitzen, den Kuss in etwas Verschlossenes, vergleichsweise Keusches verwandeln können. Kein Kuss, wie man ihn der eigenen Mutter gäbe, aber doch einer, wie man ihn vielleicht einer Freundin aufdrückt. Zwischen dem, was passiert war, und dem, was wir vorschützen würden, bliebe natürlich etwas offen, aber das ließe sich unter Reibungsverlust fassen. Eine kleine Einbuße, die zu verkraften wäre. Nur: Das wollte ich nicht. Ich wollte es nicht. Mit ihm allein sein, das wollte ich. Seine ganze Aufmerksamkeit auf mich gerichtet sehen, das wollte ich. Seine Hände auf mir. Seinen Mund auf mir. Ich roch seine Haut. Ich hatte ganz vergessen, wie das war. Allumfassendes Begehren. Sich so vom Dasein eines anderen Menschen durchtränken lassen, dass alles andere weggeschwemmt wird wie von einer Flut. Einen Moment lang stand ich so da, überflutet. Dann fasste ich nach ihm, zog seinen Kopf heran und erwiderte seinen Kuss.

Er hörte als Erster auf. Ein bisschen außer Atem.

»Komm mal her«, sagte er.

Er fasste nach dem Kreuz an meiner Kette. Es war zur Seite gewandert, lag jetzt unterhalb meines Schlüsselbeins. Kurz glaubte ich, er wolle es abreißen, aber er schob es einfach nur wieder zurück in die Mitte.

»Sorry. Das will ich schon den ganzen Nachmittag machen.«

Vor uns wölkte sich unser Atem. Meine Hände waren von der Kälte marmoriert: weiß, bläulich, rot. Ich holte meine Handschuhe aus der Tasche, zog sie über und sah mir an, wie er das Gleiche tat. Ich war noch nie in einer Stadt gewesen, in der alle Männer Handschuhe trugen.

»Komm doch mit«, sagte ich. »Wenn du magst.«

Ich hielt ihm die Hand hin. Er nahm sie in seine. Ich hatte geglaubt, er würde vielleicht zögern, ein bisschen auf Hin- und Hergerissen machen, und war seltsam beeindruckt, als er sich die Mühe sparte. So brachen wir auf, liefen durch die stillen, windverwehten Straßen und schauten beide nicht mehr zurück.

*

An diesem Abend fand ich einiges heraus. Dass sein Mund exakt so formbar war, wie er aussah. Und jeder seiner Küsse ein schwereloses Etwas. Dass seine Frau ihm keinen Millimeter weit traute, denn sein Telefon klingelte pausenlos, und obwohl er zum Telefonieren immer ein Stück wegging, merkte ich doch an der Häufigkeit ihrer Anrufe und dem Abgehackten in ihrem Austausch, dass sie Streit hatten. Provinzehen kapiere ich nicht mehr, dachte ich, als er zum vierten Mal aufstand und sich mit dem Telefon am Ohr entfernte. Ich war einfach schon zu lange fort.

Wir hatten uns in eine Bar an der Belmont Street gesetzt. Es war ein gewisser Aufwand betrieben worden, sie im skandinavischen Stil auszustatten: helles Holz, Sitzbänke, ein mit aromatisiertem Wodka bestückter Kühlschrank. Auf einem Monitor über der Terrasse schäkerte Aaliyah mit einem Falken, den sie auf dem Handgelenk hielt. Ich hatte in meinem Leben schon viel zu viel Zeit damit verbracht, mich über die Vereinnahmung von Aaliyah durch das Hipstertum zu ereifern (»Ich fand sie schon toll, bevor sie tot war!«, wollte ich dann immer brüllen, ein bisschen wie Piggy mit der Muscheltrompete in *Herr der Fliegen*). Wenn man erleben muss, wie die Kultur der eigenen Jugend vom Zwanzig-Jahre-Zyklus geschluckt und wieder ausgespien wird, erinnert einen das daran, dass man eigentlich zu alt ist, um noch um die Häuser zu ziehen.

47

Er kam wieder herein. Seine Jacke war feucht, seine Haare standen in einem einzigen, schneeschmierigen Schopf nach oben. Ich strich sie wieder glatt.

»Du siehst aus wie zwölf«, sagte ich.

Er grinste. In seinem Lächeln lag eine perlenglänzende Selbstgefälligkeit, die mir bisher nicht aufgefallen war. Er beugte sich zu mir hin. Sein Atem roch süß.

»Ich bin zwölf. Demnächst kommen dann die Bullen.«

Ich schlang die Beine um ihn und drückte ihm die Nase in die Halsbeuge. In der Bar war nicht viel los, wenn auch längst nicht so wenig, dass sich ein derart armseliges Benehmen rechtfertigen ließ. Ich wusste nicht mehr, wann ich das letzte Mal mit vergleichbarer Gier geküsst worden war. Ich wusste nicht mehr, wann ich das letzte Mal überhaupt geküsst worden war. Adam und ich hatten nie mit dem Vögeln aufgehört, nie diese kameradschaftliche Verschmelzung erreicht, die sich einstellt, wenn Paare einander so nah sind, dass sie zu Geschwistern werden, aber so eine hohe Aufladung hat auch ihren Preis. Jetzt verstand ich, warum Prostituierte ihre Freier nicht küssen wollen.

Ich griff mir ein Büschel seiner Haare und zog seinen Kopf nach hinten. Seine Haut war weich, von feinen Poren durchsiebt. Zum Anbeißen, dachte ich und brachte den Mund an seine Kehle. Er wand sich unter mir weg. Am Hals hatte er eine perfekt ausgeführte, ovale Bissspur. Seine Hand fuhr hin.

»Ist das, wofür ich es halte?«

»Kommt drauf an, wofür du es hältst.«

Er stand auf, um uns neue Getränke zu holen. Während er an der Theke wartete, brummte sein Handy erneut. Ich sah ihren Namen nachdrücklich aufleuchten: *Rachel*. Ehefrauen brauchten immer einen Namen mit trochäischem Versfuß. Geliebte waren wie Stripperinnen, ihre Namen mussten einem Jambus entsprechen: Natasha, Sofia, Saskia. Assia. Wie es wohl wäre, wenn ich ranginge und ihr erzählte, wo er war? Ich sah es regelrecht vor mir – die zwischenmenschliche Variante des Impulses, sich einfach in die Tiefe zu stürzen, so, wie ich mir manchmal ausmalte, auf dem Heimweg von der Arbeit unter die U-Bahn zu kommen, einfach den Sicherheitsstreifen zu übertreten und mich auf die Gleise fallen zu lassen.

Als er sich wieder neben mich setzte, lächelte er mich an. Er hatte das, was ich als Seitwärtslächeln bezeichne. Es dehnte sich zu den Seiten anstatt nach oben, über die Gaumenwölbung hinaus.

»Du hast ... mordsgroße Augen, weiß du das?«

»Und du hörst dich an wie Rotkäppchen.«

Er machte einen neuen Versuch.

»Du hast ... mordsschöne Zähne.«

Mein einer Schneidezahn stand schräg. Ich fuhr reflexhaft mit der Zunge darüber. In der Schule hatte ich eine Zahnspange gehabt. Den ausscherenden Zahn hatte sie zwar nie ganz korrigieren können, aber in anderer Hinsicht hatte sie sich als nützlich erwiesen. Ich lernte die Lektion, die jedes schiefzahnige Teenagermädchen zu verdauen hat. Setz dein Lächeln sparsam ein, und andere werden sich umso mehr anstrengen, es zu Gesicht zu bekommen.

»Klingt immer noch wie Rotkäppchen.«

Ich fletschte die Zähne, schnappte nach ihm, schnellte auf ihn zu. Kichernd hielt er mich an den Handgelenken von sich weg. Dann wurde sein Griff fester, und seine Miene änderte sich.

»Du magst es wohl bisschen härter, was?«

»Manchmal.«

»Nimm mich mit ins Hotel. Hier kann ich nicht so zupacken, wie ich will.«

»Ich finde das keine gute Idee.«

»Wieso nicht?«

»Du bist verheiratet, kilometerweit weg von zu Hause, nichts hält dich. Das solltest du nicht an eine Frau verschwenden, die dich nicht vögeln wird.«

»Und warum wirst du mich nicht vögeln?«

Weil meine Beine und Achselhöhlen noch ihr Winterfell trugen. Um meine Bikinizone hatte ich mich seit Weihnachten nicht mehr gekümmert. Meine Zehennägel waren unlackiert und schartig wie Klauen, meine Unterwäsche taugte allenfalls für den ersten Tag der Periode. Außerdem hatte ich den Verdacht, dass ich müffelte. Zwar hatte ich am Morgen geduscht, aber es war schon spät, und ich trug Lederleggings. Die Leggings gehörten dringend gewaschen, aber das war eine Aufgabe für eine Spezialreinigung und würde bedeuten, dass ich mich drei Wochen lang von ihnen trennen musste. Am Morgen noch hatte ich sie mir angeschaut, mir die Bakterien vorgestellt, von denen es im Schritt vermutlich wimmelte, und mir gesagt, dass ich sie unmöglich noch einmal tragen konnte und würde. Dann hatte ich nach draußen geschaut, die Kälte und die beschränkte Auswahl in meinem Koffer gegeneinander abgewogen und sie, mit dem stummen Schwur an meine Vagina, dass es wirklich das allerallerletzte Mal sein würde, wieder angezogen.

»Weil ich gerade nicht das richtige Kampfgewicht habe«, sagte ich. »Nur mein Wohlfühlgewicht.«

»Na und?«

»Sprich, ich kann mich nicht vor jemand Fremdem ausziehen.«

Er lächelte auf eine Weise, die mir sagte, dass die Sache längst entschieden war.

»Aber wir kennen uns doch jetzt. Oder nicht?«

*

»Luke war's peinlich, dass seine Kleine nicht so hübsch ist.«

Wir saßen in meinem Hotelzimmer auf dem Bett und tranken Bier. Luke hatte am Nachmittag mit uns in der Hotelbar gesessen. Er war jünger als die anderen Männer und stammte als Einziger aus Aberdeen. Seine Freundin war ihn abholen gekommen, und anstatt sie mit runterzunehmen, war er mit ihr zum Rauchen draußen geblieben. Wir hatten die beiden dort stehen sehen, als wir gingen.

»Das glaube ich nicht«, sagte ich. »Ich glaube, er wollte ihr eure Kollegen mit ihren charmanten, fortschrittlichen Ansichten ersparen.«

»Nee, dem war's peinlich. Ich sag dir, wenn die Kleine so eine Süße gewesen wäre, dann wär er mit ihr runtergekommen. Ist sie aber nicht. Darum hat er's gelassen.«

»Sie war schon hübsch. Sie hatte nur eine Brille.«

War sie wirklich hübsch gewesen oder einfach nur jung? Je mehr Jahre vergingen, desto schwerer fiel es mir, das eine vom anderen zu unterscheiden. Auf jeden Fall war ich enttäuscht. Ich hatte aus irgendeinem Grund geglaubt, dass

Männer, die unter derart extremen Bedingungen arbeiteten, über solches Gerede erhaben wären, dass sie ihre Frauen und Freundinnen nach angemesseneren Kriterien beurteilten (Stärke? Auftreten? Der Fähigkeit, Kinder zu gebären, die man später zum Schuften ins Bergwerk schicken konnte?).

»Darf ich dich was fragen?«, sagte er.

Ich nahm einen Schluck von meinem Bier und legte mich neben ihn. Er hatte sich fast komplett ausgezogen. Sein Hals roch nach sauberer Bettwäsche, immer wieder stieg ein Schwall dieses Dufts von ihm auf. Angezogen hatte er etwas fahl gewirkt, leicht unterernährt. Nackt war sein Körper ein wahres Wunder perfekter Hagerkeit. Die Muskeln definiert und hart. Die Haut unterhalb des Brustkorbs weicher als meine. Ich ließ die Hand über seine Brust wandern, fragte mich, wie viel fieberhafte Selbstliebe, welche Dosis Arroganz nötig war, um sich auch jenseits der vierundzwanzig noch so in Form zu halten.

»Darfst du.«

»Was hast du gedacht, als du mich das erste Mal gesehen hast?«

»Du bist ja ein richtiges Mädchen. Das habe ich früher *jeden* Mann gefragt.«

»Sag schon.«

»Ich dachte, der ist aber klein. Dann habe ich die Aufschrift *Wood Group* auf deinem Seesack gesehen und mir gedacht, dass du wohl offshore arbeitest.«

»Sonst nichts?«

»Nein«, sagte ich und küsste ihn auf die Schläfe. »Sonst nichts.«

Er runzelte die Stirn. Die Antwort genügte ihm nicht. Wie sie auch mir nicht genügt hätte, im umgekehrten Fall.

»Willst du denn gar nicht wissen, was ich von dir gedacht habe?«

»Eigentlich nicht.«

»Warum nicht?«

»Weil es mich nicht interessiert.«

»Ich dachte, du stehst auf Tyler.«

»Ach ja?«

»Ich dachte, du flirtest mit ihm.«

»So flirte ich aber nicht.«

Ich setzte mich auf ihn, die Schenkel zu beiden Seiten seines Brustkorbs. Sein Mund sah verschwollen aus, saftig. Ich küsste ihn, erst auf den Mund, dann auf den bläulichen Fleck, den ich an seinem Hals hinterlassen hatte. Inzwischen tat es mir leid, ihn so markiert zu haben, nicht, weil es peinlich für ihn war, sondern weil ich damit seine perfekte weiße Kehle verdorben hatte.

»Also, stimmt's?«

Ich hielt inne. Die Lippen an seinen Hals gedrückt.

»Stimmt was?«

»Bist du auf Tyler abgefahren?«

Ich richtete mich auf.

»Wenn ich auf Tyler abgefahren wäre, dann wäre ich jetzt auch mit Tyler hier.«

Er hob den Kopf ein kleines Stück vom Kissen.

»Warum bist du eigentlich noch angezogen? Herrgott, du hast ja sogar noch deine Scheiß-Air-Max an!«

Meine Kleider fielen widerstrebend und stückweise. Sein Handlungsspielraum war erheblich begrenzt, weil ich mich weigerte, die Unterwäsche auszuziehen. Ich fühlte mich an die Abende in meinem Jugendzimmer erinnert: Jungshände, die sich unter den Rock meiner Schuluniform vorwagten, mein eigenes verhaltenes Einverständnis, das sich in einem Lockerlassen äußerte, darin, dass ich mich nicht wehrte.

Er wand sich neben mir. Sein Körper war heiß und angespannt. Ich spürte seine Erektion am Oberschenkel. Er wurde steifer als andere Männer. Mir war schon klar, dass es sich dabei nur um eine biochemische Laune handelte, aber ich fühlte mich trotzdem umso heftiger begehrt.

»Weißt du, was du bist?«, sagte er. »Eine Schwanzfopperin.«

»Wer sagt denn heute noch so was?«

Auch das war mir zuletzt zu Schulzeiten unterstellt worden.

»Na, jemand, der schwanzgefoppt wird.«

»Schwanzfoppen gibt es nicht. Damit beschreibst du nur, dass eine Frau sich nicht sofort allem unterwirft, was du willst.«

Meine Finger streiften die seidige Hautfläche unterhalb seines Brustkorbs. Ich drehte mich so, dass ich mich an ihn drücken und den Duft seines Halses riechen konnte. Dann nahm ich seine Hand, führte sie unter den Gummibund meines Höschens (ein unansehnliches, abgetragenes, bis zur Taille reichendes Teil) und zwischen die Lippen meiner Möse. Einen Moment lang ließ ich sie dort, damit er sah, was er bewirkt hatte, dann entwand ich mich wieder.

»Da kannst du nicht rein«, sagte ich, um eine halbwegs plausible Nachahmung seines Akzents bemüht. »Da isses dir viel zu nass!«

Abgesehen von Adam hatte ich mich seit über fünf Jahren vor niemandem mehr ausgezogen. Dieser Mensch hier war in praktisch jeder Hinsicht anders (kleiner und zierlicher, aber stärker; zäher und beharrlicher in seinem Verlangen nach Sex, aber auch aufmerksamer und fast peinlich darum bemüht, alles richtig zu machen), und trotzdem erschien er mir viel vertrauter. Während ich ihm gegenübersaß, ihn beim Sprechen beobachtete, sah, wie sein kleines Gesicht sich kräuselte, wenn er lachte, spürte ich einen Schwall besitzergreifenden Wiedererkennens, als hätte ich gerade ein Buch, das ich besonders gerngehabt und verliehen hatte, in einem fremden Regal stehen sehen: Moment mal, das ist doch meins. Was macht das denn hier?

Er legte mir die Hand auf den Mund. An seinen Fingern schmeckte ich das Metall seines Eherings, vereint mit meiner Feuchtigkeit.

»Du weißt schon, dass ich dich nach heute nicht wiedersehen kann?«, sagte er.

Ich nickte, so gut es ging. Seine Handfläche hielt mich fest am Fleck.

»Wenn wir jetzt keinen Sex haben, kriegen wir keine Chance mehr dafür, nie wieder. Ist das okay für dich?«

Ich gab unter seiner Handfläche einen erstickten Laut von mir. Er lockerte den Griff.

»Ist okay für mich.«

»Ganz sicher? *Sure?*«

Er zog mir den BH herunter und schob meine Brüste hoch, hin zu seinem Mund. Ich strich ihm durchs Haar, meine Hand arbeitete sich vor bis zu seinem Hinterkopf. Er nahm das als Aufforderung, noch fester zu lecken. Ich bebte, während meine Brustwarzen an seiner Zunge hart wurden, seine Zähne meine Haut streiften. Morgen würde ich dort einen blauen Fleck haben.

»Ja«, sagte ich. »Ganz *Schauer*.«

Ich hab mal mit einem die Kabine geteilt, der war auf Piper Alpha gewesen. Der hat mir Folgendes erzählt: Er stand oben auf dem Helideck, die Hitze versengte ihm schon die Haare, aber er hatte einfach zu große Angst vorm Springen. Ein älterer Typ hat versucht, ihn zu überreden, aber er wollte einfach nicht. Da hat der Ältere ihn irgendwann gepackt und ist mit ihm gesprungen. Als sie auf dem Wasser aufschlugen, hat's dem Älteren die Rettungsweste hochgeschleudert, das hat ihm das Genick gebrochen, und er war sofort tot. Der Junge hat mir das erst erzählt, als wir schon eine Woche zusammen in der Kabine waren. Schien ihn immer noch schwer mitzunehmen. Er hat nicht viel geredet, hielt sich abseits, eigentlich ging er kaum mal raus aus der Kabine. Er blieb immer nur drinnen und hat gelesen.

2

FOUM ASSAKA

»Der neue John Updike wird er aber nicht werden. Das ist dir schon klar, oder?«

Ich hatte *Landleben* für Caden gekauft. Tom tippte auf den Buchrücken.

»Selbst, wenn er es lesen sollte. Davon allein lernt er noch nicht den Unterschied zwischen *dass* und *das*.«

Tom war mein Schlussredakteur. Wir waren zu Besuch bei seiner Tante, die in einem Dorf nicht weit von Aberdeen wohnte. Ihr Sohn arbeitete auf einem Bohrschiff, das vor der Küste Marokkos lag, und sie fand, es könne vielleicht nützlich sein, wenn ich ihn kennenlernte.

»Wer gut schreibt, ist meistens auch gut im Lesen«, sagte ich und schob das Buch wieder in meine Tasche.

Das Haus war merkwürdig aufgeteilt. Die Schlafzimmer lagen alle nebeneinander im Souterrain versunken, die Küche hingegen befand sich im ersten Stock, mit Blick auf die Lärchen. Man fühlte sich wie in einem Baumhaus. Ich hoffte sehr, dass Tom das Thema wechselte, bevor sein Cousin wieder nach oben kam, mir fiel aber keine Möglichkeit ein, ihn darum zu bitten, ohne dass es klang, als wäre es mir übertrieben wichtig, was der Cousin von mir dachte.

Tom fingerte an seinem Telefon.

»Hör mal, hier: *Die ersten Schritte beim Ehebruch sind die einzig freien; später entsteht eheähnlicher Zwang.*«

Ich klopfte ihm auf die Schulter.

»Falsches Buch.«

Dabei stimmte es sogar, ich fühlte mich eingezwängt und hatte die Knoten selbst geknüpft. Nie war ich mir sicher, wie viel von Cadens Anziehungskraft dem quälenden Muster aus Fortsein und Verzögerung geschuldet war. Ich wusste nur, dass mir seine Stippvisiten in meinem Leben (wie ein Superstar beim Kurzauftritt in einem Club tauchte er auf, verschwand wieder und ließ mich mit einer Riesenrechnung und dem unguten Gefühl zurück, über den Tisch gezogen worden zu sein) nicht reichten.

Als ich ihn das letzte Mal zu sehen bekommen hatte, war der Hubschrauber schon verspätet auf die Plattform gekommen und Caden hatte seinen Flug nach London verpasst. Stattdessen kaufte er dann mir ein Ticket nach Aberdeen, und ich flog um zwanzig Uhr von Heathrow ab. »Wird das deiner Frau denn nicht auffallen?«, fragte ich, die unerklärliche Buchung auf dem Kontoauszug vor Augen. »Nein, nein«, beruhigte er mich. »Das läuft übers Geschäftskonto. Kriegt sie gar nicht mit.«

Als mein Flugzeug fast in Aberdeen war, wurde es wegen Nebel nach Edinburgh umgeleitet. Dort stand es dann eine Stunde auf dem Rollfeld. Wir wurden mit den größten Hits von Donna Summer beschallt – *(If It) Hurts just a Little, This Time I Know It's for Real* –, erfuhren aber nichts. Schließlich wurden wir alle in Taxis verfrachtet und das Rückgrat des Landes hinaufgekarrt. Um zwei Uhr morgens war ich bei ihm. Als wir endlich ins Hotel kamen, war ich sogar zum

Reden zu erschöpft. Er zog mir das Kleid aus, und ich saß in Unterwäsche da, die Beine um seine Taille geschlungen, während er mit der Airline telefonierte und erklärte, warum ich den ersten Flug zurück nicht schaffen würde.

»Es geht um meine Freundin«, sagte er immer wieder zu der Person am anderen Ende der Leitung. »Ich brauche ein neues Ticket für meine Freundin.«

Am nächsten Morgen flog er um sieben nach Hause weiter. Zusammen hatten wir neunhundert Pfund ausgegeben und uns damit fünf gemeinsame Stunden erkauft. »Du bist so was wie eine Edelnutte«, sagte ich, während ich ihm beim Anziehen zusah, wobei der Vergleich noch sehr großzügig war. Das, was wir gemacht hatten, konnte ich genauso wenig guten Gewissens als Vögeln einstufen, wie ich ein Spekulum als Sexspielzeug bezeichnen würde. Hätte ich wirklich dafür bezahlt, ich hätte mein Geld zurückverlangt. Doch als er ging, fühlte ich mich wie jedes Mal. Als hätte mir jemand in die Kehle gegriffen und einen lebenswichtigen Teil herausgerissen. Während er auf das Boarding wartete, schrieb ich ihm: *Mein Herz tut weh.* So war es nämlich, es war ein Schmerz im Innern, für den ich keine Linderung hatte. *Meins auch*, antwortete er. *Es will bei dir sein.* Ich sagte, so etwas dürfe er nicht schreiben, selbst wenn er es vielleicht ernst meine. Solche Anfälle von schlechtem Gewissen hatte ich gelegentlich. Im Lauf eines Tages galt meine Anteilnahme erst ihm, dann galt sie ihr, und dann zog sie zurück zu ihm, so wie die Sonne hinter einer Wolke hervorkommt und wieder verschwindet.

»Du weißt doch, wie solche Geschichten laufen«, sagte Tom. »Sie enden immer gleich.«

»Was endet immer gleich?«

Callum, sein Cousin, war mit einer Flasche Wein wieder hereingekommen.

»Die Geschichten eurer Großmutter. Tom meinte, sie wären alle ziemlich schaurig.«

Callum zog eine abschätzige Miene. Seine Züge unterschieden sich stark von Toms, aber irgendwie ähnelten sich die Proportionen beider Gesichter, sodass sie sich auf den ersten Blick glichen. Und hin und wieder blickte ich auf und sah eine von Toms typischen Mienen bei Callum, so wie jetzt.

»Die über Miss Hamilton kannte ich, glaube ich, noch gar nicht.«

Am Abend zuvor hatte die Großmutter von ihrer Zeit als Krankenschwester erzählt. Miss Hamilton war eine ihrer Patientinnen gewesen. Die Frau war schwachsinnig, hatte sie erzählt, zu einem Leben in der Anstalt verdammt. Von Geburt an blind, hatte sie nicht ein Haar auf dem Kopf, nur einen schuppigen Wulst, der sich senkrecht über ihren Schädel zog, wie ein Hahnenkamm. Außerdem besaß sie das absolute Gehör und eine glasglockenhelle Stimme. Im Aufenthaltsraum sang sie immer Arien, die Pflegekräfte bekamen Gänsehaut von ihrem hohen, klaren Sopran, und die Saiten des Klaviers erbebten in teilnehmender Resonanz.

»Die hättest du dir garantiert gemerkt.«

Toms Cousin stellte eine Auflaufform mit Lasagne auf den Tisch und bedeutete uns, wir sollten anfangen zu essen. Dann schenkte er mir nach.

»Wovon sollte dein Buch denn handeln?«, fragte er.

»Von einem Taucher. Seine Frau findet heraus, dass er fremdgeht, und zieht mit den Kindern ins Moor.«

»Tauchen habe ich mir eine Zeit lang auch überlegt. Bis ich ein paar Taucher kennengelernt habe. Die hatten alle so einen leeren Blick.«

Die Taucher-Pioniere waren die Ersten, die an den neuen Ufern geopfert wurden. Mit fünfzig verkrüppelt, mit sechzig tot. Eine lange Litanei von Gebrechen, die sie auf direktem Weg ins Grab brachten. In den Achtzigern wurden sie viel zu tief hinuntergeschickt. Über hundertachtzig Meter tief zu tauchen ist gefährlich. Das wusste man damals noch nicht.

»Ich habe gehört, sie würden nie vor Gericht gehen, weil die meisten von ihnen vorher bei der Marine waren«, sagte ich.

»Keine Kompensationskultur«, sagte Callum.

»Der Vater einer Mitschülerin von mir hat das gemacht«, erzählte ich. »Am Ende hat er sich das Leben genommen. In der Familie hieß es, die Taucherkrankheit hätte ihn einmal zu oft erwischt. Davon sei er durchgedreht. Diese Mitschülerin hatte ich auch im Kopf, als ich mit dem Buch angefangen habe.«

»Keine Ahnung, ob es an der Arbeit liegt oder daran, dass du weißt, du kommst da nicht weg. Aber irgendwas macht es mit den Leuten. Auf Brent Delta gab's mal einen, der hat sich die Taschen mit Werkzeug vollgestopft und ist einfach runtergesprungen.«

»Warum?«

»Wer weiß das schon? Die Typen gehen direkt von der Schule offshore oder direkt von der Schule zum Militär und dann offshore. Denen wird alles aus der Hand genommen. Sie werden institutionalisiert.«

»Du auch?«

Stirnrunzelnd hob er den Arm, um sich den Nacken zu massieren. Die Bewegung war mir vertraut, Tom machte das ständig.

»Bei mir ist das anders«, sagte er. »Ich habe ein Weilchen gebraucht, um zur Offshore-Arbeit zu kommen.«

Er erzählte kurz etwas von Nordafrika, aber ich hatte den Eindruck, er hätte auch überall sonst stationiert sein können. Die Ölindustrie ist ein ganz eigenes Land, ein Staat mit beweglichen Grenzen. Ihr Gebiet wird ständig erweitert, mitten hinein in zunehmend feindliches Terrain. Die Zeiten problemloser Zukäufe sind vorbei. Jedes neue Bohrvorhaben birgt Probleme, jeder Glücksgriff ganz eigene Vorbehalte. Klimatische und geologische Fragen, Standorte und Regime. Mangelnde Infrastruktur, Konflikte innerhalb einzelner Bevölkerungsgruppen, politisches Hickhack um die Pipelines. Geiselnahmen in Libyen, Piraten vor Westafrika, Aufständische im Irak, Treibeis in der russischen Arktis.

An der Nordsee ist das Wetter im Winter rau, der Meeresgrund ein undurchdringlicher Mix aus Schiefer und Lehm. In Brasilien liegt das Öl unter dicken Salzschichten verschlossen. Zentralasien bringt es fertig, die schlimmsten Eigenschaften sämtlicher anderer Ölstaaten in sich zu vereinen: Sauergas, Bürgerunruhen, Banditentum, tiefliegendes Öl mit hohem Eigendruck, zufrierende Meere im Winter, Wüstenhitze im Sommer und Regierungsintrigen das ganze Jahr über. In politisch stabilen Ländern ist die Anreise ein kalkulierbares Risiko, und die beruflichen Gefahren beschränken sich auf die Plattform selbst: Blowouts, Brände, Kondensatlecks, Verätzungen, schweres Gerät, Lastpendeln. In brisanteren Regionen muss sich die Besatzung schon mit der Bedrohung durch Entführungen, Aufstände und Terrorismus auseinandersetzen, bevor sie überhaupt mit der Arbeit anfängt.

Ölförderung ist ein dreckiges, gefahrvolles Geschäft. Ein offener Schlagabtausch zwischen menschlicher Erfindungsgabe, unwirtlicher Umgebung und einem hochentzündlichen Rohstoff. Die abgelegenen Standorte verstärken die Gefahren nur noch. In jeder Plattform lagern gewaltige Mengen Öl und Gas, das Explosionsrisiko ist also jederzeit gegeben. Bohrinseln können sinken und tun das auch, so wie 1982, als die Ocean Ranger in kanadischen Gewässern sank, und 2001, als die Petrobas 36, damals die größte Halbtaucherplattform weltweit, vor der Küste Brasiliens kenterte. 2010 forderte die Deepwater Horizon elf Menschenleben und verursachte eine der schwersten Ölkatastrophen der Geschichte. Unfälle dieser Größenordnung, so selten sie sind, rufen uns ins Gedächtnis, wie begrenzt unsere Kontrolle tatsächlich ist. Nach dem Brand auf der Deepwater Horizon ergoss sich das Öl drei Monate lang in den Golf von Mexiko. Beim Blowout auf der Well 37 in Tengiz brannte die Plattform ein ganzes Jahr. Red Adair brauchte drei Wochen, um die Piper Alpha zu löschen.

In der ganzen Geschichte der Offshore-Förderung gibt es keine trostlosere Parabel als Piper A. Das »Monster«, wie die Plattform genannt wurde, war seinerzeit die produktivste Ölanlage weltweit. 1988 hatte sie ihre beste Zeit allerdings längst hinter sich. Die Piper Alpha war auf der ganzen

Nordsee als ein Ort bekannt, an dem Unfälle passierten. Erst im Jahr zuvor war dort ein Arbeiter ums Leben gekommen. Am 6. Juli fanden auf der Plattform grundlegende Wartungsarbeiten statt. Das Trägerunternehmen Occidental hatte erwogen, die Fördertätigkeit für die Dauer der Arbeiten zu unterbrechen, das dann aber als zu teuer befunden.

Was folgte, war eine regelrechte Ballung aus laxen Sicherheitsvorkehrungen und mangelhafter Ausrüstung. In der Ursachenforschung spricht man allgemein von einem Schweizer-Käse-Modell. Ein Unternehmen kann zwar mehrere Abwehrschichten in Stellung bringen, aber jede dieser Schichten weist ihre eigene Schwachstelle auf, wie Emmentalerscheiben ihre Löcher. Liegen diese Schwachstellen auf einer Linie, findet das Unglück den Weg hinein.

Damals, am fraglichen Tag, war von einer der Kondensatpumpen das Überdruckventil entfernt und durch einen Blindflansch ersetzt worden. Es gab allerdings Probleme im Genehmigungssystem der Occidental, und die beauftragten Dienstleister waren nur unzureichend ausgebildet. Die Nachtschicht, die die abgeschaltete Pumpe hochfuhr, war sich nicht im Klaren darüber, dass das Ventil fehlte. Der Blindflansch wurde aus der Halterung gedrückt, und das so entstandene Gasleck löste eine Explosion aus. Die Plattform war nur zur Lagerung von Öl ausgelegt, nicht zur Lagerung von Gas, daher waren ihre Wände zwar feuerfest, hielten aber der Explosion nicht stand. Die automatische Löschanlage war auf Handbetrieb gestellt, weil Taucher im Wasser waren und man sonst riskiert hätte, sie mit dem Meerwasser in die Einlassstutzen zu saugen. Von den benachbarten, durch Leitungen mit Piper Alpha verbundenen Plattformen Tartan und Claymore floss beständig Öl nach und gab dem Feuer neue Nahrung, selbst als bereits Arbeiter von der Plattform flüchteten. Es ließ sich niemand auftreiben, der befugt gewesen wäre, die Förderung zu stoppen.

Schon bald stand Piper Alpha vollständig in Flammen, sie waren noch weit über hundert Kilometer entfernt zu sehen. In dieser Nacht starben einhundertsiebenundsechzig Männer. Manche hielten sich an die eingeübten Vorschriften und zogen sich in den Wohnblock zurück. Dort wurden sie lebendig begraben, als die Plattform kippte und der Wohnblock ins Meer rutschte. Andere erklommen das Helideck und warteten auf Rettung. Als ihnen dämmerte, dass die nicht kommen würde – keine Minute nach der ersten Explosion war das Helideck ganz von Rauch eingehüllt, die Hubschrauber kamen gar nicht hin –, mussten sie sich selbst retten und sprangen ins Meer, aus fünfzig Metern Höhe. Wer sich dabei nicht das Genick brach, stand vor der Wahl: sich weiter in die Tiefe sinken zu lassen und zu ertrinken oder zurück an die Oberfläche zu schwimmen und zu verbrennen. Es ist eine Geschichte elementarer Angst. Ein wütendes Feuer. Ein brennendes Meer. Überlebende, getrieben vom ursprünglichsten Instinkt überhaupt: wieder mit beiden Füßen auf festem Boden zu stehen.

Für jene einundsechzig, die entkamen, war das Grauen längst nicht vorbei. Etliche flüchteten sich in den Alkohol. Manch einer nahm sich das Leben. Viele litten unter posttraumatischen Belastungsstörungen, über die man damals noch so gut wie nichts wusste. Und welcher erwachsene Mann im Nordosten Schottlands suchte sich schon therapeutische Hilfe? Als Entschädigungen gezahlt werden sollten, erhielten die, die sich in der Lage sahen, ihren Schmerz zu äußern, mehr als jene, die zu traumatisiert zum Reden waren. Das Überlebenden-Syndrom äußerte sich auch noch auf vielfältig andere, verstörende Weise. Irgendwann fand eine Frau ihren Mann in einem grabtiefen Loch vor, das er spontan im Garten ausgehoben hatte. Dieser Mann, Bill Barron, stand später Sue Jane Taylor Modell, der Künstlerin, die das Denkmal für die Piper-Alpha-Opfer im Hazlehead Park von Aberdeen gestaltete. Das Denkmal zeigt drei Gestalten, die nach Osten, Westen respektive Norden blicken und Jugend, Körperkraft beziehungsweise Öl versinnbildlichen sollen. Einmal habe ich mich mit Sue Jane Taylor getroffen, sie hat mich durch den Gedenkgarten geführt und mir die Rosenstöcke gezeigt, die die Familien der Verstorbenen ausgesucht hatten, die langen Kolonnen ihrer Namen auf dem Sockel des Denkmals.

Hinterher saßen wir im Café und sahen den Regentropfen zu, die über die Scheiben rannen, bis die grünen Umrisse des Gartens praktisch verschwunden waren und nur noch das verwischte Rosa und Rot der Rosen sichtbar blieb. Sue erzählte mir, sie habe wie eine Wilde an dem Denkmal gearbeitet, quasi bis zur letzten Sekunde unsicher, ob genügend Geld für seine Fertigstellung zusammenkommen würde. Die Kosten für den Gedenkgarten und das Denkmal beliefen sich auf insgesamt hunderttausend Pfund. Zu diesem Betrag hatten die Plattformbetreiber elftausend Pfund beigesteuert. Occidental wollte das Denkmal nicht. Das Unternehmen war der Ansicht, die Hinterbliebenen sollten sich mit einem Kondolenzbuch zufriedengeben. In den Tagen nach der Katastrophe stattete der Pressechef von Occidental der Künstlerin einen Besuch ab und wollte ihr jede Skizze, jedes Foto, jedes Negativ der Plattform abkaufen, das sie besaß. Er erklärte ihr, sie könne ihm jeden Preis nennen. Sie lehnte ab. Manche Kunstschaffenden sind eben nicht käuflich.

Occidental veräußerte die Ölvorkommen in der Nordsee und rüstete sich für die Ermittlungen. Am Ende kostete sie das Ganze hundert Millionen Dollar. Obwohl der Cullen Report die Sicherheitsvorkehrungen des Unternehmens scharf kritisierte – und damit die Offshore-Kultur nachhaltig veränderte –, konnte doch nie eine konkrete Einzelperson haftbar gemacht werden. Heute sind die Standards in der Nordsee die striktesten weltweit, aber menschliches Versagen komplett auszuschließen ist nach wie vor unmöglich. Wenn man seinen Arbeitern abverlangt, 21 Tage lang Zwölf-Stunden-Schichten zu schieben, werden sie nun einmal müde und machen Fehler. Unfälle kommen immer noch vor, aber viele werden gar nicht erst zu Protokoll gegeben. Sie ereignen sich in einer quasi metaphysischen Sphäre: *Wenn die Medien nichts davon mitbekommen, ist es dann überhaupt passiert?*

Vor ein paar Jahren bemerkten Arbeiter auf der Magnus im Duschraum einen seltsamen Geruch. Nachforschungen ergaben, dass die Wassertanks mit Diesel verunreinigt waren. BP gab entsprechende Verhaltensregeln heraus. Die Arbeiter sollten zum Trinken und Zähneputzen ausschließlich Mineralwasser verwenden, aber weiterhin ganz normal duschen. Möglicherweise würden sie dabei einen »harmlosen« Dieselgeruch wahrnehmen, den könnten sie aber getrost ignorieren. Hier lohnt sich die Anmerkung, dass BP auch Corexit, das Dispergiermittel, das nach der Deepwater-Horizon-Katastrophe auf dem Golf von Mexiko versprüht worden war, als harmlos eingestuft hatte, obwohl die Säuberungskräfte bereits unter Gedächtnisverlust, Muskelkrämpfen und Hautbeschwerden litten, Symptomen, wie sie zuletzt bei Soldaten im Golfkrieg beobachtet worden waren.

Das genaue Festlegen von Verfahrensabläufen dient dazu, Haftungsketten zu etablieren, damit sich alles, was doch einmal schiefgeht, auf Einzelpersonen zurückführen lässt. In Wirklichkeit sind Unfälle aber nur selten die Schuld Einzelner. Filme wie *Deepwater Horizon* warten mit niederträchtigen Firmenbossen auf, weil es einfach so schwierig ist, unternehmerische Ungerührtheit und Systemversagen auf dramaturgisch wirksame Weise zu inszenieren. Piper Alpha folgte dicht auf Tschernobyl, die Challenger-Katastrophe und das Kentern der hellsichtig getauften *Herald of Free Enterprise*. In vielerlei Hinsicht war das eine andere Zeit, eine Epoche der Liberalisierung und der desaströsen Fehleinschätzungen. Aber die Geschichte hat noch ein Nachspiel, dem sich entnehmen lässt, dass Lektionen so schnell vergessen sind, wie sie gelernt wurden.

Am 25. Jahrestag der Piper-Alpha-Katastrophe entgleiste nahe der Stadt Lac-Mégantic in Québec ein außer Kontrolle geratener, mit Bakken Crude beladener Güterzug und setzte sechs Millionen Liter Öl frei. Weil das Öl in einen Gully geflossen war, schossen aus Rohren und Kanaldeckeln plötzlich Flammen und setzten das komplette Ortszentrum in Brand. Siebenundvierzig Menschen kamen ums Leben; vierzig Gebäude wurden zerstört. Zunächst wurde versucht, drei Bahnarbeitern die Schuld anzuhängen. Stattdessen entlarvte die kanadische Zugsicherheitsbehörde Transportation Safety Board eine Firma, die gepfuscht und ihre Angestellten nicht richtig ausgebildet hatte, um Geld zu sparen, was die Regierung ihr hatte durchgehen lassen. Es war allgemein bekannt, dass die alten Tankwagen ihrer Aufgabe nicht mehr gerecht wurden. Außerdem beschrieben Augenzeugen, die das Bakken-Crude-Öl aus dem Boden schießen sahen, es als »sprudelig«. Sein Gasanteil ist höher, das macht es leichter brennbar als Schweröl. Schienentransporte verschärfen das Risiko, sie schütteln das Öl durch, bis das leichtere Gas an die Oberfläche kommt. Trotzdem wurden solche Öltransporte überall in Kanada und den USA durch Ortschaften geleitet, und kein Mensch machte sich die Mühe, die Anwohner genauer über diese Fracht zu informieren.

Oft drängt sich der Eindruck auf, die Sicherheit sei nur ein weiterer Punkt, den die Betreiberfirmen von ihrer To-do-Liste streichen und bei den Angestellten abladen. Offshore sind die Arbeiter dazu angehalten, sogenannte STOPP-Karten einzureichen, auf denen sie alle Pannen oder Sicherheitsverstöße, die sie zufällig mitbekommen, detailliert beschreiben sollen. Das soll es den Leuten erleichtern, sich zu äußern. Meistens fördert es aber nur kleinliche Anschwärzereien und sinnlose Klagen, bissige Bemerkungen über Kollegen, die auf ihren Stühlen herumlümmeln und ihre Kaffeebecher nicht abdecken. In scheinbar nebensächlichen Sicherheitsfragen – dass man sich beispielsweise am Geländer festhalten soll, wenn man eine Treppe hinauf- oder hinuntergeht – sind die Regeln wiederum so streng, dass die Arbeiter sich selbst zu Hause noch daran halten. Callum erzählte, im Kaufhaus ertappe er sich regelmäßig dabei, wie er sich gedankenverloren am Rand der Rolltreppe festklammere.

Bevor sie überhaupt offshore eingesetzt werden, müssen Arbeiter einen Grundlagenkurs in Überlebenstraining absolvieren, das sogenannte BOSIET. Alle vier Jahre müssen sie eine neue Bescheinigung darüber vorlegen, und die meisten Anfänger bezahlen den Kurs aus eigener Tasche. Dieser Aufwand wird hauptsächlich betrieben, um die Versicherungsfirmen zu besänftigen. Wenn der Hubschrauber, in dem man sitzt, auf der Nordsee notwassern muss, ist es höchst unwahrscheinlich, dass man mit dem Leben davonkommt. Die Überlebenschancen, schon im Sommer gering, werden im Winter noch einmal stark beschnitten, und das BOSIET bereitet einen in etwa so gut auf den Ernstfall vor wie die Demonstrationen des Bordpersonals auf den Flugzeugabsturz. Es gibt keine Möglichkeit, die Gegebenheiten exakt nachzubilden, auch wenn die abschließende Prüfung ursprünglich zumindest auf dem offenen Meer stattfand. Auf Drängen der Versicherungsfirmen wurde sie inzwischen aber nach drinnen verlegt.

Die Prüflinge werden in einen Überlebensanzug gesteckt – im gleichen schreienden Orange wie die hiesigen Sträflingsoveralls – und in einem Simulator festgeschnallt, der über einem Schwimmbecken hängt. Anschließend wird der Simulator untergetaucht und einmal herumgewirbelt. Erst, wenn er wieder stillsteht, kann der Kandidat sich aus seinem Sitz befreien, die Plastikfensterchen aus ihrer Halterung treten und wieder an die Oberfläche schwimmen.

Klingt simpel. Und das ist es auch, zumindest in der Theorie. In der Praxis ist es allerdings ziemlich schwierig, einen Körper, der nur fliehen will, im Zaum zu halten, seine sirrende Panik zu ignorieren. Löst man den Gurt zu früh, katapultiert es einen nach oben wie einen Astronauten in der Schwerelosigkeit. Zudem ist das Gerät für Männer ausgelegt; Frauen, die etwa drei Prozent des Offshore-Personalbestands ausmachen, stehen also vor noch ganz anderen Problemen. Einer nicht sehr großen Frau dürfte es schwerfallen, den Gurt richtig festzuziehen, aber wenn er zu locker sitzt, kann er sich verdrehen, sodass die Schnalle nach innen zeigt. Unter normalen Umständen stellt ein verdrehter Gurt kein Problem dar. Wenn man aber, an den Sitz gefesselt, kopfüber unter Wasser hängt? Durchaus.

Überleben an Bord eines Hubschraubers ist also die große Nummer beim BOSIET, der Teil, vor dem es allen am meisten graut, aber keineswegs die einzige Simulation des Kurses. Die Teilnehmenden werden außerdem in das Simulakrum eines brennenden Gebäudes geschickt. Früher kam dabei echter Rauch zum Einsatz, bis die Versicherungen entschieden, das sei zu gefährlich. Jetzt muss man also durch einen Flur voll synthetischem Rauch traben und sich mit dem Handrücken vorantasten. Für den Fall, dass eine Explosion stattgefunden hat, bei der Schotten zerfetzt und Stromleitungen freigelegt worden sein können, darf man sich niemals mit der Handfläche an einer Wand entlangtasten. Streift der Handrücken eine Leitung, die unter Spannung steht, haut der Stromschlag einen um. Berührt man die Leitung aber mit der Handfläche, schließt sich die Hand darum. Und dann hält man sie krampfhaft fest, bis die Hochspannung einen tötet.

*

Nach dem Abendessen brachte Callum uns zum Bahnhof. Wir blieben auf dem Bahnsteig stehen, unser Atem bildete Wölkchen, während neben uns der Zug tickte. Es war ein kalter, bleicher Abend, so hell wie London zur Mittagsstunde.

»Wann bist du wieder da?«, fragte Tom.

»Freitag.«

Die Zugtüren öffneten und schlossen sich mit pneumatischem Seufzen. Tom stellte seine Reisetasche ab, und wir umarmten uns.

»Er wird seine Frau nicht verlassen. Das machen die nie.«

»In dem Buch«, sagte ich, »stirbt die erste Frau des Mannes. Sie kommt auf dem Weg zum Anwalt auf nassem Herbstlaub mit ihrem Wagen ins Schleudern. Sehr, sehr tragisch.«

Auf dem Plan hatte es ausgesehen, als wäre die Entfernung zwischen meinem Hotel und der Stadt durchaus zu bewältigen, aber ich hatte nicht mit der langen Autoschlange gerechnet und damit, wie quälend langsam sie sich über den Fluss wälzen würde. Caden und ich hatten wieder darüber debattiert, wo wir unterkommen sollten. Paare, egal, welchen Ursprungs, entwickeln ihre eigenen Gewohnheiten, und das war unsere. Er schlug immer ein Hotel am Flughafen vor, das seine Firma ihm zahlen würde.

Ich setzte mich grundsätzlich für ein besseres Hotel ein, mit dem Argument, dass eine billige Absteige unsere ganze Affäre irgendwie billig wirken ließ. Wer gerade die Kreditkarte parat hatte, gewann.

Diesmal war ich es gewesen, aber jetzt kam ich mir selbst ein bisschen vor wie eine Ölfeldbetreiberin, die unbegrenzt Geld für den Transport verpulvert. Wir steckten mitten im Stau, und der Fahrer klagte übers Geschäft. Die Einstiegsfrage, mit der man sich als Fahrgast fröhlich auf die Rückbank schiebt – *Na, viel zu tun?* –, hatte einen Schwall von Beschwerden freigesetzt. Nein, er habe überhaupt nicht viel zu tun. Nicht, seit der Ölpreis so abgestürzt sei und die Firmen ihre Arbeiter auf einen Drei-Wochen-Rhythmus gesetzt hätten. Gähnende Leere am Flughafen. Die Männer, die ihre Stelle noch hätten, seien auf den Bus umgestiegen. Die Hotels und Bars seien verlassen, die Stripperinnen chronisch unterbeschäftigt. Die brächten ihre Abende jetzt eigentlich alle vor der Tür zu, mit Rauchen und dem Versuch, Laufkundschaft abzugreifen.

Ich ergänzte diese sozioökonomische Leidensgeschichte um meine eigenen Erkenntnisse:

»Mein Freund rechnet ja auch damit, dass sie ihn bald auf drei und drei setzen. Mein Freund sagt, seine Firma kürzt jetzt allen den Lohn um zehn Prozent. Mein Freund sagt, dagegen könne man nichts machen, aber er ist auch kein sonderlich politischer Mensch. Mein Freund sagt, seine Plattform ist inzwischen halb leer, weil so viele entlassen worden sind.«

»Auf welcher Plattform ist Ihr Kerl denn?«, wollte der Fahrer wissen, als wir endlich vor dem Hotel hielten.

»Forties Echo«, schwindelte ich.

»Ach, da war ich selbst mal ne Zeit lang. Ich dachte, Apache macht längst drei und drei?«

»Ja, klar.« Ich spähte angelegentlich in die dunklen Winkel meiner Handtasche, als könnte ich mein Portemonnaie nicht finden. »Aber … das betraf nur das Kernteam. Er ist Dienstleister.«

»Was macht er noch gleich, haben Sie gesagt?«

Als ich aufblickte, sah ich sein Stirnrunzeln im Rückspiegel. Ich schenkte ihm ein argloses Lächeln mit geschlossenen Lippen.

»Mein Freund ist Rohrschlosser«, sagte ich.

Ich probierte vier verschiedene Outfits an, bevor er kam. Im richtigen Licht konnte mein hellrosa Flittchenkleid (das so hieß, weil der Stoff dünn und billig und der Schnitt sehr eng war) jugendlich-sportlich aussehen. Unter den Neonröhren dieses Bads allerdings wirkte es nur verzweifelt. Seit ich dreißig geworden war, sah ich mich in unregelmäßigen Abständen mit Selbstwertgefühlkrisen konfrontiert, meistens, weil mein Gesicht nicht mehr recht zu meinem Körper passte. Der direkte Vorläufer des Flittchenkleids war ein gestreiftes Minikleid gewesen, das ich meiner Schwester geklaut hatte. Kürzlich hatte sie es sich zurückgeklaut, es zu ihrer Babyparty angezogen und bis zur Unkenntlichkeit ausgeweitet. Ich streifte es über. Der Taillenbund hing aufs Traurigste durch. Die weißen Streifen hatten einen schmuddeligen Grauton angenommen. Ich zog es wieder aus und schmiss es auf den Boden. Mein Lieblingskleidungsstück war ein schwarzer, hochgeschlossener Jumpsuit mit Karottenhosenbeinen. Meist trug ich meine Converse-Sneakers dazu.

Wenn der Jumpsuit frisch aus der Wäsche kam, machte der schmale Schnitt den züchtigen Ausschnitt und die flachen Schuhe wieder wett. Das sah sexy und lässig aus, als hätte ich mir gar keine große Mühe gegeben. Aber ich hatte ihn schon bei unserem letzten Treffen angehabt, und das lag noch nicht lang genug zurück, um die Wiederholung zur romantischen Geste zu machen. Er würde einfach glauben, ich hätte nichts anderes anzuziehen. Also zog ich die Lederleggings wieder an, die ich schon den ganzen Tag trug. Sie waren teuer gewesen, aber jedes Mal, wenn ich sie anzog, bewiesen sie mir aufs Neue, dass sie es wert waren. Auch nach einem kompletten Tag sahen sie noch besser aus als alles, was ich sonst im Koffer hatte. Ich streifte ein grau meliertes T-Shirt über, das man sich eher an jemandem vorgestellt hätte, der auf einer Müllkippe lebte. Das T-Shirt war schon nicht mehr neu gewesen, als ich es vor neun Jahren einer Mitbewohnerin geklaut hatte, die ich nicht mochte. Die Ärmel waren ausgefranst, der Ausschnitt voller Löcher, aber im Verschleiß hatte es eine eingewohnte Weichheit angenommen und war das bequemste Kleidungsstück, das ich besaß.

Ich bürstete mir die Haare, band sie zurück und begutachtete mein Spiegelbild. Je älter ich wurde, desto weniger konnte ich mich darauf verlassen, dass es sich benehmen würde. Innerhalb eines Tages durchlief mein Gesicht etliche hinterhältig wechselnde Zustände, sodass ich nie sicher sein konnte, wer mir gerade aus dem Spiegel entgegensah. Wie eine Figur von Jean Rhys unterteilte ich die Welt in Spiegel, die mich gut aussehen ließen, und Spiegel, die das nicht taten. Erstere waren zunehmend rarer gesät. Ich ließ mir vom Zimmerservice einen Whisky bringen und griff mir ein Buch. Nachdem ich denselben Absatz mehrere Male gelesen hatte, legte ich es wieder weg und zog mir mit zitternden Händen die Lippen nach. Tupfte mir noch ein paar Sommersprossen auf die Nase. Trug eine vierte Schicht Wimperntusche auf. Von draußen kam ein Klopfen wie ein Knall. Das Bürstchen glitt ab, schmierte mir Lila übers Augenlid. Fluchend machte ich die Tür auf.

»Hey, du!«

Ich brauchte immer einen Moment, um es zu verarbeiten: das Wunder seines Gesichts, so nah an meinem. Wie unfassbar gut er aussah. Am Anfang konnte ich ihn mir gar nicht merken, sah, wenn ich an ihn dachte, immer nur ein verpixeltes Oval mit dunklem Haarschopf darüber. Ich konnte nicht mal auf seinem Instagram-Account nachsehen, er hatte nämlich Social-Media-Verbot, damit er nicht in Versuchung kam, andere Frauen zu kontaktieren. Selbst jetzt trog mich die Erinnerung noch. Der Caden in meinem Kopf war gröber, weniger fein ziseliert als der echte, und so erlebte ich jedes Mal, wenn ich ihn sah, einen kurzen Moment der Verwirrung, während beide Versionen vor mir waberten, um sich dann blitzschnell zu vereinen. Wenn ich nicht bei ihm war, gestattete ich mir die Vorstellung, sein Reiz sei ganz subjektiv und rein persönlich, meine ureigenste Entdeckung, so wie Antiquitätenhändler noch unter dem verkorkstesten Furnier die ursprünglichen Formen eines Stücks erkennen. Dann sah ich ihn, und es fiel mir wieder ein. Er war besser, als ich ihm zugestand.

»Hast du dir das Bier an der Bar geholt?«, fragte ich. »Ich hab dir doch gesagt, du sollst es auf die Zimmerrechnung setzen.«

»Würd ich mich niemals trauen.«

Er legte mir die Hände auf die Schultern und schob mich schrittweise in den Raum.

»Ich hatte denselben Taxifahrer wie du. Glaub ich wenigstens. Er hat gefragt, ob ich mich hier mit meiner Freundin treffe, er hätte dich eben abgesetzt.«

Beim Gedanken an mein liebeskrankes Gerede im Taxi wand ich mich ein bisschen.

»Ich habe ein Geschenk für dich«, sagte ich.

»Und was für eins?«

»Ein Buch.«

Ich überreichte ihm das Päckchen. *Landleben*, recht laienhaft eingewickelt. Er betrachtete es enttäuscht.

»Ich dachte, du kannst es auf die Plattform mitnehmen. Wobei …«

Noch hielt ich das Päckchen fest. Wie viele älteste Kinder tat ich mich mit Teilen schwer. In der Bananenrepublik des Kinderzimmers schenkte ich mit einer Hand etwas her und holte es mir mit der anderen zurück, beschlagnahmte Spielsachen und Bücher, die ich nur Minuten vorher huldvoll gewährt hatte. Der Zorn meiner Schwester war der Zorn der Enteigneten. Ich steckte ihn locker weg. Was erwartete sie auch? Auf mich wirkten meine Sachen, sobald ich sie verschenkt hatte, wieder wie neu.

»Vielleicht wäre es doch besser, wenn ich es erst mal behalte.«

»Warum denn?«

»Wenn du nicht so viel liest und plötzlich anfängst, Romane mit nach Hause zu bringen, wird sie vielleicht misstrauisch.«

»Wer sagt, dass ich nicht so viel lese?«

»Na, du! Du hast mir erzählt, du hättest seit anderthalb Jahren kein Buch mehr gelesen.«

Er zuckte die Achseln, forderte sein Recht auf das zurückgezogene Geschenk ein. Wir legten uns aufs Bett, tranken Bier. Er redete von der Arbeit, machte sich Luft, so wie es Menschen mit Bürojobs jeden Abend tun. Sein neuer Vorgesetzter hatte sich über sein Kommunikationsverhalten beschwert, beziehungsweise über den Mangel daran. Das konnte ich nachvollziehen. Er war nach eigener Aussage kein großer Redner.

»Toms Cousin hat mir vorhin was erzählt«, sagte ich. »Von einem Mann, der sich die Taschen voll Werkzeug gestopft hat und von der Plattform gesprungen ist.«

»Auf Brent Field.«

»Das weißt du?«

»Klar. Weiß jeder.«

»Was war denn da los?«

Er blies die Backen auf wie ein Klempner vor einem bullernden Boiler.

»Weiß der Geier. Kreditschulden, hab ich gehört.«

Ich nahm einen Schluck Bier und presste dann den Mund auf seinen. Die Flüssigkeit schäumte, rann ihm übers Kinn. Er schluckte, dann drehte er sich weg, wischte sich verlegen mit dem Handrücken die Lippen.

»Gefällt mir, wenn du das machst. Seltsam, oder?«

»Auch nicht seltsamer als der Impuls, der mich treibt, es überhaupt zu machen.«

»Rat mal, wer letztens bei uns auf der Plattform aufgetaucht ist?«

»Wer denn?«

»Dieser Typ, der dich beleidigt hat. Jason.«

»Du hättest ihn ins Meer schubsen sollen.«

»Sie haben ihn ausgeflogen. Mit Mittelohrentzündung.«

»Gut. Hoffentlich wird er taub.«

Seine Haare waren kürzer, als ich es gewöhnt war, und an den Seiten ausrasiert, wie bei einem Kindersoldaten. Er zog das Oberteil aus, legte die Reste von Sonnenbräune auf seinem Rücken frei.

»Caden?«

»Was denn?« Seine Stimme klang dumpf durch den straffen Baumwollstoff.

»Weißt du noch, als wir neulich Telefonsex hatten?«

»Jaaa?«

»Ich hatte mir überlegt, das könnten wir vielleicht noch mal nachstellen.«

»Soll ich raus auf den Flur gehen und dich von da anrufen?«

Nach einem kurzen Kampf mit den Ärmeln tauchte er wieder auf. An seiner Schläfe stand ein Haarbüschel nach oben.

»Jetzt siehst du aus wie dieses kleine Mädchen aus dem Gedicht. *Es war einmal ein Mädchen mit einer Locke mitten auf der Stirn ...*«

»*Und war sie brav, dann war sie sehr, sehr brav, und war sie bös, dann hatt' sie keiner gern.*«

Ich streckte die Hand aus und strich die Locke wieder glatt. »Dich hat bestimmt auch keiner gern, wenn du böse bist. Stimmt's?«

Dabei war er gar nicht böse. Vielmehr hatte er sich gebessert. Oder? Ich konnte es nicht sagen. Ich liebte ihn, und Liebe ist schließlich nichts anderes als ein zeitweiliges Außerkraftsetzen jeder Urteilsfähigkeit. In vielerlei Hinsicht war er gut im Bett. Er war sehr großzügig mit der Bettdecke. Beanspruchte kaum Platz. Ich fand es schön, auf seiner Brust einzuschlafen. Sein Körper entsprach meinem so passgenau, als wäre er exakt nach meinen Vorgaben konstruiert worden. *Nur für mich gemacht*, dachte ich oft in den Momenten des Wegdämmerns, kurz vor der Schwärze. Und ich mochte es, wie er die Hände bewegte und nur mit den äußersten Fingerspitzen über meine Haut strich. Das war viel zu subtil, um Teil seines ruppigeren Eigenrepertoires zu sein. Er musste es von einer Frau gelernt haben.

»Warum bist du bloß so trainiert?«, flüsterte ich zwischen den Küssen. »Warum hast du so starke Oberarme?«

»Warum hast du so große Augen?«, gab er zurück und fuhr mit der Zunge mein Schlüsselbein entlang. »Warum hast du so eine enge Muschi? Warum hast du so einen fetten Arsch?«

»Keine Ahnung.« Ich griff ihm in die Haare, zog seinen Kopf hoch, schmeckte meinen Schweiß auf seinen Lippen. »So bin ich halt gebaut.«

Fragen. Es gab sicher drängendere Themen als seine Oberarme, die Gründe und Auslöser für ihren Umfang. Ich wollte nicht bohren. Das hätte sehr direkt gegen die oberste Regel unseres Zwei-Personen-Clubs verstoßen. Aber mit steigender Dauer wuchs auch, auf erregende Weise, die Gefahr aufzufliegen. Wenn er mich sehen wollte, schützte er gern den Seegang vor. Inzwischen aber taute der Winter dem Frühling entgegen, die Sommernebel waren noch weit. Und ein leichtsinniger Teil von ihm wollte offenbar erwischt werden.

»Wo bist du denn gerade angeblich?«

»Fortbildung.«

»Und was für eine Fortbildung?«

»Zugangsverfahren bei Arbeit in engen Räumen.«

Ich runzelte die Stirn.

»Das prüft sie schon nicht nach. Sie hat gerade genug anderes im Kopf.«

»Was denn?«

Natürlich wollte ich nicht, dass sie es nachprüfte, trotzdem störte es mich, dass er allein die Möglichkeit so einfach abtat. Es klang, als wäre ich ihrer Aufmerksamkeit gar nicht würdig, als würde sie hochherrschaftlich über mir kreisen, als wäre sie ständig mit realeren und sehr viel dringlicheren Dingen befasst. Vielleicht stimmte das ja auch. Vielleicht lösten sich ihre künstlichen Zehennägel schneller ab als erwartet. Vielleicht war ihre neu erworbene Kalbslederhandtasche eine Spur dunkler als auf der Abbildung.

»Ich flieg nach Vegas, den Kampf gucken. Deswegen ist sie sauer.«

»Und was machst du dagegen?«

»Was soll ich denn machen? Ich hab ja schon die Tickets.«

Er griff über mich hinweg nach seinem Bier.

»Was glaubst du, wer gewinnt? Neulich nachts hab ich die Pressekonferenz gesehen, aber ich könnt's nicht sagen.«

Es rührte mich immer, wenn er von seinen einsamen Nachtwachen vor dem Fernseher erzählte. Seine Frau ging um acht ins Bett, wie eine mittelalterliche Dienstmagd oder ein Kind, und obwohl mir klar war, dass er sie womöglich

ermunterte, so früh schlafen zu gehen, sah ich ihn doch unwillkürlich vor mir: allein im Flackerlicht des Flatscreens,
wie ein kleiner Junge in einer menschenleeren Nachmittags-
vorstellung im Kino. Ein Ehepaar sollte doch zusammen
fernsehen. Dafür heiratete man schließlich. Damit man jemanden hatte, mit dem man fernsehen konnte.

»Ich wäre ja für Canelo.«

Caden schnaufte verächtlich.

»Der ist doch nur so 'n rothaariger Betrüger.«

»Das sagt ja der Richtige.«

»Welche Runde? Egal, was du sagst, ich setz drauf.«

Süß, dieser Aberglaube: die Fernversion davon, mich auf
seine Würfel pusten zu lassen.

»Neunte. Vor Ende. Küss mir den Hals.«

Er küsste mich auf den Hals; seine Finger streiften meine
Brustwarzen.

»Die Mexikaner betrügen alle. Guck dir Margarito an.
Der hat seine Handschuhe manipuliert.«

»Und beim Rematch hat er ganz schön eingesteckt. Die
eigenen Sünden holen dich immer ein.«

Im Halbdunkel konnte ich die Tattoos auf seinem Arm
gerade so erkennen. Ein komplexes, teures Sleeve aus lauter beiläufigen Details. Es zog sich wie ein Ärmelschoner
hinunter bis zur rechten Hand. Auf dem Bizeps standen in
zierlicher Schreibschrift die Namen seiner Frau und seiner
Töchter. Darunter fand sich alles, was einen Mann ruinieren
kann. Ein Martini-Glas mit einer grünen Flüssigkeit darin.
Ein paar Würfel. Ein Hufeisen. Ich fuhr mit dem Finger am
Rand des Glases entlang.

»Du brauchst noch ein Mädchen. Also, im Glas.«

»Ich hab mal ein Bild gekauft, mit Mädchen, ist schon länger her. Genau die wollte ich auch hier drin haben. Aber dann wär sie ausgeflippt.«

»Wieso?«

»Die Frau auf dem Bild ist blond. Sie ist rothaarig.«

»Sie wäre eifersüchtig auf ein Bild?«

»Ist mir zu viel Aufwand, es drauf ankommen zu lassen.«

Seine Frau stand jetzt am Fußende des Bettes. Ich sah sie so deutlich vor mir, wie ich auch manche Romanfiguren sah. Ihre Haare hatten das blutleere Rot von Chilisoße und waren so fest zum Knoten gezurrt, dass allein der Anblick schmerzte.

»Am ersten Abend in den Flitterwochen wollte sie, dass wir ins Bett gehen. Ich wollte aber in der Bar bleiben, noch was trinken. Als ich später aufs Zimmer kam, hatte sie meinen Koffer gepackt und meinen Mantel in Stücke gerissen. Die Mantelstücke hatte sie oben auf den gepackten Koffer gelegt.«

»Klingt wie Ava Gardner.«

»Wieso?«

»Wenn die mal die Beherrschung verlor, fand sie sie wochenlang nicht wieder.«

Ich fing schon an, es mit Schlafmangel zu assoziieren, wenn er da war. Die künstliche Kühle der Hotelzimmer; die unnachgiebig straffen Matratzen. Diese Praxis, zwei Einzelbetten zusammenzuschieben, ein Laken darüberzuspannen und das Ganze als Doppelbett auszugeben. Ein kleiner Spalt zwischen beiden blieb immer vorhanden. Ständig landete ich in dieser Lücke, wenn ich mich nach Caden streckte, rollte in die Delle, die sein Körper hinterlassen hatte.

Ich strich noch einmal über das Glas. Dort, wo seine Haut tätowiert war, hatte sie eine andere Struktur. Die Farbe bildete einen körnigen Wulst, wie der Rand eines echten, in grobes Salz getunkten Margarita-Glases.

»Manche Leute sind wie ein Fass ohne Boden. Man kann geben, so viel man will, es wird doch nie reichen. Du brauchst so ein Vargas-Mädchen in dem Glas. Sonst ist es wie eine Ikone ohne Madonna.«

»Am liebsten würd ich ja das ganze Sleeve wegmachen lassen, aber dafür ist es schon zu viel.«

Seufzend verlagerte er sein Gewicht. Im Dunkeln spürte ich, wie er sich über den Arm strich.

»Manchmal wünschte ich, ich könnte noch mal auf Anfang gehen. Noch mal alles von vorn machen.«

*

Als ich aufwachte, saß er auf der Bettkante. Seine Haare waren nass. Er hatte sich ein Handtuch um die Taille geschlungen.

»Wie spät ist es?«

Er drückte mit einem Finger die Lamellen der Jalousie herunter. Der Himmel war weiß. Die Menschen gingen ihrem unbescholtenen Tagesgeschäft nach.

»So circa neun. Würd ich mal schätzen.«

Ich setzte mich auf und schlang ihm einen Arm um den Hals. Drückte die Lippen an seine Schulter.

»Ich werd dich vermissen.«

»Caden hat oft so gelogen ...«

»Ich lüg dich doch nicht an!«

»Dass Bretter sich und Balken bogen …«

»Dich doch nicht.«

»Die gute Rachel, weit und breit berühmt für Treu und Redlichkeit …«

»Ich lüge nicht!«

Wir legten uns wieder hin, sein Kopf ruhte auf meinem Bauch. Ich fuhr ihm mit der Handfläche übers Haar. Bestimmt, dachte ich, habe ich vorher schon geliebt, aber das hier ist anders. Dieser Drang, mich an ihn zu klammern, mit meinen Armen seine Bewegungsfreiheit einzuschränken. *Sag mir, dass du mich liebst*, spornte ich ihn im Stillen an. *Wenn du es als Erster sagst, dann sage ich es auch.*

»Ich muss dich was fragen«, sagte er.

Mein Bauch kribbelte freudig. So eine Einleitung brauchten nur wichtige Fragen.

»Dann frag.«

Er musterte angelegentlich die Bettdecke. Legte sich die Worte zurecht. Wie lieb er war! So zugewandt und offen. Er registrierte jede kleinste Verschiebung in meinem Gemütszustand, und jetzt hatte er gespürt, dass ich etwas Greifbares brauchte, und zwar bald. *Frag mich, ob ich dich liebe*, drängte ich stumm. *Frag mich, dann sage ich ja.*

»Also, wenn ich dann in Vegas bin? Glaubst du, ich bin bei dieser Jay-Z-Show der einzige Weiße?«

Ich rollte mich auf den Bauch und drückte das Gesicht ins Kissen.

»Was denn? Warum lachst du?«

Ich drehte mich zurück, strich mir die Haare aus dem Gesicht.

»Du bist so ein Rassist.«

»Bin ich nicht! Überhaupt nicht. Ich hab nur einfach keine Lust rauszustechen. Wie der Fleck auf der schwarzen Maske.«

Ich drückte die Handballen auf die Augen.

»Jetzt ist sogar der Vergleich noch rassistisch, mit dem du beweisen willst, dass du kein Rassist bist.«

Er sah mich an, kein bisschen schuldbewusst, aber interessiert.

»Wieso?«

»Damit bezeichnest du die doch als eine große, schwarze, undifferenzierte … Masse!«

»Ich kenn garantiert mehr Schwarze als du. Hast du gewusst, dass wir in Stockton die meisten Asylsuchenden im ganzen Land haben? Die werden alle bei uns abgeladen, weil die Häuser so billig sind.«

Für einen Moment knickte sein Lächeln ein, und die Kerben um seinen Mund brachten sich wieder in Stellung.

»Und wir sind dann die Rassisten.«

*

Auf dem Weg nach unten klingelte sein Handy. Er nahm den Anruf an und entfernte sich ein Stück.

Weil ich davon ausging, dass es seine Frau war, blieb ich zurück. Als ich ins Taxi stieg, merkte ich, dass es sein Back-to-Back war, sein Gegenstück. Offshore-Jobs verteilen sich immer auf zwei Personen; der Back-to-Back ist auf der Plattform, während man selbst zu Hause ist, und seinerseits zu Hause, wenn man selbst draußen ist. Theoretisch bekommt man dieses zweite Ich also nie zu Gesicht, trotzdem muss man aber in engem Kontakt mit ihm bleiben. Jetzt redeten sie über ein Leck, das am Abend zuvor entstanden war. Einer von ihnen oder auch sie beide würden dafür verantwortlich gemacht werden. Die Plattform alterte nicht gut. Inzwischen ging mit alarmierender Regelmäßigkeit etwas kaputt oder fiel aus. Beim Telefonieren griff Caden nach meiner Hand, eine stumme Entschuldigung. Ich sah die Felsnasen, die bewachsenen, regennassen Böschungen draußen vorbeiziehen. Am Ortsrand von Dyce beendete er das Telefonat, und wir wurden vom stockenden Verkehr verschlungen. Wie hielt man es an einem Ort von so überbordender Tristheit bloß aus? Hier war alles grau. Das Meer, der Himmel, die Häuser, die Trockensteinmauern zwischen den abschüssigen Kuhweiden.

»Deine Pupillen sehen aus wie Stecknadeln«, sagte ich. »Hast du H genommen?«

Er legte meine Hand an die Lippen. »So was Ähnliches.«

Es war Schichtwechseltag. Am Flughafen wimmelte es von Männern in grauen Trainingsanzügen.

Er stellte sich für seinen Boardingpass an, ich hielt mich nahe am Ausgang und sah zu, wie sie alle anrückten. Sie hatten etwas von Abenteurern an sich – Bauernburschen auf der Suche nach Glück und Reichtum, den Seesack wie ein Bündel über der Schulter. In den Achtzigern hießen sie überall nur »Thatchers Kinder«. In Wahrheit waren sie eher Thatchers Mündel. Männer aus verschmähten Bezirken und entvölkerten Städten im Norden, Gebieten, die von geplantem Rückbau und Industriesterben gezeichnet waren. Teesside, Wearside, Tyneside, Durham. Doncaster, Oldham, Hartlepool, Hull. Vor dem Hubschrauberlandeplatz standen Gewerkschaftsvertreter und versuchten, neue Mitglieder zu werben, aber die Offshore-Arbeiter misstrauten den Gewerkschaften. Obwohl es zum Katechismus des Nordostens gehörte, Thatcher und alles, wofür sie stand, zu verabscheuen, hatte der Pioniergeist, der sie dazu trieb, ihr Arbeitsleben aufs Meer zu verlagern, doch auch einiges mit dem Freibeuterethos des Thatcherismus gemeinsam.

Wir gingen weiter zur Passkontrolle. Vier Männer blieben vor uns stehen. Caden begrüßte sie ganz unbefangen. Ich hielt mich im Hintergrund, wie eine vergessene Ehefrau.

»Wie war's in Flamingo Land?«, fragte einer.

»Beschissen«, gab Caden trocken zurück. »Für die meisten Fahrgeschäfte war ich zu klein.«

Ich sah zu dem Mann, der die Frage gestellt hatte. Er schaute zurück. Sein Blick sagte, dass er all meine Geheimnisse kannte und sie nicht gerade erbaulich fand.

»Und wer ist das, Kumpel? Deine Älteste?«

Die anderen lachten.

»Das hat ihr jetzt aber nicht gefallen«, meinte einer.

Wir verzogen uns um die Ecke, außer Sichtweite. Hinter mir spürte ich das bösartige Kraftfeld dieser Männer. Hätte ich ihn bloß allein fahren lassen.

»Die waren unverschämt.«

Er warf einen Blick über meine Schulter.

»Hab ich dir doch gesagt. Offshore herrschen andere Regeln.«

»Sie wussten ganz schön viel über dich. Und sie wirken wie Klatschmäuler.«

»Sind sie auch. Aber nichts davon verlässt die Plattform.«

»Die werden jetzt denken, du bist so ein *gallis*.«

»Was ist denn ein *gallis*?«

Mein inneres Lexikon war extrem durchlässig. Da hatte sich auch einiges aus Süd-London eingeschlichen. Wo hatte ich *gallis* noch gleich her? Jetzt hatte ich ihn wieder im Ohr, den MC aus dem alten Garage-Set: *This one's for the gallis, the man dem who got more than one girlfriend.* Ein Patois-Begriff, die wortwörtliche Verschleifung von *girlist*. Ein Mann, der in der schwarzen Kunst des Sich-Herumtreibens bewandert war. Ein wahrer Mösen-Experte.

»Und wenn deine Frau jetzt davon erfährt?«

Ich suchte nach Spuren von Sorge in seiner Miene. Wie hätte ich reagiert, wenn es andersrum gewesen wäre? Garantiert mit vollem Krisenbewältigungsmodus. Ich wäre der Geschichte mit meiner eigenen Version zuvorgekommen, zusammengezimmert aus dem Rohmaterial der Faktenlage. Ein gut gelaunter Anruf bei meinem Mann, gleich nachdem ich durch die Passkontrolle gewesen wäre, einfach nur, um ihm zu sagen, dass ich gut geschlafen hätte, jetzt am Flughafen sei und – *ach, stell dir vor* – in der Ankunftshalle einen Bekannten getroffen hätte, der zufällig im selben Flieger war.

»Ich geh lieber«, sagte ich. »Es bringt nur Unglück, jemandem nachzuschauen.«

»Werd dich vermissen, meine Schöne.«

Er zog an meinem Mantelkragen, aber das nützte nichts mehr. Die Verzweiflung hatte längst in mir Wurzeln geschlagen. Da waren wir, in unserem natürlichen Lebensraum. Flughafenhallen, Hotelzimmer. Zonen der Durchreise und der Verspätung, in denen alle Bewertungsschemata des echten Lebens außer Kraft gesetzt waren.

»Du bist so ein Lügner. Noch schlimmer als Owen in *Landleben*.«

Seine Hand wanderte nach oben, erreichte die Haut über meinem Kragen. Er zog mich dicht zu sich. So dicht, dass ich über jede dunkle Wimper und jede helle Sommersprosse Rechenschaft hätte geben können.

»Echt wahr«, sagte er.

So schlimm wie im Knast ist es nicht. Wenn dir einer erzählt, es wär wie im Knast, dann hat der noch nie gesessen. Ich war drei Monate in Colchester verknackt. Erst war ich bei der Marine, bin da aber rausgeflogen. Hab mich mit dem befehlshabenden Offizier angelegt. Ihn k. o. geschlagen, ihm den Kiefer gebrochen. Da stand ich dann das dritte Mal vorm Militärgericht. Ich hab's nicht so mit Autoritäten. Ob ich ein schlechtes Verhältnis zu meinem Vater hatte? Nein. Oder Moment. Doch! Irgendwie. Meine Eltern haben sich getrennt, da war ich zehn. Sieben Jahre hab ich nicht mit ihm geredet.

3

TIFFANY

»Sind denn noch welche da?«, fragte ich.

Der Makler bedachte mich mit seinem freimütigen Blick.

»Aber nein! Das ist ewig her. Inzwischen ist das Viertel sehr im Trend.«

Im Trend! Als ob irgendein Stadtteil von Aberdeen je behaupten könnte, en vogue zu sein.

»Ein Freund hat mir erzählt, das ist der Rotlichtbezirk.«

»Da ist Ihr Freund wohl nicht ganz auf dem neuesten Stand. Das Einzige, was Sie hier nachts wach halten wird, sind die Möwen.«

Ich hatte mich längst für die Wohnung entschieden, aus dem irrationalen Grund, dass ich diesen Mann mochte. Er musste etwa Mitte fünfzig sein, hatte blaue Augen, einen gepflegten Bart und das urban-attraktive Äußere eines alternden Quizmoderators. In einem saphirblauen BMW kutschierte er mich durch die Stadt und erzählte von einer Krimireihe, die ihm sehr gefiel. Ob ich welche davon gelesen hätte? Nein, sagte ich. Oh, das sollten Sie aber, sagte er. Die sind richtig gut! Mache ich, versprach ich ihm gut gelaunt. Es wird meine erste Amtshandlung sein, sobald ich wieder zu Hause bin.

»Nein«, sagte er jetzt und ging zum Fenster hinüber. »Hier, genau hier wollen Sie wohnen. So richtig mittendrin.«

Ich stellte mich neben ihn. Hinten ging die Wohnung auf einen Parkplatz hinaus, vorn auf eine kleine Werft. Und um die Ecke, außer Sicht, aber unverkennbar da: das Meer. Seine salzige Nähe war immer zu spüren, auch wenn man es nicht sah. Eine Möwe, so groß wie ein Schoßhund, landete auf dem Fenstersims. Kalte Augen. Ein galliges Gelb, die Farbe der Gefahr.

»Schade, dass man das Wasser nicht sieht«, sagte ich.

»Ach ja. Meerblick. Aber da müssten Sie dreihundert mehr im Monat investieren.«

Er lächelte, ganz angetan von dem Gedanken, dass ich Geld sparte. Südstaaten-Geldgier und protestantische Sparsamkeit, das war es, woraus sich Aberdeen zusammensetzte. Die Stadt war zwar reich – von den schlimmsten Auswüchsen der Rezession verschont, eine Oase der Vollzeitbeschäftigung mit niedriger Kriminalitätsrate –, aber ihr Wohlstand blieb weitgehend unsichtbar. Kein Mensch wusste, wohin die vielen Ölmilliarden geflossen waren; bis in die Infrastruktur hatten sie es jedenfalls nicht geschafft. Die Innenstadt war grau und funktional, die Straßen Tag und Nacht verstopft. Das Meer ragte direkt in die Stadt hinein und blieb dort weitgehend unbeachtet. Vor der Ufermauer warteten lange Reihen gelber Versorgungsschiffe. Dahinter erstreckten sich eine leere Wasserfläche und der sanft streifige nordische Himmel. Norwegen. Alle hier erzählten ganz aufgeregt vom norwegischen Teil der Nordsee. Ein Staatsfonds. Das Traumbild Statoil. Dabei ging es ihnen kaum um das Konzept der Verstaatlichung, den hohen Industriestandard, den man sich damit erkaufte, oder die großzügigen öffentlichen Zuschüsse. Es ging um Zuwachs um des Zuwachses willen. Um all das schöne Geld, das sich da scheffeln ließ. Ein Kessel voller Kapital, das üppig aufquoll wie Milchreis.

Die Leute verglichen Norwegen mit einem übertrieben wählerischen Drogendealer, der seine eigenen Produkte scheut. Das Land exportierte gewaltige Mengen Rohöl, setzte aber selbst ganz auf grüne Energie. Jenseits des Meeres sprachen sie vom *olje-eventyr* – vom Ölmärchen –, und nichts anderes war es auch. Staatsvermögen in einer Höhe von einer Million Kronen pro Bürgerin und Bürger, Plattformen, die aussahen wie Hotels, Ölfelder mit Namen wie Troll, Valhall, Frigg.

Natürlich hatte dieses viele Glück auch seinen Preis. So ist das immer im Märchen. Das Öl hatte die Bevölkerung Norwegens träge gemacht, sie verwöhnt. Die Leute verlängerten ihre Wochenenden auf drei Tage, häuften Privatschulden auf. Um vier verließen sie in Scharen ihre Büros und ließen Leute aus Schweden kommen, die in ihren Lokalen kellnerten. Es gab sogar ein eigenes, neu geprägtes Verb dafür, dem Staat weitere Beihilfen zu entlocken. Die Regierung hatte Spielraum zum Faulenzen geschaffen. Und der ganze Norwegen-Sermon endete immer mit denselben Worten: »Die haben in den Neunzigern diesen Öl-Fonds gegründet und greifen *erst jetzt* allmählich darauf zurück!« Dagegen unsere eigene Nordseegeschichte, die traurige Fabel thatcheristischer Verschwendungssucht. Wir haben unseren Geldregen nicht gehütet. Wir haben ihn verdient und dann verpulvert. Wofür, weiß niemand so genau. Vor fünfzig Jahren wurde die erste Ölquelle gebohrt, und wir stehen trotzdem mit leeren Händen da. Und da heißt es immer, Sozialisten könnten nicht mit Geld umgehen.

»So wichtig ist mir der Meerblick auch nicht«, sagte ich. »Was kostet die Wohnung?«

»Achthundert.«

Ich fuhr mit dem Finger über den Fenstersims. Auf dem Lack lag eine feine Schicht Staub. Die Leute machten sich davon; dafür hatte der Abschwung bereits gesorgt. Eigentlich hätte ich versuchen sollen, einen besseren Preis auszuhandeln – ein halbes Jahr hier zur Miete würde einen Großteil meiner Ersparnisse aufzehren –, aber solche Gespräche fielen mir immer schwer. Mit Geldfragen befasste ich mich lieber nicht, wie die Queen. Das war immer Adams Ressort gewesen, weil es ihn einfach mehr interessierte. Als ich meine Sachen aus seiner Wohnung holen kam, hatte er mir Bilder von einem Haus unter die Nase gehalten, das er gerade gekauft hatte. »Das hättest du haben können«, kommentierte er großspurig, als würde er mir den Kaufvertrag für Pemberley präsentieren und nicht ein Nullachtfuffzehn-Reihenhaus in Catford. »Alles, was mir gehört, hätte auch dir gehören können.« – »Und sagt es da nicht alles«, entgegnete ich, während ich meinen einzigen guten Mantel in Seidenpapier einschlug, »dass es mir trotzdem so lieber ist?«

Ich wandte mich wieder dem Makler zu.

»Ich nehme sie«, sagte ich.

Er strahlte. Ich hatte die richtige Antwort gegeben.

»Ich wusste, dass Sie das sagen würden.«

Er händigte mir ein paar Unterlagen aus und blieb dicht neben mir stehen, während ich unterschrieb. Ich fühlte mich an meinen Freund Ali Andrews erinnert, von dem ich mir vorstellen konnte, dass er im Alter ähnlich hager und fein ziseliert aussehen würde. Ali hatte auch diese leicht enervierende Angewohnheit, sein Gewicht mit leichtem Wippen nach vorn zu verlagern, wenn er einer Äußerung besonderen Nachdruck verleihen wollte. Er war der erste offshore arbeitende Mensch gewesen, den ich kannte. Und der Ursprung meiner (womöglich irrigen) Überzeugung, dass alle Offshore-Arbeiter fit wie Turnschuhe sein mussten, selbst wenn sie es gar nicht waren. Das war ein Zeichen. Ich war mir sicher.

Zeichen, Omen. Dafür war ich neuerdings viel empfänglicher als früher.

Morgens beim Duschen schrieb ich erst Cadens Initialen, dann meine auf die beschlagene Scheibe. CD. TL. Und malte noch einen Kreis darum, um sie zu verbinden.

Ich sprühte mir Parfum in die Haare, das nach Tuberose und Ambra roch. Ich wartete exakt vier Minuten, bis ich auf seine Nachrichten antwortete.

Ich drehte mein Schlafshirt auf links, weil das Glück bringen sollte. (Und ich vertraute auch noch anderem Aberglauben: Wenn dir jemand nachts im Traum erscheint, dann heißt das, er hat beim Einschlafen an dich gedacht; wenn ein Mann still ist, aber sehr schnell spricht, dann heißt das, er kann gut Geheimnisse bewahren.)

Tagtäglich bereitete ich ihn auf den Ernstfall vor. Lösch immer alle Nachrichten, wenn wir telefoniert haben. Leg dein Telefon so, dass sie es immer im Blick hat. Keine neuen Klamotten für den Offshore-Einsatz, kein übertriebenes Training vor dem Aufbruch. Und sollte sie dich doch erwischen, sag bitte nicht, es sei »nur Sex« gewesen. Aber sag ihr auch nicht, dass ich etwas Besonderes bin. Sie wird dich

99

fragen, ob ich hübscher bin als sie, ob ich jünger bin als sie, ob ich dich all das machen lasse, was sie dich nicht machen lässt (lauter Fangfragen, auf die es keine richtige Antwort gibt). Sie wird wissen wollen, wie meine Möse schmeckt, ob ich schlucke, ob du ihn mir in den Hintern steckst. Und wunder dich nicht, wenn sie dich vögeln will, nachdem du ihr das alles beantwortet hast, dich heftiger, verzweifelter vögelt als jemals zuvor. Glaub bloß nicht, damit wärst du aus dem Schneider.

Caden schien sich wegen seiner Frau keine Gedanken zu machen. Vielleicht konnte er sich auch nur nicht vorstellen, erwischt zu werden. Also nahm ich sie auf die Liste meiner ganz persönlichen Ängste. Ich glaubte, wenn ich mir genug Sorgen für uns beide machte, würde sie es vielleicht nie herausfinden.

Als ich kündigte, sagte meine Redakteurin, sie werde mich vermissen, und unterhielt sich dann, über meinen Kopf hinweg, lange mit einer anderen Redakteurin darüber, wie unwahrscheinlich es angesichts meines vorsintflutlichen Tagessatzes sei, dass sie eine ordentliche Nachfolge für mich fänden. Bis zu dem Moment hatte ich geglaubt, meine Stelle aufzugeben könnte zu den Entscheidungen gehören, die ich bereuen würde. Danach machte ich mir deswegen keine Sorgen mehr.

An meinem letzten Arbeitstag lud mich die Chefredakteurin zum Mittagessen ein. Ich stand in der Tür ihres Büros und wartete, bis sie mit Telefonieren fertig war. An der Wand hinter ihr hing ein gerahmtes Plakat. Darauf stand: *Am Ende wird alles gut. Und wenn es nicht gut wird, ist es noch nicht das Ende.*

Wir gingen in eine Tapas-Bar in der Nähe des Strand. Drinnen fühlte man sich wie in einer kühlen, dunklen Höhle. Ich stocherte in meiner Portion Morcilla und Stockfisch herum, und sie fragte mich nach meinen Plänen.

»Sie sollten einen Thriller schreiben. So was verkauft sich gerade richtig gut: Thriller von jungen Autorinnen. Wie alt sind Sie jetzt?«

»Dreiunddreißig.«

»Und es besteht keine Chance, dass es mit dem Ex noch was wird?«

Ich schüttelte den Kopf. Über meinen Ex-Freund wollte ich gar nicht reden. Ich wollte über meinen neuen Freund reden, auch wenn mich der Anstand davon abhielt.

Sie legte den Kopf schief und musterte mich.

»Ab einem gewissen Punkt muss man die eigenen Erwartungen zurückschrauben. Ich kenne eine Menge Frauen, die irgendwann genau die Männer geheiratet haben, von denen sie mit Mitte, Ende zwanzig nichts wissen wollten. Nette, solide, zuverlässige Typen. Man braucht vor allem jemanden, der auch ein Freund sein kann.«

Ich schaute an ihr vorbei auf den trägen Mittagsverkehr, der am Trafalgar Square zusammenlief. Das hatte ich mir ganz anders vorgestellt. Seit Jahren bewunderte ich diese Frau. Ich hatte darauf gebrannt, sie allein zu sprechen, weil ich glaubte, sie hätte mir vielleicht etwas Brauchbares mitzuteilen.

»Aber ich muss sagen«, fuhr sie fort, »ich finde das sehr mutig von Ihnen. In Ihrem Alter hat man es wirklich schwer, noch jemanden kennenzulernen. Die Männer gehen erst mal immer davon aus, man will ein Kind. Aber das

Schöne ist: Ab vierzig wird es wieder besser, weil sie dann glauben, man hat's längst hinter sich.«

Ich trank einen großen Schluck Sangria.

»Hat doch alles auch sein Gutes«, sagte ich.

Im Büro schenkten sie mir eine Flasche Champagner und, traditionsgemäß, ein witziges Zeitschriften-Cover. Mein Kopf auf dem Körper eines Models und ringsherum ironisch-anspielungsreiche Schlagzeilen. In manchen glaubte ich, Toms Lästerzunge zu erkennen, beispielsweise »Angebohrt: Zuckerpuppe bei der Ölfördertruppe«. Meine Redakteurin hatte feuchte Augen und hielt eine kurze, förmliche Rede, in der sie es irgendwie schaffte, so zu klingen, als würden wir uns kein bisschen kennen, und alle, die um meinen Schreibtisch standen, applaudierten.

Ich drückte meinen Abschiedsrosenstrauß an die Brust, neigte den Kopf und lächelte huldvoll wie die Primadonna nach dem fünfzehnten Vorhang.

Wieder im Haus meiner Mutter, stellte ich fest, dass sich dort bereits meine Schwester breitgemacht hatte. Boo Boo, ihr Ragdoll-Kater, war ebenfalls vor Ort. Boo Boo war überzüchtet und so blöd, dass man ihn nicht allein nach draußen lassen konnte. Er hatte dicke weiße Beine und winzige bläuliche Pfoten, sodass es immer aussah, als trüge er Gaucho-Hosen, in blaue Stiefel gestopft. Sein Alleinstellungsmerkmal bestand darin, dass er sich, sobald man ihn auf den Arm nahm, hängen ließ, als hätte man ihm eine Morphiumspritze verpasst, obwohl er sonst nicht allzu friedfertig war. Er ließ sich leicht verschrecken, ergriff beim kleinsten Geräusch die Flucht und huschte mit kurzbeinigen Trippelschritten davon. Ich vermutete darin Phase Eins eines langfristigen Plans, Boo Boo dauerhaft bei unserer Mutter zu parken, und dieser Verdacht bestätigte sich, als meine Schwester mir erzählte, er werde bis August bleiben. »Meine Mum hat gesagt, sie nimmt ihn«, sagte sie. »Nur so lange, bis die Küche fertig ist.«

Im Gespräch miteinander neigten meine Schwester und ich beide dazu, unsere Mutter als »meine Mum« zu bezeichnen und nicht einfach als »Mum«, was uns leicht besitzergreifend klingen ließ und so, als wären wir gar nicht verwandt. Mir war nicht klar, warum genau sie dort war, es interessierte mich aber auch nicht weiter, weil ihr Besuch auch meinen rechtfertigte und ich mich nicht ganz so sehr wie die ledige Tochter fühlen musste. Meine Schwester allerdings interessierte sich durchaus für meine Pläne. Neben den offensichtlicheren Symptomen ihres Zustands registrierte ich an ihr auch eine gesteigerte Wachsamkeit. Vermutlich ließ sich das irgendwie evolutionär erklären (die geschärften Instinkte der werdenden Mutter, der Wunsch, ihre Umgebung unter Kontrolle zu bringen), aber in den vergleichsweise sicheren Grenzen des Hauses unserer Mutter wurde ein übertriebenes Interesse an meinem Kommen und Gehen daraus.

Wenn sie also nicht gerade Farbmuster in Schlammfarben betrachtete und immer wieder »Mouse's Back« und »Elephant's Breath« vor sich hin murmelte, bis die Worte jegliche Bedeutung verloren hatten, fragte sie mich aus und verzog das Gesicht über die Antworten. Sie spähte mir auch gern über die Schulter, wenn ich auf mein Telefon schaute, und platzte ins Gästezimmer, ohne anzuklopfen. Wenn ich beim Abendessen einem zweiten Glas Wein zustimmte, zog sie eine Augenbraue hoch und sagte: »Kommst wohl langsam auf den Geschmack, was?«

»Wer ist denn dieser *Caden*?«, fragte sie eines Abends. »Das ist doch kein Name!«

»Seit wann bist du eigentlich so neugierig?« Ich steckte mein Telefon weg. »Ich dachte immer, Schwangere kreisen nur um ihren Zustand.«

»Gehen wir jetzt?«

Das rief unser Vater von seinem Bett aus. Er lebte in einem Pflegeheim ein paar Kilometer vom Haus unserer Mutter entfernt und war schon seit Jahren bettlägerig. Meine Schwester fummelte an den Schalthebeln des Bettgestells herum. Der Neigungswinkel seiner Matratze konnte per Knopfdruck verändert werden, sowohl am Kopf- als auch am Fußende, und ich musste dabei immer an die wippenden Chevy Impalas aus den alten Rap-Videos denken. Auf und ab segelte mein Vater, auf und ab. Schließlich ließ sie ihn in einem stumpfen Winkel verharren, der nicht sehr bequem aussah, ihm aber den Blick auf den Fernseher ermöglichte. Dort lief eine alte Folge von *The Great British Bake Off*. Die Fernbedienung verschwand regelmäßig, und die Pflegekräfte waren dazu übergegangen, sie im Kleiderschrank zu verstecken. Sie gaben den anderen Heimbewohnern die Schuld, die noch mobil waren und manchmal in sein Zimmer kamen und alles Mögliche klauten.

»Ich kann Paul Hollywood nicht leiden«, sagte ich. »Er sieht doch aus wie ein Mann, der einen im Bett erniedrigen will.«

»Also, *damit* kenn ich mich nicht aus«, sagte meine Schwester.

Sie presste die Lippen zusammen. Es war erst einen Tag her, dass sie wieder einmal unangekündigt in meinem Zimmer gestanden und mich erwischt hatte, wie ich ein Päckchen mit einer Bestellung von Myla auspackte. Die Unterwäsche – hellblau, transparent und mit strategisch platzierten Aussparungen – war eigentlich gar keine Unterwäsche, sondern Lingerie, die man nur anhat, um sie auszuziehen.

»Gehen wir?«, schlug unser Vater vor.

Vor dem Absperrgitter stand jetzt eine Frau und rüttelte am Riegel. Sie konnte erst relativ kurz hier sein, denn sie hatte noch strahlende Augen und wirkte drall und rüstig. Nach ein paar Wochen glichen sich alle Bewohnerinnen und Bewohner äußerlich einander an. Ihre Haut bekam einen Grauton, die Augen wurden trüb, und sie verfielen in den schleppenden Gang von Schlafwandelnden. Die allermeisten fiktiven Sonderformen haben ihren Ursprung ja in echten Krankheiten. Vampire litten höchstwahrscheinlich an Porphyrie, Werwölfe vermutlich an Tollwut. Ob daher wohl die Zombies stammen, fragte ich mich, wenn ich diese Leute an der offenen Zimmertür vorbeischlurfen sah, wie sie leise vor sich hin stöhnten und hin und wieder stehen blieben, um am Gitter zu rütteln. An der Feuerschutztür, die hinaus auf den Parkplatz führte, hing ein Plastikschild, das alle dringend ersuchte, sich UNBEDINGT zu vergewissern, dass es sich bei Besuchern auch wirklich um Besucher handelte, bevor man sie hinausließ, dabei war das völlig unnötig.

»Hallo!«, sagte die Frau, als unsere Blicke sich trafen. »Wir haben uns ja *ewig* nicht gesehen!«

Meine Schwester grinste.

»Hast mir gar nicht erzählt, dass du hier eine Freundin hast.«

Es lag auf der Hand, dass sie mich mit jemandem verwechselte, jemandem aus ihrer Vergangenheit, und trotzdem hatte ich sofort Gewissensbisse. Ich besuchte meinen Vater längst nicht so oft, wie ich eigentlich sollte. Tat ich es doch, versuchte ich, meinen Besuch so zu timen, dass meine Schwester auch da war. Sie war sein Liebling gewesen, als er solche Vorlieben noch hatte, ich fand es also nur fair, dass sie bei unseren Besuchen die größere Last schulterte. Gespräche mit ihm waren schwierig, weil er nicht mehr klar denken und auch nicht mehr deutlich sprechen konnte. Seine Persönlichkeit war wie ausgelöscht, an ihre Stelle waren eine Ansammlung von Symptomen und ein paar halb bewusste Glaubenssätze getreten. Als jüngerer Mann war er viel draußen gewesen, ständig schleppte er uns an menschenleere Orte auf dem Land, um dort zu picknicken oder lange Wanderungen zu machen, was aus unserer Sicht nur dem einen Zweck diente, uns vor Augen zu führen, wie gut wir es zu Hause in unseren Zimmern hatten. Irgendwann hatte er mit der ganzen Familie in die Highlands ziehen wollen, aber unsere Mutter hatte ihm erklärt, das könne er vergessen. Er stand immer schon, zunehmend gereizt, gestiefelt und gespornt an der Tür, während wir noch nach verlegten Schuhen, Haargummis, Regenmänteln und Handschuhen fahndeten. Jetzt hatte die Krankheit ihn für immer in die Diele verbannt, wo er zum Warten verdammt war (gestiefelt und gespornt, bereit zum Aufbruch), bis seine trantütige Familie endlich in die Gänge kam.

De facto hatten wir drei Väter. Den Kranken, den lakonischen Mann, der für mich unser »richtiger« Vater war, und den Vater aus den Erzählungen unserer Mutter, den ich von allen dreien am wenigsten mochte. Dieser Vater war eine fade, unerschütterlich loyale Gestalt, allzeit bereit, sich durch Schneestürme, Anti-Rassismus-Demos oder Waldbrände zu kämpfen, um unserer Mutter wahlweise eine Tasse Brühe, einen Regard-Ring aus Rotgold oder einen vierseitigen Liebesbrief auszuhändigen. Diese Geschichten packte sie immer dann aus, wenn mein jeweils aktueller Freund sich als wankelmütig erwies oder sich etwas hochgradig Egoistisches geleistet hatte. Unklar blieb, ob sie mich damit neidisch machen oder anregen wollte, meine Ansprüche hochzuschrauben, aber sie erreichte weder das eine noch das andere.

Ich wollte keinen Mann, der mich im Zug nach Wrexham brachte und dann mit dem nächsten Zug zurückfuhr, weil ich ihm viel zu kostbar war, um allein im Abteil zu sitzen. Außerdem konnte ich an diese Version meines Vaters nicht recht glauben. Sie hatte so gar nichts mit dem kurz angebundenen, knurrigen Menschen gemeinsam, den ich kannte und dessen schlechte Stimmung alles so sehr durchdrang, dass ich schon an der Art, wie er den Schlüssel ins Schloss steckte, hörte, was für einen Tag er gehabt hatte. Als Jugendliche wünschte ich mir oft, er würde uns verlassen. Ohne seine Launen stellte ich mir unsere Familie als harmonisches Dreiergrüppchen vor. Jetzt hatte er uns verlassen, und wir hatten es tatsächlich ganz harmonisch, auch wenn sein Abschied ganz eigene Komplikationen nach sich zog.

Vor allem hatte unsere Mutter wieder mit dem Horten angefangen, hamsterte alte Kulis, Kassenzettel, Plastikschüsseln und leere Shampooflaschen. Die Küche sah aus wie ein Vanitas-Stillleben, überall vergammelnde Früchte und andere Essensreste, und für mich lag in diesen kleinen Vignetten auch wirklich etwas Lehrreiches, sie offenbarten ein calvinistisches Grundprinzip, das hier am Werk war. Für sie grenzte es an Sünde, eine Shampooflasche wegzuwerfen, ohne vorher die letzten Reste mit warmem Wasser herauszulösen, oder einen Kassenzettel in den Müll zu geben, ohne den getätigten Kauf in einem linierten Heft mit der Aufschrift »Ausgaben« festgehalten zu haben. Meine Schwester meinte, es sei eine Reaktion auf die traumatische Erfahrung der Krankheit meines Vaters. Ich hielt es für ebenso plausibel, dass das Alleinleben ihr die Freiheit schenkte, endlich ihrer wahren Leidenschaft zu frönen. Unser Vater war ein ordnungsliebender Mensch gewesen, der gern Geld ausgab.

Manchmal machte ich mir Sorgen, sie könnte selbst in einen diffusen Zustand abgleiten, der seinem entsprach. Extravagant oder dramatisch war das alles nicht – quasi das *petit mal* im Vergleich zu seinem ausgewachsenen Wahnsinn –, aber es reichte doch, um mich ins Grübeln zu bringen. Das Fernsehprogramm mit dem echten Leben zu verwechseln war eigentlich sein Ressort, aber eines Abends schlug sie vor, ich könnte ja mal mit Robert Preston ausgehen. »Sie kennt Robert Preston doch gar nicht«, sagte meine Schwester. »Wie soll sie dann mit ihm ausgehen?« Unsere Mutter entgegnete, seine Frau sei tot, und er sei wieder zu haben. Sie habe ihn im Radio davon erzählen hören. Tinder sei für ihn offenbar keine Option. Er wolle seine nächste Frau in einer realen Lebenssituation kennenlernen.

Ich hörte mir diesen Austausch schweigend an. Seit dem Einbruch war mein Leben zu einer Art Schauspiel geworden, einem Bühnenstück, und meine Familie fühlte sich verpflichtet, es sich anzuschauen und zu kommentieren.

»Sind wir so weit?«, sagte mein Vater.

Wir nahmen das als Stichwort zum Gehen. Ich gab meinem Vater einen Kuss und erklärte ihm, ich sei jetzt erst mal für ein halbes Jahr weg. Warum ich einem Menschen, für den die Zeit keine Bedeutung mehr hatte, einen konkreten Zeitraum nannte, wusste ich selbst nicht. Er sah mich an, sein Mund war schlaff, und seine schwarzen Augen übermittelten ihre ganz eigene Botschaft. Dass auch er fort war und es noch eine ganze Zeit bleiben würde.

»Warte kurz«, sagte er. »Ich komme mit.«

*

In Aberdeen angekommen, brachte ich zwei Tage mit Einkäufen zu. Zwei wintertaugliche Bettdecken, acht Kissen, Bezüge mit einem schlichten, hellblauen Muster. Filzbezogene Kleiderbügel im gleichen verwaschenen Blauton. Eine leichte Wolldecke, ein Kissen mit einem Hundekopf drauf, als Ersatz für einen richtigen Hund. Weiße Tassen, weiße Teller. Rote, betörend duftende Rosen. Handbemalte Becher, die wie dickbäuchige Vögel aussahen. Ich sparte beim Geschirr, damit ich umso mehr für Handtücher ausgeben konnte. Rose-Otto-Badeöl. Peeling. Ich kaufte Käse,

Leberpastete, Bier, Wein, Bitterspinat, dunkles Brot. Bei Morrisons in der King Street erstand ich ein Messer und ein Schneidebrett, und plötzlich traf mich die Erkenntnis, wie ich auf die übrige Kundschaft wirken musste. Eine blassgesichtige Frau Mitte dreißig, die am Samstagabend allein Küchenutensilien kaufen geht, und zwar so billige, dass sich selbst eine Studentin dafür schämen würde. Verprügelte Ehefrau. Asylantin. Zeugin eines Gewaltverbrechens, vom stummen Arm des Gesetzes hierher verbracht, nachdem ein Algorithmus ihre neue Adresse bestimmt hatte.

Als ich fertig war, goss ich mir ein Glas Wein ein und musterte mein Werk. Die Wohnung lag weit oben, wie ein Adlerhorst. Küstenlicht drang herein und wurde von den weißen Wänden und der weißen Wäsche zurückgeworfen. Trotz all meiner Bemühungen blieben die Räume kahl, gesichtslos wie ein billiges Hotelzimmer oder der Wartebereich einer Arztpraxis. Ich fühlte mich, als hätte ich versagt. Eine richtige Frau, eine, die auf Ehe und Familienleben aus war, hätte es doch geschafft, diese Zimmer wohnlich zu gestalten. Ihnen ihren Stempel aufzudrücken. Vielleicht hätte ich noch ein paar dieser Holzbuchstaben zum Aufstellen kaufen sollen, die von Fensterbänken und Regalbrettern herab verkündeten, dass es sich hier um ein Zuhause handelte: HOME.

Es war April und immer noch kalt. Morgens waren die Fenster manchmal außen überfroren. »Letzte Woche hat es geschneit«, bekam ich immer wieder zu hören. »Das haben Sie gerade verpasst.« Es klang mitleidig, als hätte ich etwas richtig Schönes versäumt. Die Leute waren stolz auf die verrückte, nicht zur Jahreszeit passende Witterung ihrer Stadt, ihr ständiges Schwanken zwischen Sturmböen, Sonne, Regen und wieder Sonne.

Auch das Klima meines Wohnblocks war höchst wechselhaft, heiß und kalt, hell und dunkel, je nachdem, ob gerade ein Kreuzfahrtschiff angelegt hatte oder nicht. Diese Schiffe waren riesig, sie standen in keinem Verhältnis zu den abschüssigen Straßen, vor denen sie ankerten. Damit tauchten sie ihre unmittelbare Umgebung ins Dunkel, schufen kalte Schluchten unter sich auf dem Asphalt, wie der Abschnitt eines Gehwegs neben einem Wolkenkratzer. Wenn ich in ihrem Schatten ging, zog ich den Mantel enger um mich. Dann fuhren sie weiter, und es floss wieder Sonnenlicht durch die Straßen.

Freundinnen und Freunde aus London riefen an. »Was machst du bloß den ganzen Tag?«, wollten sie wissen. Die ehrliche Antwort hätte *Nichts* gelautet, aber das konnte ich natürlich nicht sagen. Selbstdisziplin ist ein Muskel, der bei mir zusehends verfiel. Lang und formlos erstreckten sich die Tage vor mir. Ich sinnierte träge über mein Buch und ging allein auf Shoppingtour. Ich ließ mir die Nägel machen und die Haare, als wäre ich meine eigene verwöhnte Ehefrau. Ich legte mir neue Namen zu. Wenn ich mir einen Kaffee holte, sagte ich immer, er sei für Hadley (*H-a-d-l-e-y*, trällerte ich zur vorauseilenden Klarstellung). Wenn ich ein Taxi rief, sagte ich: für Saskia. Auf Tinder war ich Elodie.

Caden erzählte ich, Tinder sei Teil der Recherche. Das stimmte auch, ich kontaktierte nur Männer, die offshore arbeiteten. Dass ich mich damit in nichts von den meisten

111

anderen Frauen in der Stadt unterschied, war Nebensache. Das Aberdeener Prinzessinnensyndrom. So nannten es die Einheimischen. Eine angeborene Störung, vom Vater an die Tochter weitervererbt, so wie die meisten Genmutationen. Daddy war groß im Ölgeschäft, also musste der Freund es auch sein. Zum fortgeschrittenen Stadium gehörten Longchamps-Handtaschen, wippende Pferdeschwänze in Pastelltönung und eine subtile Hochnäsigkeit im Umgang mit männlichen Barbekanntschaften. Solche Frauen hatten kein Problem damit, sich eine ganze Tablettladung Cocktails ausgeben zu lassen und den risikofreudigen Dummkopf anschließend eiskalt abblitzen zu lassen. Das hatte ich schon mehrfach beobachtet.

Aberdeen war wie ein Golfstaat, ein Kalifat in der Wüste. Nach Einbruch der Dunkelheit sah man kaum noch Frauen allein auf der Straße. Es wimmelte von Wanderarbeitern, kilometerweit weg von zu Hause und einsam. Alle paar Minuten blinkten neue Nachrichten von Männern auf meinem Telefon auf. Es waren Männer aus Kanada, Polen, Frankreich, Nigeria. Schüchterne Männer, eingebildete Männer. Männer, die mir misstrauische Fragen zu meiner Arbeit stellten. Männer, die mir ungefragt Fotos von ihrem Schwanz schickten. Männer, die sauer wurden, wenn ich zu lange nicht reagierte. Männer, deren unberechenbares Kommunikationsverhalten mich vermuten ließ, dass da noch eine Freundin im Hintergrund lauerte. Männer, die versuchten, mit schmissigen Einzeilern herauszustechen. Männer, die kaum ein gerades *hi, wie geht's?* zustande brachten.

Wie ein dunkelhaariges Goldlöckchen sah ich sie mir

alle an und befand, dass die meisten zu wünschen übrig ließen. Bei diesem sind die Sommersprossen ungleichmäßig verteilt, bei jenem die Wimpern zu schütter. Dieser trägt rote Hosen, jener redet immer von *Party machen*. Dieser schreibt immer *u* statt *you*, ein klarer Hinweis auf einen Vollpfosten, aber jener ist wiederum zu penibel mit der Zeichensetzung. Dieser posiert mit seinem Auto, muss also unverbesserlich raffgierig sein. Jener trägt Polohemden, das lässt auf Weichei schließen. Dieser erwähnt schon in der ersten Zeile seines Profils seine Tochter, das wirkt etwas sehr demonstrativ väterlich. Jener hat das Gesicht seines Sohnes mit schwarzem Filzstift unkenntlich gemacht, das ist gruselig. Dein Name klingt französisch, schrieben sie mir. Du siehst auch französisch aus. Bist du Französin? Ja, schrieb ich zurück. Ich bin Französin. Ich komme aus Nîmes.

Und alle wollten wissen, wie lang ich schon Single sei. Im Klartext: *Was stimmt nicht mit dir?* Zu lang auf dem Markt sein stand für Bindungsängste, schwere persönliche Defizite oder beides. Nicht lang genug stand für Unsicherheit, Nicht-allein-sein-Können und potenzielle Überschneidungen. In London war es zumindest theoretisch möglich, dass ein nicht vergebener Vierunddreißigjähriger ganz normal war. In der Provinz galt das als Hinweis auf einen hartnäckigen Charakterfehler. Auch ich betrachtete Männer, die so spät wieder frei wurden, mit Misstrauen, erst recht, wenn sie auch noch attraktiv waren und einen festen Job hatten. *Warum*, dachte ich mir dann, *bist du Single? Was für Schäden hast du angerichtet, dass eine erwachsene Frau dich loswerden wollte?* Ich löste das Problem auf die gleiche Art wie alle alternden Junggesellen: Jeden über neunundzwanzig sortierte ich sofort aus. Das hatte aber auch seine Nachteile. Die jungen Männer aus dem echten Leben ähnelten den jungen Männern aus dem Fernsehen viel mehr, als ich erwartet hätte. Sie ließen ihre Eitelkeiten ebenso durchblicken wie ihre Besessenheiten. Sie zählten Kohlenhydrate, rannten täglich ins Fitnessstudio, lehnten Socken strikt ab, machten jede Menge Selfies. Sie wollten stundenlang Chatnachrichten hin- und herschicken und dabei in einem Umfang Informationen austauschen, dass ein persönliches Treffen sich fast erübrigte.

Einen Großteil meiner Zeit nahm Caden in Anspruch, der immer wieder anrief und mir die gleichen Fragen stellte wie mein Freundeskreis. Was genau ich da eigentlich machte? Wo ich hinginge und mit wem? Ich legte ihm das als Ersatzhandlung aus, als Versuch, der Einförmigkeit seines Arbeitsalltags zu entkommen.

Er begriff nicht, warum ich über Offshore-Arbeit schreiben wollte. Aus seiner Sicht war das langweilig. Ein paar seiner Kumpel waren beim Militär, die erzählten, da sei es genauso, nur dass man offshore eigenständiger sein könne. Es war also wie in der Armee, abzüglich des moralischen Aspekts: Solange man seine Arbeit machte, interessierte sich niemand dafür, was man für ein Mensch war. Die Hierarchie entsprach der bei der Marine, wobei der Offshore Installation Manager (OIM) als Kapitän der jeweiligen Plattform fungierte.

Atmosphärisch bewegte es sich irgendwo zwischen Knast und Schule. Beim Essen in der Messe bildeten sich Cliquen. Manche der Jungs hatten schon eine Vorgeschichte

miteinander, Groll und böses Blut, die über Jahre zurück-
reichten. Auf einer Baustelle ließen sich solche Probleme
mit einer Prügelei regeln, aber wer dabei erwischt wurde,
dass er sich auf einer Ölplattform prügelte, wurde sofort
entfernt, darum gingen solche Fehden ungeklärt ewig weiter. Von dem alten Kameradschaftsgeist war nicht mehr viel
übrig. In den Achtzigern hatten sich Spannungen, die sich
tagsüber angestaut hatten, abends noch mit einer Partie
Darts oder Billard lösen lassen. Hatte man sich mit seiner
Frau gestritten, konnte man das mit den Kollegen bereden.
Die »Teeküchenklinik« nannten sie das. Inzwischen hingen alle nur noch vor ihrem Bildschirm und verzogen sich
gleich nach der Schicht in ihre Kabine. Sie waren Gemein-
schaft und doch vereinzelt. Vor zwanzig Jahren hatten die
Betreiberfirmen die Kabinen mit Fernsehern ausgestattet.
Ein geschickter unternehmerischer Schachzug, der sich als
Geschenk tarnte.

Die Leute auf den Bohrinseln hatten es etwas leichter.
Sie hatten nur eine Aufgabe, ein Ziel: Löcher bohren. Aber
eine Förderplattform war wie ein eigenes Ökosystem. Sie
musste verschiedene, unabhängige Gruppen vereinen, die
alle um dieselben Ressourcen wetteiferten. Ständig tauchten
neue Dienstleister- oder Subunternehmerteams mit ihren
konträren Kulturen und unterschiedlichen Anliegen auf
und verschwanden wieder. Für die Mitarbeiter der Betreiberfirmen galten die einen Regeln, für den Rest andere. Und
die Betreiber gaben den Druck immer nach unten weiter,
denn Ölfirmen interessieren sich nur für eines: Ölförderung.

Aber der Stress machte Caden längst nicht so zu schaffen wie die Monotonie. Alle Tage liefen gleich ab. Um sechs stand er auf, um sieben begann seine Schicht. Auf einer Plattform herrscht Vierundzwanzig-Stunden-Betrieb, der Tag ist in zwei Zwölf-Stunden-Schichten unterteilt, die ihrerseits in kleinere Segmente aufgesplittet sind. Sie hatten eine Stunde zum Mittagessen, Pausen vormittags und nachmittags sowie ein paar kürzere »Verschnauferlis« zwischendurch. Ansonsten wurde alles für sie gemacht – das Essen, die Betten, die Wäsche, der Kabinenputz –, sodass es nach der Arbeit nicht mehr viel zu tun gab. Meistens ging Caden dann in den Fitnessraum und verzog sich anschließend in seine Kabine, um Serien zu gucken, bis er um zehn schlafen ging.

»Was denn für Serien?«, fragte ich eines Abends, in der Hoffnung, ihn zu ertappen.

»*Breaking Bad*«, antwortete er, ohne zu zögern. »Aber *The Wire* find ich besser.«

»Wie weit bist du da?«

»Grad ist Brother Mouzone erschossen worden. Hast du mir endlich ein Burner-Phone besorgt?«

Er hatte mehrere Staffeln mitgenommen und war ganz besessen davon, sich so ein Wegwerfhandy zuzulegen. *Graft phones* – so hießen die in Liverpool, Nebenhandys. Eine irreführende Bezeichnung, denn die »Nebenstelle« war ja *sie*, nicht ich. Normalerweise wird die Freundin aufs Nebenhandy verbannt, und die Ehefrau behält ihr Anrecht auf die offizielle Nummer, aber dieses alte Ordnungssystem brach gerade in sich zusammen.

»Steht auf meiner To-do-Liste.«

»Und was machst du?«

»Ich gucke *Grand Designs*. Keine Ahnung, wieso. Die haben alle viel zu viel Geld.«

Mein Laptop-Bildschirm zeigte den Moderator, Kevin McCloud, eingefroren, wie er gerade einem Paar im Barbourjacken-Partnerlook Vorhaltungen machte. Die beiden blickten ihm keck entgegen, mit der heiteren Arroganz der halbwegs gut Betuchten. Sie erinnerten mich an Adams Eltern. Im Stillen verfluchte ich sie samt ihrem Traumhaus und ihren überheblichen Plänen, schon Mitte des Winters dort einzuziehen.

»Ich schau Fußball. Auch alles reiche Mistkerle.«

»Bei denen weiß man aber immerhin, warum sie reich sind. Die Leute bei *Grand Designs* sind alle aus geheimnisvollen, nicht genannten Gründen reich. Eigentlich sollte man die zwingen, gleich am Anfang ihre Steuererklärung offenzulegen.«

»Vermisst du mich?«

Ich hörte einen wehleidigen Ton, den ich sonst nicht von ihm kannte. Aber ich klang ja auch anders. Ich sprach mit meiner normalen Stimme. Sonst verfiel ich bei ihm meistens in ein mädchenhaftes Säuseln, inspiriert von Jennifer Lopez' weicher Altstimme in den ersten Sekunden von *Love Don't Cost a Thing* (»*You're not going to be able to make it? Again?*«)

»Na klar.«

»Ich find's scheiße, wenn du mit anderen Typen weggehst. Das liegt mir wie ein Stein im Magen.«

»Ist doch nur Recherche.«

»Ich war auch mal Recherche. Siehst ja, wie das ausgegangen ist.«

»Das ist auch was anderes.«

Er veränderte sich, wenn er offshore war. Wurde anhänglicher, suchte verzweifelt den Kontakt zu mir. Am Morgen wollte er gleich als Erstes mit mir sprechen, dann noch einmal mittags und abends wieder. Wenn ich nicht innerhalb einer Stunde auf seine Nachrichten reagierte, stürzte ihn das in eine tiefe Krise.

»Morgen erzähl ich's meiner Mutter. Das mit uns.«

»Wieso das denn?«

»Ich muss mit irgendwem drüber reden. Mir platzt der Kopf von dem ganzen Kram.«

»Ich kann kaum glauben, dass ich das ernsthaft sagen muss, aber du kannst keinesfalls mit deiner Mutter reden!«

»Mit wem denn dann?«

»Mit niemandem!«

»Du hast es doch auch Leuten erzählt.«

»Ich bin auch nicht verheiratet.«

»Meine Mutter ist nicht so wie deine. Die kommt mir nicht mit Meinungen.«

»Und wieso willst du es ihr dann erzählen?«

Er machte mich wütend. Am liebsten hätte ich ihn auf den Kopf gestellt und geschüttelt, bis endlich mal zwei vernünftige Worte aus seinem Mund kamen, ihn vor eine Wahrheits- und Versöhnungskommission gezerrt, die mir die Arbeit abnähme. Jetzt schwieg er kurz.

Allmählich lernte ich das Vokabular seines Schweigens. Entweder war er sauer, oder ihm fiel nichts mehr ein, was er noch hätte sagen können. Im Hintergrund hörte ich den Signalton der Lautsprecheranlage, dann eine vom Rauschen verzerrte Männerstimme.

»Mir ist total kalt«, sagte ich. »Ich glaube, ich werde krank.«

»Ich wär jetzt gern bei dir, um dich zu pflegen.«

»Ich gehe jetzt mal in die Badewanne.«

»Schick mir 'n Foto.«

Ich schaute aus dem Fenster. Es regnete in Strömen, auf den Parkplatz, das Kopfsteinpflaster, das Wellblechdach des Werftschuppens. *Ich geh da nicht raus*, dachte ich. *Da isses mir viel zu nass.*

»Das geht nicht.«

»Bittebitte«, flötete er. »Es ist so beschissen, drei Wochen lang hier draußen zu sein. Ich dachte, ich krieg's hin, aber ich komm echt nicht klar. Ich brauch was zum Durchhalten.«

»Von mir kriegst du kein Mitleid. Wärst du halt in die Gewerkschaft eingetreten.«

Niemals hätte ich gedacht, dass es so schwierig sein könnte, ein ordentliches Foto von meinen Brüsten zu machen. Hatte ich endlich eine Perspektive gefunden, aus der sie jugendlich und prall wirkten, ragte garantiert mein halbes Gesicht ins Bild, mit Doppelkinn und – durch den Blick von unten – aufs Unschönste hager. Eine Aufnahme von der Seite, die freundlicherweise den Kopf aussparte, schloss dafür den hartnäckig gewölbten Bauch ein. Bei hochgezogener Jalousie gab das graue Licht meiner Haut einen unvorteilhaften Farbton. Bei runtergelassener Jalousie war es so dunkel, dass man überhaupt nichts sah. Von vorn, mit angelegten Ellbogen, damit die Taille schmaler aussah, ließen meine Brüste sich hängen wie die einer stillenden Affenmutter. Von oben, während ich auf dem Bett lag, wirkten sie platt und unförmig. Ich drehte mich hierhin und dorthin. Mühte mich ab, den richtigen Knopf zu drücken und gleichzeitig das Telefon still zu halten.

Ich fluchte, gab mehrmals auf. Aber dann, plötzlich, beim vierundneunzigsten Versuch, klappte es. Die Brüste straff und üppig zugleich, dazwischen ein tiefbrauner Spalt, sanft gerundete Schatten darunter, was ihnen eine seidige Schwere verlieh, die sie in echt gar nicht hatten. Die Brustwarzen groß und dunkel wie bei einer Schwangeren. Unter dem Schlüsselbein das silberne Kreuz, das er zurechtgerückt hatte, als er mich zum ersten Mal küsste. Das Foto hatte einen leichten Ockerton, wie ein Ölgemälde. Dieser Körper (kunstvoll am Hals abgeschnitten – für alles andere hatte ich zu viele Artikel über Rachepornos geschrieben) sah gar nicht wie meiner aus. Gut sah er aus. Das erkannte ich selbst durch die unheilvolle Brille weiblicher Selbsteinschätzung. Vielleicht ist das ja das Geheimnis aller geglückten Errungenschaften. Kurs halten – immer weitermachen.

Das kam mir erst später in den Sinn, als ich schon im Bett lag. Es regnete immer noch, in der Wohnung war es kalt. Zum ersten Mal fühlte ich mich einsam und wäre am liebsten wieder nach Hause gefahren.

Ich war schon fast eingeschlafen, als mein Telefon aufleuchtete, ein trüb-bläuliches Rechteck an die Wand malte. *Wie würdst dus finden, wenn wir richtig zusammen wären???*

Drei Fragezeichen. Cadens Art, eine wichtige Frage zu markieren. In meinem Bauch kribbelte es: Glück, Panik. Ich schrieb *OK* und legte das Telefon wieder hin. Da leuchtete es erneut auf.

Ganz sicher – sure??? Ich schlepp einiges Gepäck mit.

Allerdings. Ich tippte schnell, viel zu schnell, um alle Konsequenzen zu bedenken:

Ja. Ganz Schauer.

Wenn du wieder nach Hause kommst, musst du erst mal ne Menge Dampf ablassen. Meist verstehen Frauen das nicht. Oder nein, verstehen tun sie's schon. Es gefällt ihnen nur nicht. Plötzlich haben sie diesen sturzbesoffenen Typen am Hals, der nur noch sabbern kann, wahrscheinlich Sex will, genauso wahrscheinlich aber keinen hochkriegt, das nervt sie gewaltig. Und dann heißt es: »Ach, ich hatte mich so gefreut, dass du nach Hause kommst, ich dachte, wir haben eine schöne, romantische Nacht.« Aber du musst dich halt erst mal so richtig wegpusten.

4

T-211

»Wo ist der her?«

In Las Vegas war es erst Frühstückszeit, aber Caden lallte schon.

»Ähm ...« Ich suchte Schlüssel und Portemonnaie zusammen, ließ beides in meine Handtasche plumpsen und spürte Leere im Kopf. Wer hatte eigentlich den Mythos in die Welt gesetzt, Frauen könnten so gut zwei Dinge gleichzeitig machen? »Von hier, glaube ich.«

»Und was hast du gesagt, wie er heißt?«

»Said.«

»Sa-iiid? Klingt nicht, als wär er von hier.«

»Wieso interessiert dich das?«

»Kein Mann macht das, weil er ne Freundin sucht. Die Jungs auf der Arbeit sagen, da sind eh nur Schlampen.«

»Und? Deine Plattform ist ja nicht gerade die Wiege der Gendergerechtigkeit. Und deine Kollegen sind nicht repräsentativ für die Gesamtbevölkerung.«

Davon war ich keineswegs so überzeugt, wie ich klang. Caden gab mit Vorliebe düstere Geschichten von der Plattform zum Besten, und insgeheim hatte ich die Befürchtung, dass seine Kollegen durchaus repräsentativ für die Gesamtbevölkerung sein könnten, dass alle Männer genau so waren, die ganze Zeit.

»Außerdem sind wir nur befreundet.«

»Männer wollen mit Frauen nicht nur befreundet sein. Zumindest nicht hier im Norden. Das ist nur so ein London-Ding.«

Wie eine Karikatur von Scott Garcia (»*It's a London Thing*«) stufte Caden vieles von dem, was ich tat, als »so ein London-Ding« ein und platzierte es damit außerhalb der Grenzen des Normalen. Freundschaften mit dem anderen Geschlecht; Wein; Fisch ohne dicken Teigmantel drum herum; jeden Versuch meinerseits, fürs Abendessen oder eine Lokalrunde zu zahlen; wählen gehen. Lauter Absonderlichkeiten, die ich mir in der Hauptstadt angewöhnt hatte. Er distanzierte sich von allem, was mit London zu tun hatte (dem Lärm, den Bevölkerungszahlen, den Geflüchteten, sogar vom Smog, was ich gerade aus seinem Mund doch ein klein wenig absurd fand). Sobald das Gespräch auf etwas davon kam, tat er es streng und kurz angebunden ab: *Das ist nichts für mich.*

»Er ist ziemlich kultiviert. Er arbeitet als Driller.«

»Dann verdient er sich eh dumm und dämlich. Gib ihm bloß keinen Drink aus.«

»Hast du es denn wenigstens schön?«

»Nein«, antwortete er gleichgültig. »Viel zu heiß hier. Und wenn du dich mal irgendwo reinsetzen willst, bist du gleich nen Tausender los. Bei dieser Jay-Z-Show haben sie mich gar nicht erst reingelassen. Meinten, ich wär zu besoffen. Und sie spricht nicht mit mir. Vorhin hab ich's noch versucht. Sie meinte, ich bin ein egoistischer Wichser, und hat aufgelegt.«

»Du hast dich aber auch vier Tage nicht gemeldet. Wahrscheinlich dachte sie, du liegst schon irgendwo zwischen Trümmern auf dem Meeresgrund.«

»Als ob sie das interessieren würde«, greinte er. »Sie hasst mich.«

Ich hielt nicht viel von Cadens Angewohnheit, von seiner Frau immer nur als »sie« zu sprechen. Das ließ sie so allmächtig erscheinen und führte außerdem zu Verwirrung, wenn in der Geschichte mehr als eine Frau vorkam.

»Was hast du an?«, fragte er.

»Das Flittchenkleid.«

Tatsächlich trug ich einen dunkelblauen Jumpsuit mit Uniformanklängen, der gut auch zu Janet Jackson bei ihrer *Rhythm-Nation-Tour* gepasst hätte. Dazu Turnschuhe, zum Abtanzen. *Turnschuhe zum Abtanzen.* Der Arbeitstitel meines gestohlenen Buchs! Ich wollte mein Buch zurück und wusste doch genau, dass das aussichtslos war. Diebstahl gehört zum Leben, genau wie Steuern. Wir sind Diebe und fallen Dieben zum Opfer. Das sollte man als erwachsener Mensch akzeptieren können.

»Schick mir 'n Foto.«

»Ich bin spät dran. Ich habe keine Zeit, noch ewig rumzutun und meine Titten weichzuzeichnen.«

»Bist du besoffen?«

»Nein«, antwortete ich wahrheitsgemäß.

»Na dann, Sexy. Zieh mal los und hab viel Spaß.«

»Du fehlst mir.«

»Und du fehlst *mir*. Ich muss dir noch was sagen.«

Wenn er das Wort *you* aussprach, wurde etwas Aufgeladenes, Fließendes daraus. Ein leichter Atemzug, ein Seufzen. Es war ein Quell ständiger Faszination für mich, welch unterschiedliche Längen er seinen Vokalen gab. Am Telefon verbrachte ich Stunden damit, ihn bestimmte Wörter wiederholen zu lassen. Sag noch mal *pussy*. »Puss-iih.« Sag noch mal *work*. »Werrrk.« Sag noch mal *fire*. »Fei-yah.« Sag noch mal *sure*. »Schauer.«

»Schieß los.«

»Gestern Abend hab ich neunhundert Pfund verspielt. Beim Roulette.«

Ich lehnte die Stirn ans Fenster. Draußen segelte eine Möwe vorbei, ließ sich von der aufsteigenden Thermik tragen. Unsere Blicke trafen sich kurz durch die Scheibe. Die Möwe kreischte und glitt davon.

»Oh, gratuliere«, sagte ich.

∗

Sa-iiid. Er hatte ein schönes, flächiges Gesicht, wie ein ethnisch schwer einzuordnendes Video-Girl. Dabei war er gar nicht schwer einzuordnen, zumindest nicht für mich. Ich kannte seine Wurzeln (englisch-malaiisch). Ich wusste, wie viele Brüder er hatte (er war der jüngste von vieren). Ich kannte die Ursprungsgeschichte der Beziehung seiner Eltern (ein verbotenes Verhältnis). Ich wusste, wo er zur Welt gekommen war (auf den Orkneys, wo sein Vater eine Zeit lang in einem Schnellimbiss als Koch gearbeitet hatte). Ich wusste, wo er seine Jugendwochenenden vertrödelt hatte (in der Bradford Ice Arena). Ich kannte den Namen der algerischen Plattform, auf der er gearbeitet hatte, bevor er hergekommen war (T-211, im Umkreis der Stadt Reggane in der Provinz Adrar). Ich wusste, was er empfun-

den hatte, als man ihn in einer kleinen Blechkiste von Char-
terflugzeug, »so eins wie das, in dem Aaliyah umgekommen
ist«, über die Sahara flog (eine Heidenangst). Ich wusste
mehr über ihn als über manche meiner engsten Freunde,
obwohl wir uns bisher erst dreimal getroffen hatten.

Das erste Mal war ein nachmittäglicher Kaffee gewesen,
um uns zu vergewissern, dass wir miteinander konnten. Mir
fehlte immer noch einiges in der Küche, darum bat ich ihn,
mich zu Marks & Spencer zu begleiten und einen Dosenöffner zu kaufen. Er griff gleich nach dem ersten, den er
sah – einem völlig überteuerten Teil aus gebürstetem Edel-
stahl –, und ich sah mich gezwungen, ihn zu kaufen, um
nicht knickrig zu wirken. Jetzt lag das Ding auf meinem
Abtropfgitter und strahlte mir frech entgegen, als wäre es
sich seines übertriebenen Preisschilds ebenso bewusst wie
der Schwindelei, die ihm sein Bleiberecht erkauft hatte.

Er wartete an der Straßenecke. Wir wollten zu einem
Musikfestival auf irgendeinem Rummelplatz, wo ich seinen Back-to-Back und ein paar andere Freunde kennenlernen sollte. Aus meiner Sicht ein reichlich bizarres Vor-
haben. Festivals mussten auf freiem Feld stattfinden, und
Freunde lernte man nur kennen, wenn man richtig zusammen war. Aber was wusste ich schon? Ich tastete mich ja
erst langsam vor in diese schöne neue Welt der beschleunigten Kontaktaufnahme.

Er war anders als die meisten der Männer, mit denen ich
bisher gesprochen hatte. Er hatte studiert, sollte in die Füh-
rungsetage aufsteigen. Nach Aberdeen würde für ihn Brunei kommen. Danach, mal sehen. Zentralasien vielleicht. Er
habe zusammen mit ein paar Frauen aus Kasachstan stu-

diert. *Unfassbar* seien die gewesen. Und zwar ganz buchstäblich: Sie hätten verborgene Ziele verfolgt, unaussprechliche Wünsche. Gefahr habe dort eine andere Bedeutung. Er kannte Geschichten über Dorfbewohner, die sich Wölfe als Wachhunde hielten, und Plattformen im Kaspischen Meer, die nur mit Netzen gesichert waren und keinen Hubschrauberbetrieb hatten. Die Arbeiter wurden per Boot am Fuß der Plattform abgesetzt und mussten irgendwie an Bord kraxeln. Wobei auch eine Plattform mit moderner Ausstattung noch kein Garant für Sicherheit sei. Da müsse man ja nur an den Macondo-Unfall denken. Den ich vermutlich unter dem Namen Deepwater Horizon kennen würde, ergänzte er noch, was unter Drillern aber kein Mensch sage. Den Unfall nach der Plattform zu benennen sei nur ein Trick von BP gewesen, um die allgemeine Aufmerksamkeit auf Transocean zu lenken.

Manche Teile von Kasachstan sollten ja angeblich sehr schön sein, wobei ihm dieses Wort nicht gerade als erstes einfalle, wenn er die endlose Steppe entlang der Küste sehe. Ihm komme es eher vor wie ein Ort, an dem Natur und Industrie in einen Zermürbungskrieg verstrickt seien, der auf beiden Seiten Opfer fordere. Es heiße ja jetzt schon, das Kaspische Meer werde irgendwann als dürre Mondlandschaft enden, so wie der Aralsee. Es schrumpfe, und kein Mensch könne sagen, warum. Der nördliche Teil des Meeres sei bereits sehr flach und friere im Winter richtig zu. Um die Plattformen vor dem Eis zu schützen, sei ein Archipel errichtet worden, und zwar direkt auf der Wanderroute der Störe. Die Fischpopulation breche ein, Seehunde würden tot an Land geschwemmt. Und die Natur räche jeden einzelnen, indem sie das Öl mit so viel Schwefel versetze, dass die Rohre rissig würden und die Förderung immer gleich wieder eingestellt werden müsse, kaum dass sie begonnen habe.

Kaschagan sei ein Elefant – ein Ölfeld mit mehr als fünfhundert Millionen Barrel –, trotzdem blieben seine Vorräte unzugänglich. Allein der Aufbau habe bis zur Fertigstellung so lang gebraucht, dass er schon jetzt ein Anachronismus sei, entwickelt in einer Zeit, als der Ölpreis noch bei hundert Dollar das Barrel lag. Inzwischen liege er nur noch bei der Hälfte und werde weiter fallen, wenn ein Feld von der Größe Kaschagans ans Netz gehe. Aber was blieb ihnen anderes übrig? Sie konnten es ja schlecht einfach verrotten lassen.

An der Hafenstraße blies vom Meer her ein eisiger Wind, der das ölige Wasser zu weißlichen Wogen und Wellenkämmen aufpeitschte. Ich zog den Mantel enger um mich und sagte beiläufig, er finde es nach Algerien ja sicher noch kälter. Said schüttelte den Kopf. In Algerien sei es kälter, als man glaube. Er sei im Dezember dort gewesen und habe im Jogginganzug geschlafen, mit hochgezogener Kapuze. Vor allem an die postapokalyptischen Filme seiner Kindheit habe ihn das erinnert: *Mad Max*, *Resident Evil*. Ausgebrannte Autos, ein paar Leuchtfeuer in der Ferne, Sand, der sich bis zum Horizont erstreckte, platt und nichtssagend wie das Meer. Dort seien es Sandstürme, die den Luftverkehr am Boden hielten und die Förderung lahmlegten: wogende, samtige Staubklippen, die ebenso üppig anmuteten wie brennende Ölquellen. Der Himmel werde dann gelb, die Sonne leuchte rot. Es sei wie ein Showdown am Rand der Welt.

In mancher Hinsicht liege die T-211 noch isolierter als

Plattformen am anderen Ende des Shetland-Beckens. Es gebe kein Internet und auch sonst kein Netz. Er habe immer bis in die Dünen wandern und das Telefon hochhalten müssen, um überhaupt ein Signal zu kriegen. Das Förderwerk sei zum Arbeiten und Schlafen eingerichtet, sonst gebe es dort nichts. Die Besatzung habe nur ein paar Brocken Englisch gekonnt, und sein Arabisch sei auch nicht der Rede wert.

Beim ersten Einsatz dort habe er, weil er mit einer der schwimmenden Hotelanlagen in der Nordsee gerechnet habe, nicht mal ein Buch dabeigehabt. Die einzige Annehmlichkeit sei eine Laufstrecke, die einmal rund um die Anlage und dann weiter in die Wüste führe. An manchen Abenden sei er rausgegangen und habe missmutig ein paar Runden gedreht, aber die meiste Zeit habe er in seinem Zimmer gehockt, an die Wand gestarrt und die Langeweile in sich gerinnen lassen, bis er so träge geworden sei, dass er sich kaum noch habe rühren können. Eigentlich hätte er auch jetzt dort sein müssen, aber irgendwer habe den Behörden gesteckt, dass er erst fünfundzwanzig sei, darum habe man ihn und seinen Back-to-Back des Landes verwiesen. Jetzt schlugen sie die Zeit in einer Wohnung an der Rose Street tot.

»Eine Freundin von mir war mit einem Algerier verheiratet«, sagte ich. »Also, Halb-Algerier. Eigentlich kam er aus Lewisham. Ein echtes Arschloch. Sie lässt sich gerade scheiden.«

Er warf mir einen Seitenblick zu. Seine Augen waren von einem verhangenen, westlichen Grün. *Echt wahr*, hätte ich fast ergänzt. Ich sprach ja von jenseits der Generationengrenze zu ihm. Seine Freunde hatten noch nicht mal mit dem Heiraten angefangen, meine ließen sich schon wieder scheiden. Manchmal, wenn ich daran dachte, was meine Altersgenossen in der Zeit, die ich mit Adam verbracht hatte, alles erreicht hatten, wurde mir urplötzlich flau, so, als wäre mir eingefallen, dass ich etwas vergessen hatte, etwas Wichtiges. Und ich hatte ja auch etwas Wichtiges vergessen – dass Frauen nämlich nicht unendlich viele Chancen bekommen, ihr Leben noch mal umzukrempeln. Die Scheidungen meiner Freundinnen interessierten mich auf eine Weise, die schon nicht mehr gesund war (die Kehrseite der Medaille meines Hochzeitenüberdrusses). Früher hatte ich geglaubt, es liege daran, dass Paare immer aus den gleichen Gründen heirateten, aber jeweils ganz eigene Gründe hatten, sich wieder scheiden zu lassen. In letzter Zeit war mir aber aufgefallen, dass sich, wenn man die Details einmal beiseiteließ, auch die Geschichten meiner geschiedenen Freundinnen ähnelten.

»Das werde ich auch nie kapieren«, sagte Said. »Warum Frauen Arschlöcher heiraten.«

Ich knabberte am Daumennagel. Meine Nägel waren klar lackiert, mit roten Spitzen. Die Erwachsenenvariante einer Kindheitsvorliebe. Als kleines Mädchen hatte ich alles Durchsichtige geliebt: Plastiksandalen mit Glitzer, Plexiglastaschen mit aufgemalten Schleifen, transparente, mit Flüssigkeit gefüllte Kugelschreiber, in denen Unterwasserlandschaften oder ganze Salven dahintreibender Herzchen schwammen. Jetzt splitterte der Lack an meinen Zähnen.

»Aus Trägheit? Weil sie nicht noch mal von vorn anfangen wollen? Wenn man so lange mit jemandem zusammen ist, will man doch zumindest was davon haben.«

»Der Sunk-Costs-Effekt.«

»Wie bitte?«

»Der Sunk-Costs-Effekt. Hatten wir in BWL. Wenn du zum Einkaufen aufbrichst und dir unterwegs einfällt, dass der Laden geschlossen hat, weil Sonntag ist, gehst du ja auch nicht einfach weiter, nur weil du schon halb da bist. Aber sobald es um Geld geht, schmeißt man immer noch mehr davon zum Fenster raus, selbst wenn längst klar ist, dass das Projekt nichts einbringen wird.«

»Mein Gott, wenn ich gewusst hätte, dass es dafür einen Namen gibt! Mein ganzes Leben wäre anders verlaufen.«

Wenn er lächelte, war er nicht mehr so attraktiv. Es brachte das perfekte Oval seines Gesichts aus dem Lot.

»Siehst du. Man lernt eben nie aus.«

Wir bogen auf die Promenade ein. Es war Ebbe. Das Meer war ein schmuddeliger Streifen in der Ferne. Man konnte gerade so den geisterhaften Umriss eines Tankschiffs ausmachen, einen Halbton dunkler als der Himmel.

»Und was ist mit dir?«, fragte er, von Auswanderer zu Auswanderin. »Vermisst du London?«

»Nicht besonders«, sagte ich.

Dann gab ich eine Kurzversion der Geschehnisse zum Besten. Der Einbruch, das Buch. Die Steuerrückzahlung und die doppelte Offenbarung ließ ich weg. Wir überquerten die Straße, näherten uns dem Rummelplatz. Vor einer dichten Wolkenwand drehte sich das Riesenrad. Kinder wuselten um uns herum, schlängelten sich durch einen grellbunten Wald aus falschen Palmen. Sie warfen Münzen in zirpende Spielautomaten und scharten sich um die Greifmaschinen, drückten ihre klebrigen Hände an die Scheiben wie Gefängnisinsassen in der Besuchskabine. Die Toiletten befanden sich hinter einer Kegelbahn, dort standen Erwachsene mit mahlenden Kiefern und riesigen Pupillen einträchtig neben Neunter-Geburtstag-Gesellschaften und schüchtern flirtenden Teenager-Pärchen an.

»Warum sind denn hier so viele Kinder?«, sagte ich.

»Der Fairness halber muss man sagen, wir wildern auf deren Terrain. Nicht sie auf unserem.«

Durch das Gekreische von der Walzerbahn drang das dumpfe Hämmern von House. In einem abgetrennten Bereich hinter der Wildwasserbahn trafen wir auf Saids Freunde. Sein Back-to-Back, ein junger Typ mit listigem Fuchsgesicht, der kaum älter aussah als die jugendlichen Rummelgäste, erzählte, er habe vorhin an der Bar eine blonde Frau angequatscht, die habe ihn aber gleich abgewürgt und erklärt, sie hätten sich schon in der Woche zuvor im Tunnels kennengelernt, da habe er genau denselben Spruch gebracht. Aberdeen war klein; es gab längst nicht genug Frauen für alle.

In einem dunklen Eckchen unter dem Zeltdach schüttete Said mir ein Häuflein graubrauner Kristalle in die Hand. Ich leckte sie auf und schüttelte mich. Dieser Geschmack. Daran würde ich mich nie gewöhnen. Ich ließ mir sein Glas geben. Er nickte mitfühlend.

»Hätte ich wohl besser mehr zerkleinert.«

Ich sah mich um. Wie jung die waren. Und alle trugen Air Max und hatten diesen lustigen kleinen Shuffle-Schritt drauf, den man früher oft im Bowlers sah. Wenn man das richtig beherrschte, wirkte es ganz mühelos, als wäre man dazu geboren, jeden Rollsteig rückwärts entlangzugehen.

Auch die Musik klang eher alt. Ich hörte mir an, wie sie zu etwas wurde, das ich kannte. Lennie De Ice: »We are I.E.«. Voodoo. Ein dunkler und unwiderstehlicher Tanzbefehl. Ich konnte mich noch an das erste Mal erinnern, als ich ihn beim Ausgehen gehört hatte, in einem höhlenhaften Club in Birmingham, der früher mal eine Kirche gewesen war. Damals schossen wir auf das neue Jahrtausend zu, so schnell, dass Musik, die mehr als vier Jahre auf dem Buckel hatte, schon als »oldschool« galt. Unter den hektischen Breakbeats waren es traurige Songs. Die »Fröhlichkeitszuschreibung« kam erst später. Der dilettantische Gesang klang fern, unerreichbar, wie ein Karnevalszug, der gerade die Stadt verlässt. Vielleicht waren es aber auch nur die Hardcore-Erfahrungen, die meine Wahrnehmung färbten. Wir waren erst spät dazugekommen, zu spät für die Party. Als wir endlich eintrafen, waren die anderen größtenteils schon weg oder im Aufbruch.

»Schau mal«, sagte ich, zog Said am Arm und zeigte nach oben.

Zwischen der Wand des Zelts und der Decke war ein Spalt. Da hindurch konnte man die Achterbahn sehen. Als Said hinschaute, ratterte gerade ein Wagen voller Kinder über den Rand der Plane; es war, als würden wir durch einen Spalt in der Hecke eine Lustbarkeit beobachten. Sie verharrten einen Moment lang am Bug der Schienen, lauter weiße, ernste Gesichter, während sich unter ihnen das Getriebe knarzend weiterdrehte. Dann sausten sie hinab und waren nicht mehr zu sehen.

*

»Du siehst wirklich sehr füchsisch aus«, sagte ich. »Aber das kriegst du sicher ständig zu hören.«

»Nein, gar nicht, weil ich nämlich nicht mit Leuten wie dir arbeite, die so tolle Wörter wie *füchsisch* verwenden.«

Saids Back-to-Back grinste säuerlich. Ich fasste ihm an die Wangen und drückte zu, als wollte ich den Reifegrad eines Pfirsichs testen.

»Du siehst sehr füchsisch aus und sehr schlau. Du erinnerst mich an Mr Tod, den Fuchs aus *Peter Rabbit*. Ziehst du auch jedes Mal um, wenn dir gerade danach ist?«

»So schlau bin ich gar nicht, glaub ich. Ich bin eher ... also, ich bin einfach nur irre aufgeschlossen.«

»So, bist du das? Bereit für die kalifornische Selbsterfahrungsgruppe?«

»So mein ich das doch nicht. Was ich eigentlich sagen will ...«

Beim Versuch, den Gedanken zu fassen, legte er vor lauter Mühe die Stirn in Falten. Starrte angestrengt auf das angezündete Ende seiner Zigarette.

»Ach, scheiß drauf. Ich weiß gar nicht, was ich eigentlich sagen will.«

Ich zog ihm die Zigarette zwischen den Lippen heraus. Falls es einen größeren Genuss gibt, als auf Pillen zu rauchen, muss ich ihn erst noch finden. (Der Tabak schmeckt süß, viel süßer als sonst, und jeder Zug ruft einen kleinen Nebenrausch hervor.) Aus dem Zelt drang Musik nach draußen, durch die Entfernung verzerrt. Der Drang zu tanzen zog an mir wie ein Kleinkind, das den Rockzipfel seiner Mutter nicht loslässt. Ich machte ein paar Minischrittchen. Das Problem mit der Musik heutzutage war ... was genau

noch gleich? Mein Kopf machte lange synaptische Klimm-
züge, ständig verlor ich den Anschluss an meine Gedanken. Ach ja. Das war's. Das Problem mit der Musik heutzutage war, dass sie wieder gut geworden war. Die Musik
war wieder gut, die Drogen auch, und so war die Versuchung, loszuziehen und sich drauf einzulassen, für jemanden ohne Arbeit, vom Erwachsenenleben beurlaubt, jederzeit gegeben.

Eigentlich hatte ich strikte Regeln, was Pillen betraf (einmal im Jahr, auf Ibiza), aber seit ich hergezogen war, hatte
ich die gelockert. Schließlich nahm ich mir eine Auszeit und
konnte tun, was ich wollte. Es brachte gewisse Freiheiten
mit sich, jung auszusehen. Oder zumindest jünger als die
indigene Bevölkerung. *Wie nennt man hübsche Mädchen
in Schottland? Touristinnen.* In Aberdeen war dieser alte
Spruch kein Witz. Ich hatte noch nie eine so hohe Dichte
unansehnlicher Menschen am selben Ort gesehen. Männer auf Tinder, die angeblich dreißig waren, sahen eher wie
fünfzig aus. Die Stripperinnen kamen aus Polen, die Prostituierten aus Rumänien, ein Umstand, der mindestens so viel
über die Begrenztheiten ihrer Gaststadt aussagte wie über
die wirtschaftlichen Zwänge ihrer Heimatländer.

Mein Makler hatte übrigens gelogen. Sie waren durchaus
noch da, gingen am anderen Ende meiner Straße mürrisch
ihrer Arbeit nach. Manchmal sah ich sie auf der Hafenstraße
bei knappen Verhandlungen mit Männern vor einem Pub.
Sie kleideten sich der Witterung entsprechend, in Jeans und
Anorak, aber man erkannte sie an den starken Farbkontras-
ten. Ihre Haare waren wasserstoffblond, hatten den silbri-
gen Farbton alter MGM-Starlets, aber ihre Haut war son-

nengebräunt und die Augen so dunkel, dass man die Iris kaum von den Pupillen unterscheiden konnte.

»Das ist mein Bruder«, sagte ich zu dem Mann, der neben uns stand, und deutete auf den Back-to-Back. »Findest du, wir sehen uns ähnlich?«

»Eine gewisse Ähnlichkeit sehe ich schon«, sagte er. »Ihr habt die gleiche Nase. Aber er sieht besser aus als du.«

»Findet unsere Mutter auch.« Ich legte den Kopf in den Nacken, stieß den Rauch aus. »Er ist ihr Liebling. Alle Frauen in unserer Familie verwöhnen ihn. Er ist der einzige Junge und dann auch noch der Jüngste, mit großem Abstand. Du warst ein süßer kleiner Unfall, stimmt's, Krümel? Alle dachten, er würde mit drei Köpfen zur Welt kommen.«

Ich kniff ihn noch einmal in die Wange. Er wich einen Schritt zurück, zog ein gekränktes Gesicht.

»Hat Ma mir nie erzählt!«

»Guck dir doch mal den Altersunterschied an. Du hast nicht ernsthaft geglaubt, du wärst geplant gewesen? Dabei bist du doch angeblich unser Schlaukopf.«

Ich wandte mich wieder dem Mann zu.

»Für seine Ausbildung haben sie nämlich richtig geblecht. Meine Schwester und ich mussten uns mit der staatlichen Schule begnügen, er war in Glenalmond. Eigentlich wollten sie ihn nach Gordonstoun geben, aber dann dachten sie, von den kalten Duschen dort muss er vielleicht heulen.«

Der Mann kniff die Augen zusammen, vielleicht ja wegen der Qualmwolke, die ich in seine Richtung blies.

»Wenn ihr zwei Geschwister seid, wieso hast du dann einen englischen Akzent und er nicht?«

»Eine sehr gute Frage … Ich bin zum Studieren aus Glasgow weg und war dann nie wieder dort. Erst habe ich in London gelebt, dann in Johannesburg, da musste ich mir den Akzent natürlich abtrainieren, sonst hätte mich kein Mensch verstanden. Außerdem können Frauen Akzente viel leichter aufnehmen und loswerden als Männer. Wie Schwämme. Weil wir einfach anpassungsfähiger sind und es immer allen recht machen wollen.«

Durch diese erwiesene Tatsache fand ich meine Lüge gleich viel überzeugender. Sie ging mir genauso flüssig über die Lippen wie die Wahrheit.

»Klingt nach totalem Käse«, brummte der Back-to-Back.

»Das ist kein Käse! Da gibt's Studien und so. Krieg ich ein Stück von deiner Pille? Ich weiß, dass du noch eine hast.«

»Ach, verpiss dich.«

Er grinste, wie ein richtiger Bruder, hatte Spaß daran, mich abblitzen zu lassen. Er flackerte ein wenig vor meinen Augen. Ich blinzelte zweimal, um meinen Blick wieder scharf zu stellen. Er hatte eins von diesen erstaunlichen Gesichtern, die aussehen, als wären sie irgendwie höher aufgebockt als der Durchschnitt. Seine Zähne neigten sich leicht nach innen. Seine Augen waren vom gleichen undurchdringlichen Schwarz wie die eines Bullenhais.

»Find ich übrigens toll, wie du diese Entscheidung respektierst«, sagte er.

»Ich respektiere sie überhaupt nicht. Du bist knauserig. Aber du musstest ja auch nie lernen zu teilen.«

Wieder wandte ich mich dem Mann zu.

»Ist er nicht schrecklich, mein Bruder? Ist er nicht selbstsüchtig? Das kommt dabei heraus, wenn man faktisch als Einzelkind aufwächst.«

Der Mann musterte uns eine Zeit lang.

»Ist der Junge wirklich dein Bruder? Er sieht aus wie zehn.«

»Wir haben ihn fast seine ganze Kindheit über in eine verschlossene Truhe gesperrt. Darum hat er so gute Haut. Keine Sonnenschäden.«

»Hast du nen Freund?«, fragte der Mann unvermittelt.

»Kann man so sagen«, antwortete ich.

Ich war immer noch geschockt von den Offenbarungen dieser Woche. Eigentlich hätte ich triumphieren müssen, aber meine Gefühle ähnelten eher dem faszinierten Entsetzen eines Kindes, das ein Streichholz angezündet und damit irgendwie die Vorhänge in Brand gesetzt hat. Es machte mir Angst, dass Caden schon beim kleinsten Schubs dazu bereit war. Es hätte viel schwieriger sein müssen; alle hatten mir erzählt, es müsse viel schwieriger sein. *Kein verheirateter Mann verlässt seine Frau.* Und doch hatte ich immer gewusst, dass er es tun würde. Ich hatte das Gefühl gehabt, wenn ich mit gutem Beispiel vorangehen, meinen Job aufgeben und die Stadt verlassen würde, in der ich lebte, wenn ich ihm zeigte, wie leicht es war, einfach von allem wegzugehen, dann würde er nachziehen. Jetzt war ich geschockt und gleichzeitig kein bisschen erstaunt.

Vielleicht gehörte das, was ich empfand, ja zu jener namenlosen Gruppe von Gefühlen, die wir empfinden, ehe wir sprechen und zwischen zwei Dingen unterscheiden lernen. Sprache hat so viele Tücken. *Das Richtige.* Dieses Wort, mit dem wir einen chemischen Bann beschreiben, der stark genug ist, um jeden moralischen Kompass auszuhebeln, eine geheime Chiffre im Blut, die durch einen Duft, ein symmetrisches Gesicht entschlüsselt werden kann, bedeutet zugleich »korrekt«. Niemand sonst würde es »richtig« finden. Das Gesetz würde sie schützen, ihren Beitrag zu dieser Ehe zu gegebener Zeit bemessen und ihr als Ersatz für die Liebe Geld zusprechen, als wäre beides beliebig austauschbar. Und wenn ich dann mit ihm zusammenlebte, würden wir nie die Wahrheit darüber erzählen, wie und wann wir uns kennengelernt hatten, und dieses Täuschungsmanöver würde uns belasten, würde nahelegen, dass irgendwo, verborgen unter unserem schamlosen jungen Glück, dem unausweichlich Richtigen an unserer Liebe, doch das Wissen lag, dass wir grundfalsch gehandelt hatten.

»Und wo ist er?«, fragte der Mann. »Dein Kann-man-so-sagen-Freund?«

»Offshore«, sagte ich. »Er kommt nächste Woche zurück.«

Seufzend schnippte der Back-to-Back seine Zigarette über ein niedriges Mäuerchen. Sie wirbelte funkensprühend durch die Luft und landete mit einem Zischen auf dem feuchten Beton dahinter. Ich hatte Leute, die so etwas konnten, immer beneidet. Es gehörte zur selben Sorte Fertigkeiten wie auf den Fingern pfeifen oder Kartenmischen wie ein Profi, geschickten, weltgewandten Künsten, die ich als männlich einstufte, ohne recht zu wissen, warum.

Er nahm mich bei der Hand und führte mich über den künstlichen Rasen zurück. Sein Griff war locker und beiläufig, die Berührung überraschend warm.

»Ist das ein Strampler?«, fragte er über die Schulter.

»Das ist ein Jumpsuit!«

»Ist doch das Gleiche.«

»Ich trage ja eigentlich nur Jumpsuits«, prahlte ich in den Raum hinein. »Ich habe auch noch ein Kleid, mein Flittchenkleid, das wollte ich eigentlich anziehen, aber meine Beine sind voller blauer Flecken, weil ich mich ständig am Bett stoße. Ich liebe Jumpsuits. Damit komme ich mir vor wie Betty Catroux im Studio 54. Im Zweifel für den Jumpsuit. Sag ich immer.«

Er blieb stehen und lehnte sich an das Zelt. Die Augen fielen ihm zu. Er hatte die hübschen, violetten Lider der sehr Hellhäutigen. Er strich sich mit der Hand übers Gesicht.

»Herrgott. Ich bin echt voll hinüber«, sagte er. »Was hast du gerade gesagt?«

Obwohl er am Zelt lehnte und nicht ich, spürte ich die Plane am Hals, den Windstoß, der ihm durch die Haare fuhr. Meine Haut reagierte mit einem Kribbeln. Das war mir früher oft passiert: ein so starker Überbau aus Wahrnehmungen, dass es fast übernatürlich wirkte.

»Nichts Wichtiges«, sagte ich.

Said wiederzufinden war nicht leicht. Während wir draußen waren, hatte es sich ziemlich gefüllt, und er war klein. Ich stolperte ständig über meine eigenen Füße und stieß gegen andere.

»Wo wart ihr denn?«, rief er, als wir ihn schließlich gefunden hatten. Er stand im Grunde noch genau da, wo wir ihn zurückgelassen hatten: das Scharnier, um das sich die Nacht drehte.

»Keine Ahnung«, brüllte ich ihm ins Ohr. »Wir sind in einen Hinterhalt geraten. Wir waren draußen rauchen, und da war so 'n Typ, der war echt blöd.«

»Nee, nee«, widersprach der Back-to-Back hitzig. »Der war nicht blöd. Der war voll okay. Er hat gesagt, ich sehe besser aus als du.«

»Tja, da lag er falsch«, brüllte ich. Meine Stimme klang mir heiser und schrill in den Ohren. »Das hat er nur gesagt, weil er gemerkt hat, wie irre aufgeschlossen du bist.«

»Komm tanzen«, sagte Said. »Neulich hast du noch gemeint, dazu kommst du gar nicht mehr. Und jetzt läufst du ständig weg.«

Ein Zufall, wie man ihn sich besser nicht ausdenken könnte, überlegte ich, während wir uns zwischen den vielen Körpern hindurchdrängten, dass diese Jungs so unterschiedlich waren. Sie kamen mir regelrecht emblematisch vor: das platonische Ideal eines Drillers und seines Back-to-Back. Zwei Freunde, und jeder hatte seinen Platz an einem Ende des Kontinuums; zwei Hälften desselben Mechanismus, die eifrig umeinander kreisten. Said war dunkelhaarig, der Back-to-Back blond. Said war beständig, der Back-to-Back wankelmütig. Said hatte sanfte Züge, der Back-to-Back wirkte kantig. Said machte von der Sprache nur sparsam Gebrauch, der Back-to-Back war redselig, schoss seine Sätze so schnell ab, dass es wie Maschinengewehrfeuer klang. Ich selbst fand mich irgendwo dazwischen, auf halbem Weg zwischen dem schillernden Quecksilber des Back-to-Back und Saids stabiler, bodenständiger Präsenz.

Wir suchten uns einen Platz weiter vorn, und der Back-to-Back wirbelte uns voraus. Hin und wieder sahen wir ihn ein Stückchen vor uns umherzischen, die spitze Nase hoch in der Luft wie der kleine Herr Eilig. Ich griff wiederholt nach Saids Handgelenk, um auf die Uhr zu sehen, aber die

Zahlen verschmolzen und ordneten sich vor meinen Augen ganz anders an. Ich spürte seinen Puls unter meinen Fingern. Und irgendwie war er mit meinem Blutstrom verbunden und mit der kollektiven Energie um uns herum. Er kam aus Bradford, dieser heißen, dunklen Schmiede, die einst ein ganzes Land erschüttert hatte: Pieps- und Basstöne, verhängnisvolle, kaum noch hörbare Frequenzen. Als ich daran dachte, legte sich ein Lächeln auf meine Lippen.

»Ich bin froh, dass wir uns begegnet sind«, sagte ich.

»Was?«

»Ich sagte: Ich bin froh, dass wir uns begegnet sind.«

Er lächelte so abwesend, dass ich glaubte, er hätte mich nicht gehört. Dann zog er mich in seine Arme und drückte mich an sich. Eine warme, aufrichtige Umarmung, die mir direkt in die Seele spülte. Ich glaube, irgendwo dort ist sie immer noch.

»Ich bin auch froh, dass wir uns begegnet sind.«

Meine Gedanken entringelten sich jetzt zu einem langen, gemächlichen Backwards-Loop. Ich musste an die Hooligans von früher denken, an die brutalen Metaphern, mit denen unser Slang bis heute gespickt war (wir ballerten, dröhnten zu, schossen uns weg), was wohl mit dem unbehaglichen Nichtangriffspakt Ende der Achtziger zusammenhing. »World in Motion«, dieser Song von New Order, gemeinsam mit der englischen Nationalmannschaft. Ging es in dem Song nicht um genau diese Vereinbarung? Diesen kurzen, schönen Augenblick, für den es uns vorkam, als könnten wir wirklich um alles spielen? Ich dachte ans Tanzen, daran, dass ich immer noch ein bisschen wie ein Junge tanzte, ein Erbe meiner Jugend, als ich mit meinem Freund

und seinen Kumpels durch die Clubs zog und tanzen lernte, indem ich ihnen zusah. Wir aus meiner Generation waren die letzte Riege Frauen, die noch *ordentlich* tanzten, sprich: Turnschuhe trugen und keinerlei Versuch unternahmen, dabei sexy auszusehen. Ich wäre gar nicht auf die Idee gekommen, dass Tanzen eine Frage der genetischen Zusammensetzung sein könnte, bis ich mich einmal mit meiner Schwester auf Ibiza traf und feststellte, dass wir beim Tanzen unter der mürrischen Sonne Spaniens beide genau die gleichen Schritte draufhatten (eine Art versonnenen Two-Step, den ich insgeheim immer »den Bärentanz« nannte).

Und an Caden dachte ich. Den ganzen Abend schon tauchte er wie ein Fisch in meinen Gedanken auf, obwohl ich ständig versuchte, ihn wieder nach unten zu drücken. Wann immer mir einfiel, wie gewaltig das war, was er vorhatte, welchen Anteil an der Verantwortung ich zu schultern haben würde, krampfte sich mir der Magen zusammen. Normale Nervosität; ein Anflug von Paranoia. Das war es jetzt also. Wir waren zusammen und mussten für den Rest unseres Lebens zusammenbleiben. Ich würde ihn nie verlassen können. Ich konnte schließlich nicht zusehen, wie er seine Ehe zerlegte, seine Familie verließ, und ihn dann zehn Minuten später selbst sitzen lassen, weil ich jemandem begegnet war, der mir besser passte, weil seine Frau mich nervte und seine Kinder schrecklich waren, weil er den Unterschied zwischen *dass* und *das* immer noch nicht begriffen hatte und ich mich jedes Mal sehr zusammenreißen musste, wenn er es wieder verwechselte. Wir würden so viel Schaden anrichten. Einen Schuldenberg anhäufen, den wir nie mehr abtragen konnten.

146

Und doch hatte ich längst größte Mühe, mir eine Zukunft ohne ihn vorzustellen. Er war meiner, meiner. Er gehörte zu mir. Mir war klar, dass er sich immer noch umentscheiden, mir das Herz brechen und seinem eigenen einen Knacks verpassen konnte. Und als ich daran dachte, als ich mir vorstellte, wie mir das Herz gebrochen würde, ergriff mich eine noch größere Angst. Ich musste ihm helfen. Wenn ich ihm nicht half, würde er ertrinken. Und wenn er ertrank, wäre er auf ewig für mich verloren.

Unvermittelt wechselte das Set sein Tempo. Die Musik wurde härter, herrischer. Aus der wortlosen Struktur erhob sich eine Stimme, die über ein schwaches Aufbranden von Applaus hinwegdrang:

You know, sometimes we're not prepared for adversity.

Manchmal sind wir auf Widrigkeiten einfach nicht vorbereitet. Diese Worte, so entschieden und exakt, machten mir Gewissensbisse, brachten meinen ganzen Körper zum Kribbeln. Da war sie, die Botschaft, eingebettet in Musik: Macht es endlich. Bringt's hinter euch. Der Track verstummte für einen Moment, und die ganze Meute beeilte sich, das entstandene Vakuum mit Johlen, Klatschen, Pfeifen zu füllen. Ich mochte es, wenn in Clubs geklatscht wurde. Das war so eine beiläufige Höflichkeit, so wie Fußballfans ehemalige Spieler mit Standing Ovations begrüßen, wenn sie sich zum ersten Mal wieder im alten Stadion blicken lassen. Außerdem bestätigte es alles, was über die Begeisterungsfähigkeit der Nordländer behauptet wurde. Selbst noch so hoch im Norden wie hier, in einer gesetzten, korrupten Stadt, die eigentlich nur am Öl interessiert war.

Ich überlegte, wohin eigentlich der Back-to-Back verschwunden war, und während ich noch überlegte, tauchte er wieder auf. Ich streckte die Arme aus und schlang sie um ihn. Wie schmal er war. Sein Körper fühlte sich in meinen Armen an wie ein feiner Strang Seide. Er steckte zwei Finger in den Mund und pustete. Der Pfiff war grell wie eine Auto-Alarmanlage. Ich lächelte in mich hinein, als hätte ich eine Wette mit mir selbst gewonnen.

*

»Hast du gewusst, dass Leute aus Glasgow und Liverpool sich von Natur aus gut verstehen? Weil sie beide was Irisches in sich haben. Darum reden sie auch so schnell und nehmen so viele Drogen. Große, arme, nasse Städte. Der Westküstendreiklang. Das bringt einen ganz bestimmten Persönlichkeitstyp hervor.«

Das erklärte ich dem Back-to-Back, der sich vor Said und mir seinen eigenwilligen Schlingerweg suchte, mal runter vom Gehsteig, dann wieder rauf und wieder runter und wieder rauf. Das T-Shirt war ihm zu groß (beziehungsweise sah zu groß aus, zumindest für meine Über-dreißig-Augen) und rutschte ihm immer wieder von der Schulter. Er sah aus, als wäre er gerade aus dem Bett gekrochen.

»Eins muss man dir lassen«, sagte er. »Pillen verträgst du voll gut.«

»Das will ich doch hoffen«, entgegnete ich mit einer gewissen altjüngferlichen Strenge. »Ich werf schließlich seit zwanzig Jahren welche ein.«

»Dann hast du also deine erste Pille eingeworfen, als ich zwei war.«

»Jetzt wollen wir's mit den Zahlen mal nicht zu genau nehmen.«

»Ich glaub ja, ich komm praktisch mit jedem klar.«

»Weil du so irre aufgeschlossen bist?«

»Oh Mann, du bist echt voll die Journalistin. Du hast diesen einen Blickwinkel und schlachtest den erbarmungslos aus. Du bist die britische Medienlandschaft in Menschengestalt. Du bist wie die gottverdammte *Sun!*«

»Ich bin keine Journalistin. Nicht mehr.«

»Was bist du dann?«, fragte Said.

»Weiß ich nicht«, sagte ich. »Schriftstellerin ohne Werkverzeichnis, würd ich sagen.«

Über den Anlegestellen bekam der Himmel rosa Schlieren. Wenn man den Sommer in Aberdeen verbringt, dann weiß man, dass der Polarkreis nicht weit ist. Die Abende sind erbarmungslos hell; gegen drei stimmen die Vögel ihr Morgenlied an. Auf den Plattformen ganz im Norden sei es noch schlimmer gewesen, erzählten sie: auf der Eider, der Cormorant, der Tern. Fünfhundert Kilometer weiter nördlich bedeutete Juni weiße Nächte und dauerhaftes Sonnenlicht. Ein Ausheben des Tag-Nacht-Rhythmus, das wahnsinnig machen konnte. Im Winter, wenn das Meer sich aufbäumte und sich gegen die Standbeine der Plattform warf, als wären sie beide in eine Fehde bis aufs Blut verstrickt, war es sogar noch schlimmer. Nordländer fürchten sich nicht vor der Dunkelheit. Bis zu einem gewissen Grad sind sie immun dagegen.

Wir gingen bis zu einem Casino am westlichen Stadtrand. Es hatte eine Betondecke und wirkte wie ein tristes Verwaltungsgebäude. Ein Ort, an den man kam, um etwas gegen seine Glücksspiellust zu unternehmen, nicht, um ihr zu frönen. Casinos sind insgesamt keine Stärke Großbritanniens; sie widersprechen allen Prinzipien, die dieses Land groß gemacht haben. Klar, dass Aberdeen, eine Stadt, der es vorm Geldausgeben graust, eine Stadt, die von der Sparsamkeit fett geworden ist, diese Aufgabe besonders schlecht meisterte. Drinnen war es stickig. Velourstapete an den uhrlosen Wänden.

Said trat an die Theke. Den Back-to-Back zog es zum Roulettetisch hinüber, wo er einen Mann im rosa Sommeranzug in ein Gespräch verwickelte. Der Mann hatte ein verfrüht gerötetes Gesicht und trug die Ärmel seiner Anzugjacke hochgeschoppt à la *Miami Vice*. Mit seinen Buchmacherklamotten und seiner zwielichtigen Ausstrahlung passte er gut hierher. Als ich näher kam, hörten sie auf zu reden.

»Was erzählst du meinem Bruder da?«, sagte ich. »Alles, was du ihm erzählst, muss vorher mit mir abgeklärt werden.«

»Der Junge ist nicht dein Bruder«, spöttelte der Mann. »Ich war mit ihm auf dem College.«

Im Lauf der Nacht war mir meine Lüge sehr ans Herz gewachsen. Wahrscheinlich war ich es einfach gewöhnt, die große Schwester zu sein.

»Er erzählt nicht gern von mir, weil ich so viel älter bin. Wir verkehren nicht in denselben Kreisen.«

»Ich hatte ihn gerade gefragt, ob er das Album von George FitzGerald schon gehört hat.«

»Wer ist George FitzGerald?«

Es klang wie der Name eines Bandleaders.

»Machst du Witze?«

»Nein.«

»Von dem kommt ihr gerade.«

Ich zuckte die Achseln. Auf solche Feinheiten zu achten war was für halbwüchsige Jungs. Ich ging nicht wegen des Line-ups in Clubs, so wenig, wie ich mir das Zimmer mit Postern von Dreamscape und Pandemonium vollgehängt hätte. Um uns herum wurde weitergeredet. »Auf dem Album geht's um seine Freundin«, sagte jemand. »Wie spät ist es eigentlich?«, fragte jemand anders.

»Für mich klingt das inzwischen eh alles gleich«, sagte ich. »Nach Neunzigerjahre-Garage, den ihr bestimmt nicht mehr kennt, weil ihr zu jung seid. Die Produzenten heute sind doch nur ... Kopien. Bicep – nur Kopien. Deren Version von diesem Dominica-Song ist eins zu eins das Original! Das weiß ich, weil ich es nämlich habe, auf einem Stu-Allan-Tape von 1995. Kein Unterschied.«

Die ersten zehn Jahre des neuen Jahrtausends hatte ich damit verbracht, mich zu beklagen, dass die Musik nicht mehr so gut war wie früher, und seit ein paar Jahren erschrak ich regelrecht über das Tempo, mit dem meine Vergangenheit geplündert wurde. Beim Hören verspürte ich etwas wie Schwindel, als würden die vergangenen zwanzig Jahre ausgelöscht. Als wäre gar keine Zeit vergangen. Garage vereinte alles in sich, was vorher gut gewesen war (das reibungsfrei Glatte von House, die Traurigkeit und Sehnsucht von frühem Hardcore), und schaffte es irgendwie, *mehr* daraus zu machen. Garage klang wie ein Loch im Herzen, wie der nicht zu vermittelnde Schmerz eines in der Rückschau verbrachten Lebens. Im Nordwesten hatte er nie richtig Fuß fassen können. Dafür war Liverpool viel zu weiß, viel zu sehr den typischen vier Vierteln verschworen.

»Ich liebe alten Garage.«

Said war an den Tisch getreten und brachte Getränke mit.

»Weiß ich doch, Baby«, sagte ich. »Du hast ja auch Geschmack.«

Ich schlang ihm den Arm um die Schultern.

»Darum hab ich auch gleich gewusst, dass wir Freunde werden würden. Schon als wir uns kennengelernt haben, wusste ich, dass ihr beide meine Freunde werdet. Mit meiner besten Freundin hab ich so ein Ding, wir nennen das unser Freundschafts-Schmetterlingsnetz, und wenn wir wen treffen, der uns gefällt ...«

»Ja, ja«, sagte der Back-to-Back. »Von diesem Schmetterlingsnetz haben wir schon reichlich gehört.«

Mir tat das Gesicht weh. Ich neigte zum Zähneknirschen, dem stummen Lamento der Gestressten, und eine Nacht lang mit dem Kiefer mahlen und Blödsinn quatschen machte das nicht gerade besser. Ich lockerte die Kiefermuskeln. Der Back-to-Back klopfte seine Taschen ab und gab mir einen Kaugummi.

»Dein kleiner Freund da wirkt ein bisschen unappetitlich«, bemerkte ich kauend.

»Ist er auch«, sagte der Back-to-Back. »Unappetitlich ist genau das richtige Wort.«

»Ich finde nicht, dass du weiter mit ihm reden solltest. Und ich finde auch nicht, dass du das Familiensilber beim Glücksspiel riskieren solltest. Warum zählst du nicht ein paar Karten beim Blackjack?«

»Ach, scheiß drauf! Kartenzählen kann ich echt nicht mehr. Ich seh ja kaum den Tisch.«

Mit einer ausladenden Geste warf er seine Jetons auf den grünen Spieltisch. Der Croupier rief seinen Spruch, und alle traten gleichzeitig einen Schritt zurück und drehten sich so, dass sie das Rouletterad sehen konnten. Die Kugel ruckelte durch ihre Rinne. Meine Pille hatte ihr Pulver verschossen und nur eine tickernde Zufriedenheit hinterlassen, aber als ich jetzt zurücktrat, bäumte sie sich noch einmal leise auf, sodass mir plötzlich ein, zwei Bilder aus dem Blickfeld fehlten und der Tisch höhnisch zu mir aufgrinste, die weißen Zahlen darauf so verschlüsselt wie die auf einem Ouija-Brett, der Stoffbezug unwirklich grün. Es heißt, François Blanc habe einen Pakt mit dem Teufel geschlossen, um hinter die Geheimnisse des Spiels zu kommen. Aber was soll daran geheimnisvoll sein? Alle wissen doch, wie die Chancen verteilt sind.

Ich hatte den Arm immer noch um Saids Schultern und spürte, wie er sich neben mir verspannte, als wäre das Geld da auf dem Tisch seins und nicht das seines Freundes. Die Kugel beendete klackernd ihre letzte Runde und landete in einem Zahlenfach. Der Back-to-Back drehte sich um und grinste so gewinnend, dass ich einen Moment brauchte, um zu begreifen, dass er verloren hatte. Er hielt sich die Hand vor den Mund wie ein Pin-up-Girl, das Entsetzen mimt, dann streckte er sie uns entgegen. Auf seiner Handfläche lag eine Pille, in drei gleiche Teile gedrittelt.

Wir machen unseren Einsatz, wir spielen. Und bilden uns immer ein, wir hätten das Zeug dazu, gegen die Bank zu gewinnen.

Einmal war ich abends im Pub, da kam eine Frau und wollte sich neben mich setzen, also habe ich meinen Mantel weggeräumt. Sie hat mich ausgelacht, weil der Mantel rosa war. Ich sag: »Der ist nicht rosa, der ist zart pflaumenfarben.« Bisschen Geplänkel halt. Da war das Eis gebrochen. Ich vögele sie, wie ich meine Frau nie vögeln könnte. Schubse sie durchs halbe Zimmer. Bisschen würgen ist auch dabei. Anders eben, irgendwie animalischer. Ich habe sie nur ein paarmal gesehen, aber wenn ich offshore bin, rede ich öfter mit ihr als mit meiner Alten. Ich weiß gar nicht, ob ich sie wirklich vermisse, aber ich vermisse das, was sie so zu mir sagt. Sie sagt, ich sehe aus wie ein starker Mann. Von meiner Frau höre ich so was nie. Und ich will auch nicht zu ihr sagen: »Pass auf, das will ich hören«, damit sie dann gleich antwortet: »Ach, aber du siehst doch gut aus«, wie ein Roboter. Trotzdem, ich muss so was hören. Unbedingt. Dreißig werden hat echt wehgetan. Mir gehen die Haare aus.

5

TERN

»Wo hast du die Narbe her?«

»So was fragt man nicht. Du kannst dich doch nicht einfach hersetzen und solche Fragen stellen. Hast du denn gar keine Ahnung? Das ist ein bisschen sehr persönlich.«

Das kam gar nicht von dem jungen Waliser selbst, sondern von dem Mann mir gegenüber. Er hatte den ruhigen, gefühllosen Blick eines Serienmörders, sein Ton jedoch war tadelnd, oberlehrerhaft. Vor ihm fühlte ich mich gleich wieder wie früher in der Schule: bockig und bereit, mich jedem Tadel zu widersetzen.

»Ich führe ein Interview mit ihm«, sagte ich. »Da muss ich ihm Fragen stellen.«

Bei der Narbe handelte es sich um eine tiefe, kurvige Furche, die sich über sein ganzes Gesicht zog, vom Augenlid bis hinunter zum Mundwinkel. Die Haut hatte einen ungesunden Lilaton, das gelbstichige Violett einer verblassenden Prellung. Unwillkürlich fasste er sich an die Wange. Sein Blick wanderte über meine Schulter, seine Aufmerksamkeit war jetzt auf etwas anderes gerichtet, etwas Innerliches.

»Aus dem Krieg«, sagte er.

»Erzähl mir keine Märchen.«

Er grinste.

»Ich bin mit sechs von einem Baumstumpf gefallen.«

157

»Und wo gelandet? Auf einer Sense?«

»So bäuerlich geht's bei uns auch wieder nicht zu. Der Baumstumpf stand am Rand eines Steinbruchs, da bin ich reingefallen.«

Es war halb zwei an einem Dienstagnachmittag, und ich war bereits auf dem besten Weg, mich zu betrinken. Seit ein paar Stunden kreiste ich durch den Raum, gab Drinks aus und versuchte, Vertraulichkeiten hervorzulocken, wie die beschwipste Gastgeberin einer finsteren Cocktailparty mit ausschließlich männlichen Gästen. Diese drei Männer, dachte ich mir, ließen sich nach dem Grad ihrer Feindseligkeit sortieren. Der Erste empfand meine Anwesenheit als Zumutung und hätte sich gewünscht, dass ich wieder verschwand. Seinem Freund, der gerade mit vier Southern Comfort mit Limo von der Theke zurückgekommen war – er hatte die Aufforderung des jungen Walisers, einfach »irgendwas« zu holen, offenbar wörtlich genommen –, war das alles ziemlich egal. Und der junge Waliser, der, soweit ich es beurteilen konnte, diesen Tisch dominierte, wollte, dass ich blieb.

Bei dieser Arbeit lag es in der Natur der Sache, dass ich immer besser nachvollziehen konnte, wie sie sich fühlen mussten. Auf Gruppen zugehen, den Empfänglichsten ausfindig machen, ihn rumkriegen, dass er mir Einlass gewährt, egal, was die Mehrheit will. Mädchen bekommen früh beigebracht, auf die subtilsten zwischenmenschlichen Zeichen zu reagieren und sich schon bei der leisesten Andeutung eines Stirnrunzelns oder verschränkter Arme zurückzuziehen, während Jungs lernen, eine gewisse Unempfänglichkeit für genau solche Signale zu entwickeln. Sie lernen, standzuhalten und einfach weiterzureden, wie der Vertreter an der Haustür, wenn er im Nein ein Zögern wahrnimmt. Um meine Arbeit überhaupt machen zu können – mich an wildfremde Menschen zu hängen und sie in ein Gespräch zu ziehen –, musste ich zu einer Art Mischwesen werden. Das harmlose Äußere einer Frau. Und die innere Unempfindlichkeit eines Mannes.

»Wie heißt du denn, Süße?«, fragte der junge Waliser. Sein melodischer Akzent, der auf die South Wales Valleys verwies, war im Vergleich zum Teesside-Singsang ringsum am anderen Ende der Halbtonleiter angesiedelt.

»Dunyazad.«

»Jetzt hör aber auf. So heißt doch kein Mensch!«

»Ich schon.«

»Ja, fick die Henne! Eine Dunyazad hab ich noch nie kennengelernt. Den Namen hab ich echt noch nie im Leben gehört.«

»Tja. Jetzt kennst du ihn.«

»Hast du nen Stift? Schreib mir den Namen mal auf. Deinen vollen Namen. Ich will das Buch ja nicht verpassen, wenn's erscheint.«

»Speicher ihn doch in deinen Kontakten.«

Er sah mich an, als hätte ich ihm vorgeschlagen, sich den Namen auf die Stirn zu tätowieren.

»Das geht nicht. Meine Frau schnüffelt immer in meinem Telefon rum.«

»In London findet man es gar nicht in Ordnung, im Telefon des anderen rumzuschnüffeln.«

»Tja, in Port Talbot ist das voll okay. Ich kann ihr nicht mal verraten, dass ich auf Facebook bin.«

»Du hast ein heimliches Facebook-Konto?«

»Ich schau mir halt gern Fotos von anderen Leuten an. Aber dass das immer so ein Drama gibt, find ich scheiße.«

»Mir ist schon öfter aufgefallen, dass Männer, die Dramen scheiße finden, ganz gut darin sind, für welche zu sorgen.«

»Dann ist es den Mädels in London also egal, wenn sie betrogen werden?«

»Ums Egalsein geht es nicht. Klar stört es sie, aber sie lassen es sich nicht anmerken, weil sie möglichst französisch wirken wollen. Es ist einfach irgendwie geschmacklos, den Partner auf Schritt und Tritt zu verfolgen. So wie … eine Riesenparty nach einer Taufe.«

Ich fischte einen Kuli ohne Kappe aus dem Chaos in meiner Handtasche, riss eine Seite aus meinem Notizbuch und schrieb mit klarer, runder Handschrift *Dunyazad Jones* darauf. Er nahm mir das Blatt ab, hielt es ins Licht und musterte es mit zusammengekniffenen Augen wie ein Kassierer einen Fünfzigpfundschein.

»Eins sag ich dir, Dunyazad. Die Stiefel, die du da anhast, sind echt der Hammer.«

Es waren wirklich wunderschöne Stiefel. Dunkelblau, bis zur Wade reichend und aus weichem Wildleder, das sich wie eine Gamasche um den Absatz legte. Ein Überbleibsel aus meinem alten Leben, als schöne Dinge noch erschwinglich waren und sich alles, wirklich alles, erhandeln ließ.

»Ich nenne sie immer meine Pferdefuß-Stiefel. Weil ich damit aussehe wie ein Karrengaul.«

»Ach was, stimmt doch gar nicht!« Er sah sie sich noch einmal an. »Die sind sogar richtig schön. Wie so nachgebumste Uggs.«

»Sie sind von Chloé.«

»Sehen ein bisschen aus wie umgestülpt. Dann sind's halt Chluggs!«

»Eigentlich weiß ich gar nicht, wieso ich mich hier im Norden überhaupt schön anziehe.«

»Wolltest du uns nicht nach der Offshore-Arbeit fragen?«

»Richtig, das wollte ich. Wo arbeitest du?«

»Verrat ich dir nicht.«

»Wetten, dass ich es errate? Warte mal. Du bist mit einem Direktflug gekommen und noch nicht im Dreiwochen-Turnus. Demnach müsstest du …« Ich klopfte mir mit dem Kuli an die Lippen und kniff meinerseits die Augen zusammen. »… auf einer der Brent-Plattformen sein?«

Der junge Waliser grinste.

»Das ist streng geheim.«

»Ich schreibe einfach, du arbeitest auf der Tern. Gleiche Gegend, gleiche Wetterverhältnisse.«

»Sag noch mal ›Tern‹.«

»Tern.«

»*Törn*. Bist schon ganz schön vornehm, was?«

»Kann man so nicht sagen.«

»Ist doch gut, mir gefällt's. Ich mag vornehme Frauen.«

»Und wie ist es da?«

Er sah mich ungerührt an. Seine Augen hatten die Farbe von Honig. Haare, Augen, Haut, alles hatte den gleichen Farbton, das machte es gar nicht leicht, sich seine Züge einzuprägen oder überhaupt einen geordneten Eindruck von seinem Gesicht zu bekommen.

»Ganz okay«, sagte er.

»Beschissen«, brummte der erste Mann.

»Kommt immer drauf an, was du selbst draus machst. Weißt du, ich nehme meine Probleme nicht mit zur Arbeit. Manche machen das. Die zählen dann irgendwann die Tage, bis sie wieder nach Hause dürfen. Wenn du dich da nicht abgrenzt, platzt dir der Kopf. Erst kürzlich hat sich einer die Taschen voll Schraubenschlüssel gepackt und ist von seiner Plattform gesprungen.«

»Mir scheint, die Geschichte habe ich schon mal gehört.«

»Kann gut sein. Das ändert ja nichts an der Sache. Wenn du offshore arbeitest, kannst du nicht nur ein Leben führen. Du brauchst zwei.«

»Macht es dir denn gar nichts aus, weg zu sein?«

»Ich bin jetzt mal ganz ehrlich, Schätzchen. Nein, es macht mir nichts. Da bin ich wohl ein bisschen hartherzig.«

»Ich bin ja nie auf Facebook, das macht mich völlig kirre. Ständig sieht man Leute, die sich irgendwo die Kante geben, und denkt: ›Meine Frau ist auch schon wieder unterwegs und treibt alles Mögliche, und ich sitz hier draußen fest.‹«

Das kam von dem zweiten Mann, der die Getränke geholt hatte. Die anfänglichen Spannungen zwischen dem Waliser und seinem Freund hatten mich so abgelenkt, dass ich ihn fast vergessen hatte. Jetzt sah ich ihn mir zum ersten Mal richtig an. Er hatte den Körperbau eines Schwerverbrechers – groß, mit gewaltig breiten, gerundeten Schultern – und ein sorgenvolles, rötliches Gesicht. Auf den Arm hatte er ein großes Fußballlogo tätowiert, das teilweise unter dem Ärmel seines T-Shirts verschwand, aber die Worte *Keep It Casual* in schwungvoller Schreibschrift waren noch zu sehen.

»Auf der Boro hängen die Jungs praktisch ständig am Telefon und streiten mit ihren Weibern. Da gibt's ständig Dramen. Immer nur Dramen.«

»Mir hat mal jemand von einem Typen auf der Beatrice erzählt«, sagte ich. »Der hat sich sein iPad gegen den Kopf geknallt, weil seine Freundin ausgehen wollte und er sie nicht davon abbringen konnte.«

»Ist ja auch schwer«, sagte der zweite Mann. »Ich habe selbst Frau und Kinder daheim. Meine Jüngste ist neulich ein Jahr geworden. Gerade hat sie Husten und schreit nachts viel. Vorgestern Abend hat mir meine Frau drei Sprachnachrichten mit ihrem Geschrei geschickt. Ich sag zu ihr: ›Warum zum Geier schickst du mir das?‹ Und sie sagt: ›Weil ich das hier jede Nacht aushalten muss.‹«

»Und was sollst du dagegen machen, wenn du unterwegs bist?«

»Das ist so ein Teufelskreis. Sie bleibt daheim, macht alles alleine. Wenn ich dann anrufe und sie gerade schlechte Laune hat, kann es sein, dass wir ein paar Tage kein Wort reden oder nur streiten. Und dann hat man auch auf der Arbeit mit allen Streit, weil man den Kopf nicht aus der eigenen Scheiße kriegt. Irgendwann versöhnen wir uns wieder, entschuldigen uns. Das machen wir pro Einsatz so zwei-, dreimal durch.«

Er sah echt niedergeschlagen aus. Ich hatte das Gefühl, das Thema wechseln zu müssen, nur leider fiel mir in dem Moment überhaupt nichts ein, was nicht mit Verheiratetsein zu tun hatte.

»Du weißt schon, dass es ganz normal ist, dich mit deiner Frau zu streiten, wenn du unterwegs bist. Das ist so verbreitet, dass es sogar eine Bezeichnung dafür gibt: das Abwesender-Ehemann-Syndrom. *Intermittent Husband Syndrome.*«

»Das gibt's wirklich?«

»Aber ja. Soldaten kriegen das auch.«

Diese Männer, dachte ich, waren selbst wie Soldaten. Sie mussten die Fähigkeit entwickeln, sich abzugrenzen. Hatten die Aufgabe, die Zivilisation zu erhalten. Ihre Tätigkeit führte sie in die wildesten, entlegensten Ecken der Welt und hatte die paradoxe Wirkung, dass sie sich umso grobschlächtiger benahmen. Sie erzählten gern von ihren erschwerten Arbeitsbedingungen, übertrumpften sich gegenseitig mit Schilderungen der fürchterlichsten Zustände. In Angola hatte man sie in eine Flotte aus SUVs mit verdunkelten Scheiben gescheucht und gezwungen, flach auf dem Boden liegen zu bleiben, bis sie den Heliport erreicht hatten. In Nigeria gab es auf den Plattformen Bunker, die aussahen wie aufrecht stehende Särge. Falls sich Piraten der Plattform bemächtigten, hatten die Arbeiter sich in diese Bunker einzuschließen und den Blick nach Mekka zu richten. Man verdiente gutes Geld in Afrika, aber es war im Grunde eine Gefahrenzulage.

Vielleicht waren sie doch eher wie Söldner. Tatsächlich glichen die Plattformen Kasernen: Männerdomänen, in denen frauenfeindliche Paranoia ungehindert sprießen konnte. Offshore erzählten sie sich Geschichten über klammernde Ehefrauen und intrigante Freundinnen, über Frauen, die sie mit Schwangerschaften in die »Falle« lockten, die Kinder im Ausland verschwinden ließen, sie mit Unterhaltszahlungen arm machten und mit guten Freunden betrogen. *Denk nicht so viel an deine Frau,* sagten sie einer zum anderen. *Sie denkt schließlich auch kaum an dich. Ist viel zu sehr damit beschäftigt, sich von Leroy bumsen zu lassen.*

Unter Ölarbeitern ist »Leroy« das, was bei der Marine »Jody« heißt. Eine Art Sagengestalt: der träge Zivilist, der an Land zurückbleibt und ihre Abwesenheit ausnutzt. Ein Ausdruck weit verbreiteter Angst ebenso wie ein Mittel, das Herz gegen zu Hause abzuhärten. Bemerkenswert (oder auch nicht) ist, dass dieser Leroy, genau wie Jody, offenbar ein Schwarzer ist, obwohl die meisten Nordseearbeiter aus postindustriellen Städten mit größtenteils weißer Bevölkerung stammen. Leroy, erzählte mir ein Mann, war auf der ganzen Welt bekannt. Er war schon in Brasilien, Grönland, den USA und auf den Falkland-Inseln im Einsatz gewesen. Wo er auch hinkam, überall machten die Männer Witze über Leroy. Und wieso ist er schwarz?, wollte ich wissen. Was glaubst du denn?, gab der Mann zurück.

»Man hat die Plattform-Mütze und die Zuhause-Mütze«, sagte der Waliser. »Man muss ja auch anders reden. Offshore ist der Ton ziemlich schroff. Für Missverständnisse ist da kein Platz. Man kann nicht um den heißen Brei herumreden. Wenn man dann wieder an Land ist, braucht man Zeit zum Auftauchen. Das kapieren die daheim aber nicht. Deren Realität geht einfach jeden Tag weiter. Wir werden eine Zeit lang da rausgenommen.«

Die Sonne schickte einen bleichen Quadranten über den Parkplatz. Irgendetwas, vielleicht ja der Winkel, mit dem das Licht auf das Fenster traf, ließ den Raum verräuchert aussehen, obwohl die Rauchenden nach draußen, auf den betonierten Innenhof verbannt waren. Die Luft wirkte getönt, als sähe man sie durch eine nikotinverfärbte Scheibe. Auf dem Tisch vor mir leuchtete mein Telefon auf.

Bin da. Wo bist du???

»Gehst du schon wieder?«, sagte der Waliser, als ich aufstand.

»Ich muss meinen Freund abholen.«

»Lass ihn doch warten.«

Der erste Mann schüttelte den Kopf, als würde er mich und mein ganzes Repertoire an hinterhältigen Tricks durchschauen.

»Von wegen *Freund*. Den ganzen Tag seh ich dich schon Männer anquatschen. Ich glaub, du bist ne Hure.«

»Halt die Klappe.« Ich griff nach meiner Tasche. »Was du glaubst, interessiert niemanden.«

Caden stand ziemlich genau dort, wo ich ihn das erste Mal entdeckt hatte. Damals wie heute drückte ihn das Gewicht seines Seesacks nieder. Einen Moment lang blieb ich beim Geldautomaten stehen und beobachtete ihn. Ich hatte diese Szene schon so oft im Kopf durchgespielt. Ernst und kerzengerade hatte ich mich im Ankunft-Terminal stehen sehen, ganz in Schwarz, mit Spaghettiträgern (mein Outfit sollte an Kim Kardashian erinnern, mit Kanye am Spielfeldrand, in den frühen Tagen ihrer Romanze: taupefarben umrandete Lippen, ein lockerer Haarknoten, aufrichtige Liebe im Blick). Ich würde ihm die Arme um den Hals legen und ihn festhalten, in stummer Anerkennung seines Opfers. Meine Stimmung wäre gedämpft, so wie seine. Zu große Freude zu zeigen wäre ungehörig. Ich ging davon aus, dass er einen gewissen Zwiespalt empfinden musste, und war auf eine ganze Reihe von Reaktionen eingestellt:

Schuldgefühle, Trauer, ein sanftes Schmollen. Aber auf diese war ich nicht gefasst.

Als ich auf ihn zukam, sah er auf und strahlte, sodass die Klammern um seinen Mund verschwanden und von den entsprechenden Fältchen um die Augen ersetzt wurden. Er wirkte so glücklich, wie ich ihn noch nie gesehen hatte. Die Augenbrauen hochgezogen, als könnte er den eigenen Wagemut kaum fassen. Er hatte es wirklich getan. Er hatte den großen Raub seiner selbst inszeniert und es tatsächlich geschafft, damit durchzukommen.

Er hielt mir die Hände hin. »Guck!«

Ich schaute darauf. Er hatte schöne Hände, unerwartet schmal und zart, mit schlanken Fingern und ovalen Nägeln. Die Hände eines größeren Mannes mit einer ansprechenderen Arbeit.

»Was soll ich da sehen?«

»Jetzt guck doch!«

Begriffsstutzig starrte ich auf die Hände. Sie zitterten. Seine Körperspannung war immer etwas höher als bei den meisten Menschen, und es ließ sich schwer sagen, ob dieses Beben von Nervosität zeugte oder bloß von einem Überschuss ungenutzter Energie. Einen Moment lang glaubte ich, das sei es, was er mir zeigen wollte: dass er sich in einem extremen Zustand befand, dass ihm die Hände zitterten. Dann wurde es mir klar. Kein Ehering.

»Fühlt sich das nicht komisch an?«

Er zuckte die Achseln, lächelte.

»Nee. Auf Arbeit kann ich den eh nicht tragen. Ich hab ihn einfach nur nicht wieder angezogen.«

Wir gingen nach draußen, zum Taxistand. Er drückte

immer wieder meine Hand, lächelte mich an. Sein leicht schiefes Lächeln. Es erinnerte mich an den ersten Tag, an dem er jedes Mal gelächelt hatte, wenn ich zu ihm hinsah. *Und was soll ich erzählen? Was du willst. Also, fluchen und so trau ich mich ja jetzt nicht mehr.*

Wir kamen an einer Gruppe Männer vorbei, die auf dem Weg zum Terminal waren. Sie sahen zu uns herüber, die Mienen wach und interessiert. Ich war mir sicher, sie wussten, dass Caden verheiratet war, und zwar nicht mit mir. Mein Gesicht, das sich schwach in der getönten Scheibe des Taxifensters spiegelte, sagte das deutlich genug. Ich war mit niemandem verheiratet. Ging niemanden an als mich selbst. Ohne Vorwarnung zog Caden mich zu sich heran, um mich zu küssen. Im selben Moment drehte ich den Kopf, sodass seine Lippen an meiner Wange abglitten und der schlecht getimte Kuss gegen mein Ohr klatschte. Einen Moment lang hörte ich nichts als Fiepsen und Jaulen. Über uns hing feiner grauer Dunst vor der Sonne. Es war, als stünden wir im Radius einer Bombenexplosion.

*

»Die würd ich mich ja nie trauen zu kaufen.«

»Das verlangt auch niemand.« Ich drehte die Turnschuhe in der Hand. Sie waren fliederfarben, mit blumig-gemustertem Schwung. »Air Max Ones sind Designklassiker. Genau solche hatte ich mit fünfzehn. Ich hatte sie an, als ich das erste Mal im Bowlers war. Zu einem Wonderbra aus Jeansstoff und Jeans-Hotpants. Damals konnte man tatsächlich noch in Unterwäsche ins Bowlers gehen, ohne dass einen jemand anmachte. Aber als die Bar dazugekommen ist, ging es steil bergab.«

Caden erwiderte meinen Blick mit teilnahmsloser Miene. Er wollte nicht hören, wie es war, als ich fünfzehn war und das Bowlers noch keine Bar hatte. Er hatte bereits ein paar Fotos gesehen und erklärt, er finde mich heute besser. Ich war ganz wild auf seine Vergangenheit, während ihn meine langweilte. Das gehörte zu den vielen kleinen Unausgewogenheiten, die ich hinnahm, ohne groß darüber nachzudenken. Jetzt griff er nach einem Paar Turnschuhe, die denen, die er trug, aufs Haar glichen. Die an seinen Füßen wollte er wegschmeißen, wenn wir zu Hause waren. Ich konnte es nicht fassen. Für mich sahen die Schuhe noch genauso sauber und verblüffend weiß aus wie an dem Tag, als ich sie zum ersten Mal gesehen hatte.

»Du wirfst deine Schuhe weg, wenn sie dreckig sind? Wie Floyd Mayweather?«

»Die müssen absolut weiß sein«, sagte er. »Mit Flecken komm ich nicht klar.«

Er liebte es, shoppen zu gehen, den hell erleuchteten, klimatisierten Kubus des Union-Square-Einkaufszentrums zu durchstreifen oder den kalten, brutalistischen Tunnel des Trinity Centre, lauter Dinge zu kaufen, die er nicht brauchte, oder ihren künftigen Kauf zu planen. Er hegte eine große Leidenschaft für Neuanschaffungen – Frischausgepacktes, Nagelneues, Unberührtes –, hatte aber auch Freude daran, sich auszumalen, was er in naher Zukunft kaufen könnte. War er zu Hause, brachten Rachel und er damit ihre Tage zu. Erwerbszonen abstecken. Kaufen, Geld ausgeben, ununterbrochen konsumieren.

Im John-Lewis-Kaufhaus ließ er die Ständer mit den adretten Polohemden und Sportjacken links liegen (*Ralph Lauren, Hugo Boss oder gar nichts*) und blieb stattdessen vor einem 50-Zoll-Flachbildschirm stehen. Als er hörte, dass ich keinen Fernseher besaß, war er tief geschockt gewesen. Er selbst hatte acht: in jedem Schlafzimmer einen, im Wohnzimmer einen, im Spielzimmer einen, einen im Wintergarten und einen im Bad. Als ich fragte, wozu er denn einen Fernseher im Bad bräuchte, schaute er mich an, als wäre ich selten blöd. Weil er, erklärte er, manchmal auch beim Baden fernsehen wolle.

Im Apple-Laden blieb er vor den teuren Uhren stehen, die in einer Vitrine lagen.

»Damit könnte ich vielleicht die Zwillinge bestechen«, brummte er.

Weil die Bemerkung mehr ihm selbst als mir galt, erübrigte sich eine Antwort. In der Privatheit meines Kopfs hatte ich längst meine eigenen Schlüsse gezogen: hinsichtlich der Zwillinge (entsetzlich, regelrecht obszön verwöhnt), seiner Erziehungsmethoden (dürftig) sowie der Frage, was passieren würde, wenn ich das Sagen hätte (ich würde sie in eine Kutsche verfrachten, die sie, wie weiland den jungen Jonathan Harker, nach Süden bringen und erst anhalten würde, wenn sie vor den Toren der Militärschule in Harrogate stand). Vielleicht würde Rachel ja so sehr von Zorn zerfressen bleiben, dass ich sie nie kennenlernen durfte. Ich kreuzte die Finger in der Manteltasche und zählte die Uhren in der Vitrine. Sechs: eine Unglückszahl. Dann würde sie einem Treffen also zustimmen, und zwar noch vor Ablauf eines Jahres.

»Was meinst du?«, fragte er und drehte sich wieder zu mir um.

»Ich würde den Ball erst mal flach halten.«

»Aber wenn ich mein ganzes Geld jetzt ausgebe, kann sie es mir nicht mehr wegnehmen.«

Ich malte mit der Fußspitze eine Arabeske auf den Boden (vorwärts adrett, seitwärts kokett). Es war mir nach wie vor schleierhaft, wie er einen bindenden Vertrag hatte unterschreiben können, ohne sich vorher schlauzumachen, was es kosten würde, ihn wieder zu lösen, aber vermutlich unterschied er sich darin kaum von den allermeisten anderen Menschen.

»So läuft das nicht bei Scheidungen«, sagte ich.

Wir verließen den Laden und streiften weiter durch die Stadt, etwas wie Stallgeruch zog uns zur Belmont Street. Er blieb nur stehen, um mir die Ecke zu zeigen, an der er einmal, zusammen mit ein paar Männern von der Murchison, verhaftet worden war.

»Das war so eine Spielrauferei. Einer der Jungs hat mich hochgehoben und dann einfach fallen lassen. Ich war wochenlang grün und blau. Auaa!« Mit seinem Akzent klang es wie eine nordische Begrüßungsformel.

»Du meinst, ihr habt euch zum Spaß geprügelt? ›Spielrauferei‹ klingt ein bisschen, als hättet ihr euch um Puppen und Bauklötze gezankt.«

»So sagt man das halt bei uns.«

Mir fiel wieder ein, was so fremd an ihm war. Seine Sätze hatten oft einen provinziellen Einschlag, es waren altertümlich-dörfliche Formulierungen, die ich immer darauf schob, dass er eben auf der falschen Seite der Pennines geboren

war: *Ich hau mich jetzt mal aufs Ohr*, sagte er beispielsweise. *Der Strohsack ruft.*

»Ich glaube ja, Männer nutzen Spaßraufereien, um
anderen heimlich richtig eine reinzuhauen.«

»Von meinen Kumpels würd das keiner tun.«

»Und wo ist der Unterschied, wenn du in beiden Fällen
anschließend grün und blau bist?«

Unser Gespräch hatte uns zu der Bar geführt, in der wir
damals, am ersten Abend, gesessen hatten, während sich
draußen der Schnee auf den Fensterrahmen niederließ und
für weite, stille Verwehungen sorgte. Jetzt hingegen schien
die Sonne, und von den Holzbohlen der Terrasse stieg Harz-
geruch auf und mischte sich mit den Abgasen, die von der
Umgehungsstraße heraufzogen. Wir setzten uns in einen
gläsernen Anbau mit Blick über die Baumwipfel. Die Sonne
schimmerte durch die Blätter, die ihrem Licht einen Grün-
ton gaben. Auf der Terrasse, unter einem der Tische, lag he-
chelnd ein großer Rottweiler. Er hatte schwermütige Augen,
von seinen Lefzen, dunkel wie Mollusken, triefte der Sab-
ber. Als er merkte, dass ich ihn ansah, schaute er zurück.
Sein Blick sagte, dass er mich zur Freundin wollte, dass er
sich wünschte, wir würden uns heute noch kennenlernen.

»Wir könnten uns einen Hund aus dem Tierheim holen«,
sagte ich.

Caden schüttelte den Kopf. Er trug eine verspiegelte Sonnenbrille – noch so ein Neunzigerjahre-Trend, der neuerdings wieder in Mode war –, und so sah ich, wenn ich ihn
anschaute, nur mich selbst, leicht verzerrt durch die Krüm-
mung der Gläser.

»Wir holen uns einen Welpen.«

»Ich will aber einen Tierheimhund.«

»Da weißt du doch gar nicht, wo der vorher war. Vielleicht hat er mit seinen letzten Besitzern ganz schlechte Erfahrungen gemacht. Oder sie haben ihn für Hundekämpfe missbraucht.«

Er zählte alle Möglichkeiten an den Fingern ab.

»Du weißt nicht, wie alt er wirklich ist. Vielleicht ist er auch krank. Oder er lässt sich nicht mehr erziehen. Nachher beißt er noch die Zwillinge.«

Diese Zwillinge beißen wohl eher *ihn*, dachte ich. Wann immer er die beiden erwähnte, ging mir der Wahlspruch meiner protestantischen Großmutter durch den Sinn: *Rote Haare, Sommersprossen sind des Teufels Tischgenossen.* Der Satz tanzte dann brennend vor meinen Augen und machte jede vernünftige Entgegnung zunichte. Ich versuchte, auf irgendeine banale Bemerkung über die Kindheit zu kommen, eine ermutigende Geschichte aus meiner eigenen Vergangenheit auszugraben (jugendliche Straftäter, die später erfolgreich Medizin studiert hatten; ein Schmuddelkind aus dem sozialen Brennpunktviertel von Liverpool, das heute einen Hedgefonds leitete), aber da war nichts. *Rote Haare, Sommersprossen*, sang mein Kopf nur immer weiter, *sind des Teufels Tischgenossen.*

»Mir gefällt die Vorstellung, einen Hund aufzunehmen, der bisher ein schweres Leben hatte. Ihn zu verwöhnen, ihn mit Liebe zu überhäufen. Alles, was vorher war, wiedergutzumachen.«

»Darüber diskutier ich gar nicht. Wir holen uns einen Welpen.«

»Du willst doch nur keinen Hund aus dem Tierheim,

weil du damit eine Gelegenheit auslässt, jede Menge Geld zu verschleudern.«

»Wir holen uns keinen gebrauchten Hund.«

»Und wie würdest du es finden, wenn ich das Gleiche über Ehemänner dächte?«

»Das ist ja wohl was anderes.«

»Weißt du eigentlich, dass es fast auf den Tag genau vier Monate her ist, seit wir hier waren?«

»Wie die Zeit vergeht.«

Ich streckte die Hand aus und fasste an den Ärmel seines grauen Trainingsanzugs.

»Der gefällt mir. Damit verkörperst du all meine Knastbruderfantasien.«

»Hab ich extra für dich angezogen.«

Allmählich füllte sich der Anbau. Die Sonne knallte auf das Glasdach herunter, drinnen wurde es warm. Überall im Raum standen Pflanzen, wie in einem Gewächshaus. Der Urwaldatem der Sukkulenten hing schwer in der Luft. Um uns herum trugen die Frauen Schnitte, wie ich sie aus meiner Teeniezeit kannte: bauchfreie Oberteile, Marlenehosen, Slip-Dresses. Nur dass sie jetzt dunkle Foundation dazu trugen, die in dem grünlichen Licht eher schlammfarben wirkte, und sich die Haare in Bonbonfarben tönten. Lavendel, Zartblau, Rotgolden, Mint. Hatte sich das Auge erst mal an das Künstliche daran gewöhnt, waren die Farben wirklich schön. Wie sie da auf ihren High Heels umherstöckelten, erinnerten sie mich an Blumen auf zarten Stängeln oder auch an heutigere, ausgebleichte Versionen der drallen Plastikponys, die ich als Kind gesammelt hatte. Man kam sich vor wie in einem Treibhaus, bedrängt von Rosen.

Caden griff nach meiner Hand und küsste sie.

»Weißt du, was ich besonders toll finde, wenn ich mit dir zusammen bin?«

»Was denn?«

»Es fühlt sich an wie Urlaub. Weil nämlich, selbst wenn ich im Urlaub bin ...«

Er brach ab. War ihm gerade klar geworden, dass er höchstwahrscheinlich nie wieder mit seinen Kindern verreisen würde? Oder zensierte er sich aus Taktgefühl selbst? Er sah so gar nicht aus wie ein Mann, der die komplette Zerstörung seines Familienlebens in Erwägung zieht. Er lächelte immer noch, so breit, dass es aussah, als müsste es wehtun.

»So wird es aber nicht immer sein. Wir müssen uns irgendwo eine Wohnung suchen.«

»Ich find uns was Schönes. Versprochen.«

»Und ich brauche einen neuen Job.«

»Ich will nicht, dass du dir darüber den Kopf zerbrichst. Schließlich verdiene ich genug für uns beide. Ich hab mich um Rachel gekümmert, und jetzt kümmere ich mich um dich.«

»Hättest du je gedacht, dass es so kommt?«

»Nein. Aber meine Mutter schon. Sie hat immer gewusst, dass ich mit Rachel nicht glücklich bin. Sie sagt, sie hat versucht, sich einzureden, ich wär's, aber tief drinnen hat sie doch gewusst, dass ich's nicht bin.«

»Wird sie mich jetzt hassen?«

»Ach was, lieben wird sie dich. Die anderen auch.«

»Hast du ein Foto von ihr?«

Er griff nach seinem Telefon und hielt es mir hin.

»Meine Mutter. Meine Oma. Tante Tessa. Tante Karen.

Tante Val. Und das ist Leanne. Das ist Madison. Das ist Courtney. Und das ist Jade.«

Ein ganzer Harem von Verwandten ruckelte an mir vorbei, erstarrt in diversen Posen weiblicher Verbundenheit: in hautengen Kleidern vor rosa gestrichenen Klokabinen oder aufgereiht in irgendeinem Wohnzimmer, die Sektgläser erhoben, die Füße auswärts gedreht, als wollten sie gleich eine Tanznummer im Bob-Fosse-Stil aufs Parkett legen. Die Mutter hatte Cadens zartes, spitzes Kinn und seine Husky-Augen. Oder, besser gesagt, er hatte das alles von ihr. Sie sah absurd jung aus, eine von den Frauen, für die der Begriff *MILF* geprägt worden sein musste. Ich hatte mir Stockton-on-Tees immer als rein weiblichen Ort vorgestellt, als das Gegenstück zu Aberdeen, einen Ort, wo jeder Mann im heiratsfähigen Alter offshore arbeitete. Bei diesen Fotos hätte man meinen können, ich hätte recht gehabt.

»Gibt's in deiner Familie keine Männer?«

»Nur meinen Dad. Sie leben getrennt.«

»Hast du noch Kontakt zu ihm?«

»Wenn er mal da ist. Er arbeitet auswärts.«

Auswärts. Präziser wurden die Ortsangaben in seinen Geschichten selten. Sie waren wie städtische Antimaterie, definierten sich einzig und allein im Verhältnis zu Stockton-on-Tees, der Stadt, die sie nicht waren.

»Wie ist er denn so?«

»Ganz okay. Bisschen neben der Spur in letzter Zeit. Er hat halt keinen, der ihm mal den Kopf zurechtsetzt.«

»Vermisst er deine Mutter noch?«

»Er würde sie sofort zurücknehmen.«

»Und sie? Vermisst sie ihn?«

176

Er lachte. Sein Lachen war erstaunlich tief und sonor. Dunkler als seine Sprechstimme, die kaum über den engsten Umkreis hinaus trug.

»Ach was! Sie hat durchgehalten, bis ich sechzehn war. Und dann ...«

»War die Schmerzgrenze erreicht?«

»Sie sagt, sie hätte gleich beim ersten Mal, als sie dran gedacht hat, gehen sollen.«

Sechzehn war das Alter, in dem sich unsere Lebenswege gegabelt hatten und in unterschiedliche Richtungen verlaufen waren. Ich war weiter zur Schule gegangen; er hatte sie abgebrochen und war ans andere Ende des Landes gezogen. Er arbeitete im Bereich Shutdowns bei Kraftwerken und Ölraffinerien, nahm sich Zimmer über irgendwelchen Pubs oder in einer billigen Pension. Eines Tages wurde er bei der Arbeit ohnmächtig. Man brachte ihn ins Krankenhaus, wo sie ein Blutgerinnsel im Gehirn fanden. Als er nach der OP wieder zu sich kam – mit einer kahlen Stelle am Kopf und einer runzligen Narbe, wo die Kopfhaut zusammengetackert worden war –, saß seine Wirtin an seinem Bett, nicht seine Mutter. Ich hörte ihm zu, und meine Lippen formten ein schlaffes, mitleidvolles O. Sein Leben, wie er es schilderte, war eine Abfolge von Elend und Entbehrungen. Wie bei einem Kindersoldaten der Konföderiertentruppen, ohne Trommel, dafür aber mit Hubschrauber.

»Ich kann's kaum erwarten, dir *meine* Mutter vorzustellen«, sagte ich.

Unwillkürlich fuhr er sich mit der Hand über den Arm. Ich wusste, ohne hinzusehen, dass er über ihren eintätowierten Namen strich.

»Da muss ich das vorher aber wegmachen lassen.«

»Sie weiß, dass du noch verheiratet bist. Wir müssten ihr nur sagen, ihr wärt schon getrennt gewesen, als wir uns kennengelernt haben.«

Eine Frau mit fliederfarbenen Haaren glitt an uns vorbei, gefolgt von einer Duftwolke. Sein Blick folgte ihr quer durch den Raum.

»So aufgebrezelt würdest du auch gut aussehen. Wir müssen mal zum Pferderennen gehen. Ich im Anzug mit Weste und du mit High Heels und im Kleid. Ich kauf dir eins.«

Ich runzelte die Stirn. Meine beiden Mini-Spiegelbilder blickten stirnrunzelnd zurück.

»Was ist denn falsch daran, wie ich mich jetzt anziehe?«

»Gar nichts. Aber beim Rennen brezeln sich alle auf. Ich im Anzug mit Weste. Du mit High Heels und im Kleid. Wir würden top aussehen!«

»Ich trage keine High Heels. Die sind Teil einer frauenfeindlichen Verschwörung. Damit kann man nämlich nicht vor Männern weglaufen.«

Er zog mich an sich. Wie gut er roch. Nach Aftershave und Weichspüler. Sein Atem roch nach Bier und Tequila. Und darunter die unverfälschte Süße seiner Haut.

»Warum willst du denn vor mir weglaufen?«

Rings um uns schwoll die Nacht an, rückte näher. Und es stellte sich heraus, dass ich mit meiner flapsigen Verallgemeinerung im Casino richtiggelegen hatte. Die Musik, die in Bars gespielt wurde, erinnerte tatsächlich an frühen Garage, und zwar so sehr, dass man den frühen Garage einfach dazwischenmixen konnte. Nur, dass sie auch die ausgelassenen Klavierparts enthielt, die so typisch für House sind, dröhnende, italienisch anmutende Improvisationen, auf die die Jugend der postindustriellen Städte automatisch abfährt, den Nordwest-Sound, wie ich das immer nannte, ohne recht zu wissen, warum. Auch jetzt erzeugten diese Klänge einen aufstrebenden Widerhall in meiner Brust, das Gefühl, dass London mich zur Exilantin im eigenen Land gemacht hatte. Mein Aufenthalt hier machte mir klar, dass das Leben außerhalb der Großstadt genauso vielseitig und beständig war wie das Leben in ihr. Wenn nicht noch mehr. Und ich hatte ja erst kürzlich mein Zuhause verloren. Aber dann hatte ich Cadens Liebe zur bestimmenden Richtschnur meines Lebens gemacht. Zumindest in dieser Hinsicht war er mein Zuhause geworden.

*

In der Wohnung ließen wir alle Fenster offen. Im schwindenden Licht bekam sein Äußeres eine allgemeinere, austauschbare Qualität. Ohne den Trainingsanzug hätte er im Halbdunkel jeder beliebige meiner Teenagerfreunde sein können. Mit ihm war ich zu einem Typ zurückgekehrt, der so weit zurücklag, dass ich ihn fast nicht mehr als meinen identifiziert hätte. Auch der Sex hatte etwas Teenagerhaftes, weil er so unbeholfen und planlos war und ich gar nicht benennen konnte, was genau daran nicht stimmte und wie es sich beheben ließe. Zwanzig Jahre war es her, dass ich meine Unschuld am Rand eines Felds zurückgelassen hatte, so umstandslos, wie man einen kaputten Kühlschrank irgendwo ablädt, aber worauf ich sexuell reagierte, war mir immer noch ein Rätsel.

Ich konnte nicht formulieren, was ich wollte, weil sich das, was ich wollte, irgendwo tief in mir befand, an einem Ort jenseits der Sprache, in einem Register, dem bei der Übertragung alle Nuancen verloren gingen. Mir fehlten dafür auf eine Weise die Worte, wie sie mir sonst nie fehlten, und so griff ich auf ein kryptisches System aus Schulterzucken und säuerlichem Schweigen zurück, das er zu entschlüsseln versuchte und nicht entschlüsseln konnte. War er nicht da, masturbierte ich heimlich und hartnäckig, schickte ihm besessene, unersättliche Nachrichten. Waren wir dann zusammen, stellte ich fest, dass ich Vorwände erfand, mich zu drücken versuchte. Was natürlich gar nicht ging. Sex war Teil des Abkommens, das wir an dem Tag geschlossen hatten, als er sich getrennt hatte, mich anschließend anrief, um mir alles zu erzählen, und mit bebender Stimme sagte: *Jetzt musst du mich aber auch lieben, nach dem allen.* Ich liebte ihn ja auch, und so fand ich wenigstens etwas Genuss in seinem, darin, ihn weiß und schön im verspiegelten Kleiderschrank zu betrachten und mir Einzelnes einzuprägen, an das ich mich später zu erinnern versuchte. Schweißverklebtes Haar. Zweierlei Haut. Den schmalen Spalt zwischen seinen Schneidezähnen, der sichtbar wurde, wenn er unwillkürlich den Mund öffnete.

Jetzt legte er mir die Hand auf den Mund, das in der ersten Nacht irgendwie einvernehmlich etablierte Signal, dass er gleich kommen würde. Meine anfänglichen Eindrücke von ihm waren unverändert; er wurde tatsächlich steifer als andere Männer, und es dauerte länger, bis seine Erektionen nachließen. Meine Zunge suchte an seinem Finger nach dem Ring, der dort nicht mehr war. Metallisch schmeckte es immer noch, aber diese Eisenspur hatte ich selbst gelegt: Es waren die letzten Tage meiner Periode. Im Spiegel sah ich, wie er die Lippen bewegte. Anscheinend sagte er etwas.

»Was?«

»Deine Muschi. Die ist so eng.«

Anfangs hatte es mir gefallen, wenn er das sagte. In letzter Zeit fand ich es deprimierend. Es machte mir die unmögliche, escherhafte männliche Erregungskurve bewusst und die darin eingebaute Obsoleszenz des weiblichen Körpers. Ein Mann, der eine Frau liebt, will ein Kind mit ihr. Und sobald sie ihm dieses Kind geschenkt hat, dankt er es ihr, indem er eine neuwertigere Frau vögelt, eine mit unverbrauchter Vagina, intaktem Muttermund. Ein Teil dieser Überlegungen stand mir ins Gesicht geschrieben. Das wusste ich, weil ich mich sehen konnte. Er mochte es, uns im Spiegel zu sehen. Ich war weniger scharf darauf. Etwas am Glas dieses Spiegels verzerrte das Bild von uns, das er zurückwarf.

»Was ist?«, fragte er.

»Nichts.«

»Machst du dir Sorgen?«

»Kann sein.«

»Worüber?«

»Ach, alles Mögliche.«

Er glitt aus mir heraus. Steif war er immer noch, aber ich ging davon aus, dass er gekommen war. Am Oberschenkel spürte ich ein Rinnsal Sperma, das rasch abkühlte.

»Du musst dir wegen uns keine Sorgen machen. Ich will immer mit dir zusammenbleiben.«

»Das hast du Rachel bestimmt auch mal gesagt.«

»Hab ich nicht!«

»Ich bin einigermaßen sicher, dass es Teil des Eheversprechens ist.«

Er schlang mir die Arme um die Taille und zog mich rücklings zu sich heran. Er strahlte eine solche Hitze aus, dass es im Sommer regelrecht unangenehm war, das Bett mit ihm zu teilen. Wenn ich sein Bein oder den Streifen Haut unterhalb des Brustkorbs berührte, war es, als fasste ich an einen Heizkörper.

»Lass uns ein Baby machen.«

Seine Lippen lagen dicht an meinem Ohr, ich spürte seine Worte eher, als dass ich sie hörte. Sie liefen wie ein Schaudern über meine Haut.

»Weil das mit dem Sesshaftwerden und Kinderkriegen beim letzten Mal auch so gut geklappt hat?«

»Mit dir wär's anders.«

»Stimmt. Ich wäre eine grauenhafte Mutter.«

»Hör auf. Du wärst garantiert eine tolle Mama.«

Es gehörte zu den Dingen, die ihn an mir faszinierten, dass ich dieser Verantwortung mein ganzes erwachsenes Leben über ausgewichen war. In der Stadt, aus der er kam, hatte man als Frau die Familienplanung mit fünfundzwanzig abgeschlossen.

»Ich wäre wahnsinnig ungeduldig und inkonsequent. Und bei den Matheaufgaben könnte ich auch nicht helfen.«

»Mathe war mein Lieblingsfach.«

Ich drehte mich um, weil ich sein Gesicht sehen wollte. Seine Pupillen waren riesengroß und ölschwarz. Ringsherum war nur ein ganz schmaler Streifen Blau zu sehen. Er sah aus, als hätte er was eingeworfen. Hatte er vielleicht auch. Jede Beziehung hat ihre Geheimnisse. Spuren von Auslassung und Täuschung, wie die Flecken auf einer kopierten Seite.

»Außerdem hätte es schreckliche Haare. Dünn und lockig. Das Schlimmste aus beiden Welten.«

»Er wird vornehm sein wie seine Mama. Und klein wie sein Papa. Und die Strubbelhaare kriegt er von uns beiden.«

Eine Zeit lang blieben wir schweigend liegen und lauschten dem Wehklagen der Möwen. Ich dachte mir, dass ich es mir ungefähr so vorgestellt hatte, als es noch wie aussichtsloser Ehrgeiz schien, ihn besitzen zu wollen, und ich mich nur mit meinem Glauben an Geschichten über Wasser hielt und mit der Vermutung, dass er sich einsamer fühlte, als er mir zeigte. Verlassen. Verlassen werden. Wenn er nach der Passkontrolle um die Ecke bog, spürte ich, wie sich immer mehr Verzweiflung in mir auftürmte, bis sie drohte, zu kippen und alles unter sich zu begraben.

Wenn er fort war, verzog ich mich auf der Toilette in eine Kabine und quälte mich mit allen möglichen Eventualitäten, und der einzige Zeuge meiner Tränen war ein wortspielfreudiges Rekrutierungsplakat an der Kabinentür (*War der letzte Job ein Griff ins Klo?*). Was, wenn sein Chopper abstürzte, wenn er giftige Dämpfe einatmete oder vom Laufsteg abrutschte und ins Meer stürzte? Was, wenn seine Frau es herausfand, sein Interesse nachließ oder er zu dem Schluss kam, dass das Risiko zu groß war, der Lohn zu gering? *Was, wenn, was, wenn?*

Um den verheirateten Mann zu weinen, mit dem man eine Affäre begonnen hat, das ist, als würde man sich absichtlich die Finger in der Autotür einklemmen und sich dann beschweren, dass es wehtut. Aber es tat nun mal weh, jedes Mal mehr. Der Schmerz war ein so integraler Bestandteil des ganzen Konstrukts, dass ich mich manchmal fragte, was wir wohl ohne ihn wären. Und jetzt waren wir ohne ihn. Wobei sich Verletzungen dieser Güte nie komplett ausmerzen lassen. Sie sind wie Viren, man gibt sie weiter.

»Bist du froh, dass wir uns getroffen haben?«, fragte er.

»Ja. Ich bin froh über den Einbruch. Ich bin froh, dass ich mein Buch verloren habe. Ich bin froh, dass ich hergekommen bin. Hätte ich das nicht getan, dann hätte ich dich nie gefunden.«

Das war unser Katechismus, unsere Hymne auf die Wechselfälle des Schicksals: aufzusagen vor dem Einschlafen, beim Abschied, am Telefon, beim Chatten. Wir kannten den Text beide genau und trugen ihn unserer Rolle gemäß vor.

»Bist du denn auch froh, dass wir uns getroffen haben?«

»Ja. Ich bin froh, dass ich an dem Tag hängen geblieben bin. Ich bin froh, dass du mich angesprochen hast. Ich bin froh, dass dieser Typ das böse Wort zu dir gesagt hat, weil wir danach die ganze Nacht allein hatten.«

Ich dachte, dass ich mich nie daran gewöhnen würde, ihn in meinem Bett zu haben. Dass er jetzt hier war und weiter hier sein würde, nicht nur bis morgen, sondern für eine zahllose Reihe von Tagen, die sich bis weit in die Zukunft erstreckte, das fühlte sich an wie ein Wunder.

Ich sprühte mir kein Parfum mehr in die Haare, das nach Tuberose und Ambra roch.

Ich schrieb nicht mehr unsere Initialen auf die beschlagene Scheibe der Duschkabine und malte auch keinen Kreis mehr darum.

Ich schlief nackt und beantwortete seine Nachrichten sofort.

Ich war auf der Gewinnerspur, und Gewinnerinnen brauchen keinen Aberglauben. Ich hatte bekommen, was ich gewollt, worauf ich seit dem Tag unserer Begegnung heimlich gehofft hatte. Und ich hatte nichts weiter dafür tun müssen, als einfach nur die Nerven zu behalten.

*Keine Chance, mich an der kurzen Leine zu halten. Ich ar-
beite schon ewig auswärts. Den Job hier mach ich jetzt acht
Jahre. Kaum war ich achtzehn, hab ich damit angefangen.
Mein erster Beruf. Was anderes kann ich nicht. Als wir zu-
sammengekommen sind, musste sie sich an mein Leben an-
passen, nicht umgekehrt. Ich reise von Land zu Land; kann
vorkommen, dass ich neun, zehn Wochen am Stück weg
bin. Wenn ich dann zurück bin, schalte ich die ersten vier
Tage das Telefon aus. Ich halte mich von ihr fern. Klar sag
ich Hallo und so, aber wir haben's nicht leicht. Ich brauche immer lange, um mich daran zu gewöhnen, dass ich zu
Hause bin.*

6

BRENT FIELD

»Und wieso musst du da jetzt hin?«

»Wenn ich jetzt nicht gehe, kriege ich keine Möglichkeit mehr, mit ihm zu reden.«

Caden bügelte mit waidwunder Miene ein Polohemd. Er war geschockt gewesen, dass ich keinen Fernseher hatte, aber regelrecht entrüstet, als er erfuhr, dass ich auch kein Bügeleisen besaß, und brach noch am selben Morgen auf, um diesen Missstand zu beheben. Bügeln zog sich als Leitmotiv durch all seine Geschichten. Er hatte sich immer noch nicht davon erholt, dass Rachel all seine Kleider zu kleinen Kugeln geknüllt und in Müllsäcke gepfeffert hatte.

»Wenn ich vorher gewusst hätte, dass du kommst, hätte ich mich nicht verabredet.«

Am Tag zuvor hatte er unangekündigt vor der Tür gestanden. In London hatte kein Mensch meine Adresse, darum hatte ich, als es klingelte, erst einmal aus dem Fenster geschaut. Draußen stand ein weißer Range Rover mit laufendem Motor. Und vor der Tür Caden, den Seesack neben sich. Ich eilte die Treppe hinunter, als wären wir monatelang getrennt gewesen, nicht nur Tage.

»Das wusste ich gar nicht, das wusste ich nicht«, rief ich wie ein kleines Kind und pflasterte sein Gesicht mit Küssen. »Ich wusste nicht, dass du kommst.«

»Weiß ich doch«, sagte er und schob mich rückwärts ins Haus, eine Hand an meinem Hals. Mein Kopf schlug mit leisem Knall gegen die Wand. »So war's ja auch gedacht.«

Er genoss solche Momente, in denen er mehr wusste als ich und einfach so auftauchen konnte, wie von Zauberhand, um meinen kompletten Tagesablauf auf den Kopf zu stellen. Er liebte Überraschungen, große Gesten und spontane Entschlüsse, war verschwenderisch wie der Kröterich aus *Der Wind in den Weiden*. Auch ich liebte Überraschungen, fand es aber gar nicht leicht, ihn bei Laune zu halten. Ich fühlte mich, als hätte ich ein wildes Tier zu mir in die Wohnung gelockt: Es war eine Freude, es in dieser fremden Umgebung zu erleben, ich war mir aber doch mit Zerknirschung bewusst, dass mir die Mittel fehlten, ihm das Leben wirklich angenehm zu gestalten.

Noch nie war mir ein Mensch begegnet, der sich so schnell langweilte und so schwer zu beschäftigen war. Außer für Krafttraining interessierte er sich für nichts. Er kannte ein paar Männer, die hier lebten – manchmal, wenn wir in der Stadt waren, nickte er einem von ihnen knapp zu –, es war aber keiner dabei, den er ernsthaft als Freund bezeichnet hätte. Bücher las er nur, wenn es sich um Biographien über Drogenbarone und Mafiabosse handelte (beides war in meiner Wohnung Mangelware), und die einzigen Filme, die ihm gefielen, waren Biopics über berüchtigte Hooligans. Einmal gingen wir ins Kino, um den neuen *Mad Max* zu schauen, aber er sprang so oft auf, um Bier, Popcorn und Süßigkeiten zu holen, dass er den halben Film verpasste. In Restaurants fühlte er sich unwohl, wurde angesichts der Speisekarte nervös und einsilbig und fuhr mit dem Finger über die Seite, als wäre sie in Brailleschrift verfasst. Er war trainiert, aber im Herzen ein Stadtmensch, und als ich eine Wanderung vorschlug, verzog er nur das Gesicht. Ich fand es sehr komisch, als ich im selben Gespräch herausbekam, dass er nur schlecht schwimmen konnte. Als ich mich erkundigte, ob er dann nicht vielleicht den falschen Job habe, verblüffte ihn das. »Ich muss doch auf der Arbeit nicht schwimmen«, sagte er.

Wir schlossen den Kompromiss, ein Auto zu mieten und in die Highlands zu fahren. Am Cairn Gorm hielten wir an und fuhren mit der Seilbahn hinauf. Eiskalte Nebelschleier entrollten sich vom Gipfel den Hang hinab, wie Trockeneis. Der Himmel hatte die fahle Färbung, die üblicherweise Schnee verheißt. So weit oben gab es keine Jahreszeiten.

Die abschüssige Gondel wurde rückwärts emporgezogen, den schmalen Steilhang hinauf, nach oben in den Nebel. Vor dem Fenster zogen Felder aus Feuerstein und flechtenbewachsener Fels vorbei. Neben mir verströmte Caden die stumme Genugtuung desjenigen, der wieder mal recht behalten hatte. Er hatte erneut shoppen gehen wollen, ich hatte darauf beharrt, das hier würde viel mehr Spaß machen. Wir würden vielleicht Hasen sehen oder ein Alpenschneehuhn, hatte ich ihm als Anreiz versprochen. Die Seilbahn kam zum Stehen, die Türen öffneten sich zischend. Wir gingen zur Aussichtsplattform. Halb schwindlig von der großen Höhe, spähte ich über den Rand. Keine Hasen, kein Alpenschneehuhn weit und breit. Hier oben gab es nur Geröll, Moosflecken und ein paar windgepeitschte Pflanzen. Der Berg warf einen dunklen Schattenkegel, sodass die Felder unten aussahen wie mit einem

Fluch belegt, als wären sie in ewigen Winter getaucht. Es war sehr kalt.

»Wollen wir wieder heimfahren?«, fragte ich. Cadens Miene war undurchschaubar hinter den verspiegelten Brillengläsern. »Mir egal«, sagte er. »Ganz wie du willst.«

Je mehr ich von ihm mitbekam, desto mehr fiel mir diese Biegsamkeit auf. Er war wie Wasser. Passte sich immer genau der Person an, mit der er gerade zusammen war. War er ein paar Tagen mit mir zusammen, plapperte er meine Ansichten nach. Verbrachte er ein paar Tage in Stockton, quoll er bei der Rückkehr über vor neuen Ideen, die er vermutlich von seinen Freunden abgekupfert hatte. Allmählich wurde mir klar, dass viel von dem, was ich für sein Wesen gehalten hatte, nur aus dem bestand, was ich mir während seiner langen Abwesenheiten zusammengeträumt hatte. So, wie ich früher das leere Oval seines Gesichts für mich mit Zügen gefüllt hatte, die seinen glichen, aber nicht seine waren, hatte ich ihm auch einen Charakter erschaffen, der auf seinen verwies, aber doch auf subtile Weise davon abwich. Sein echter Charakter war schwieriger dingfest zu machen. Er hatte kaum Prinzipien oder politische Ansichten. Es gab nichts, wofür er im Schützengraben sein Leben gelassen hätte, keine Seite, auf die er sich geschlagen hätte, außer seiner eigenen. Untypisch für ein Einzelkind hielt er es mit sich selbst nicht nur schlecht aus, sondern schrak offenbar regelrecht davor zurück und geriet in Panik bei der Aussicht, Zeit allein verbringen zu müssen. Auch wenn er mein Schreibprojekt prinzipiell unterstützte, hielt er mich in der Praxis doch vom Schreiben ab.

Jetzt zog er sein Polohemd an und trat ans Fenster. Die

Luft schimmerte. Die Gebäude auf der anderen Straßenseite sahen aus wie mit Silber überzogen. Ihr Mauerwerk besaß einen Glanz, eine metallische Schicht, die sich nur bei starker Sonneneinstrahlung zeigte.

»Sieht nach Backofen aus da draußen.«

»Es soll ja auch heiß werden heute.«

Ich schlang ihm die Arme um die Taille und hakte das Kinn um seine Schulter. Für einen Moment schloss sich seine Hand fest um meinen Arm, dann ließ sie locker.

»Bleib nicht zu lang«, sagte er. »Ich vermiss dich sonst.«

*

Der Mann, mit dem ich verabredet war, arbeitete auf Brent Field. Er war so eine Art männliche Typhus-Mary, hatte mehrere Unfälle miterlebt und war jedes Mal unversehrt davongekommen. Jetzt wohnte er in einem großen, gesichtslosen Hotel hinter der Holborn Junction. Die Lobby war ein säulenbewehrter, mehrere Stockwerke hoher Raum. Vor den Fenstern waren Netze gespannt, die das Tageslicht dämpften und alles in kühle, neutrale Dämmerung tauchten. Ich setzte mich auf eine Eckbank, deren Polster den gleichen unbestimmten Farbton hatten, und wartete darauf, dass er auftauchte. An den Wänden hingen Bilder mit abstrakten Farbspritzern, ganz am Ende befand sich die lange, geschwungene Rezeption. In der schattenhaften Ausbuchtung dahinter waren Menschen zugange, wie Bühnenarbeiter in den Kulissen eines Theaters. Niemand schien gewillt, nach vorn zu treten.

Das Treffen war von einem gemeinsamen Bekannten

arrangiert worden, was zusammen mit der nüchtern ge-
schäftsmäßigen Atmosphäre zur Folge hatte, dass ich mir
vorkam, als wäre ich es, die befragt werden sollte. Nach ein
paar Minuten kam ein Mann aus dem Aufzug. Er war klein
und kräftig gebaut, hatte rote Haare und einen roten Vollbart. Seine Wangen waren rund und rosig, und die Zähne
drückten gegen die Oberlippe, sodass sein Mund nie ganz
geschlossen war und er immer wie unter atemloser An-
spannung wirkte. Er setzte sich mir gegenüber und rieb die
Hände aneinander, was sich als erwartungsvolle Geste deu-
ten ließ, aber auch als Versuch, sich aufzuwärmen. Draußen
war es schwül, die Klimaanlage lief auf Hochtouren.

»Du bist also Autorin?«

Ich nickte schüchtern.

»Ich habe mir auch oft gedacht, ich sollte mal ein Buch
schreiben.«

»Solltest du auch«, sagte ich. »Warum tust du's nicht?«

Das war meine Standardantwort auf diese Bemerkung,
die ich mindestens einmal täglich, manchmal auch öfter,
zu hören bekam, und das genaue Gegenteil dessen, was ich
wirklich dachte. In Wahrheit war ich mir sicher, dass kein
Mensch sich daran versuchen würde, wenn die Leute wüss-
ten, wie schwierig es war, und dass es unter Schreibenden
offenbar eine Art Schweigeverschwörung gab, sonst hätte
sich der Irrglaube, in jedem Menschen stecke ein Buch,
nicht so hartnäckig gehalten. Normalerweise erwiderte das
Gegenüber an dieser Stelle des Gesprächs, ihm oder ihr
fehle die Zeit dafür, ich pflichtete bei, es sei ja auch wirklich
zeitaufwendig, und damit war das Thema erledigt. Dieser
Mann allerdings überraschte mich damit, dass er mir drei

Klarsichtordner über den Tisch schob. Das seien drei Geschichten aus seinem Leben, ich könne sie verwenden oder auch nicht, ganz, wie ich es für richtig hielte. Er habe mehrere Tage gebraucht, um sie aufzuschreiben, habe den Vorgang aber als erstaunlich heilsam erlebt, in gewisser Weise hätten sie also schon ihren Zweck erfüllt.

»Und falls sie sonst nichts taugen«, sagte er, »hast du vielleicht wenigstens was zum Lachen.«

Ich dankte ihm und steckte die Ordner in meine Umhängetasche. Dann fragte ich ihn, zu welcher Plattform er am Nachmittag aufbrechen werde. Brent Charlie, antwortete er und verzog das Gesicht. Zweieinhalb Stunden im Chopper. Bei Gegenwind sogar drei. Wenn man da das Pech habe, neben einem Dicken zu sitzen – und aus irgendwelchen Gründen arbeiteten auf den Plattformen des Brent-Ölfelds richtig viele Dicke –, müsse man den ganzen Flug auf der Sitzkante hocken. Von der Charlie fliege er dann weiter zur Alpha. Er sei Bauklempner, da sei man automatisch mehr unterwegs, meistens klappere er bei einem Einsatz alle vier Brent-Plattformen ab.

»Welche ist dir am liebsten?«, fragte ich beiläufig. Eigentlich hatte ich nur laut gedacht, wie ich es neuerdings immer öfter tat, aber er überraschte mich ein zweites Mal und nahm die Frage sehr viel ernster, als sie es verdiente.

»Die Alpha, denk ich. Die ist klein, es sind nicht so viele Leute dort, und sie ist gerade frisch überholt. Früher mochte ich vor allem die Delta. Aber die wird jetzt stillgelegt, in einem halben Jahr kommen die Beine ab. Und dann gibt es keine Delta mehr.«

»Und welche ist die schlimmste?«

»Auf der Charlie sind die meisten Leute, und der Fitnessraum ist winzig. Und auf der Bravo gibt's die meisten Arschlöcher.«

Er sprach leise und schläfrig, wie eingelullt vom eigenen Säuseln. Manche seiner Sätze verklangen im Nichts. Dann wieder hielt er inne, nur um gleich danach wieder da anzuknüpfen, wo er aufgehört hatte.

»Die beste Plattform, wo ich je gearbeitet hab, war die Lomond. Da war die Atmosphäre immer richtig gut. Und die schlimmste war wohl die Tartan. Auf der Tartan stehen in jeder Kabine zwei Etagenbetten und ein Klappbett, wo noch ein Fünfter pennen kann. Da waren dann drei Typen von der Tag- und zwei von der Nachtschicht, und zwei Zimmer teilten sich ein Bad. *Zehn* Leute auf ein Bad! Das wurde nie trocken. Auf der Claymore hab ich auch schon gearbeitet. Echte Katastrophen-Plattform.«

Ich überlegte, ob er das Wort wohl mit Absicht gewählt hatte.

»James meinte, du warst auf der Piper Alpha.«

»Stimmt. Aber nur für einen Einsatz. Da war ich zwanzig und voll aus dem Häuschen, weil ich eins achtzig die Stunde verdiente. Riesenplattform, aber schon damals ein altes, verrostetes Ding. Das ist, als wärst du gerade aus dem Bus gestiegen und siehst, wie er in den Abgrund stürzt. Du denkst dir: ›Da war ich doch gerade noch drin, und jetzt liegt das Ding unten auf dem Meeresgrund.‹ So um Haaresbreite, weißt du? Man liest die Namen, sucht nach Leuten, die man kennt. Mein alter Vorarbeiter, Jim McCulloch … der war dort.«

Er seufzte, und sein Blick wanderte an mir vorbei. Aus

dem hinteren Teil des Raums kam jetzt eine Kellnerin heran. Sie trug einen schlaffen schwarzen Kittel und eine Hose, deren Beine so lang waren, dass ihre Schuhe darunter verschwanden und es aussah, als hätte sie Räder darunter. Sie nahm unsere Bestellungen auf und glitt wieder zurück zur Rezeption. Als sie fort war, redete er weiter.

»Inzwischen gibt's so eine Scheinsicherheit. Aber für einen Multikonzern ist Sicherheit vor der Küste von Westafrika was anderes als Sicherheit in der Nordsee. Da gibt's Bilder von Leuten, die sich beim Schweißen Klarsichtfolie um die Augen gewickelt haben. Wenn da draußen wer verletzt wird, kommt das nicht in die Nachrichten, und den Aktienkurs beeinflusst es auch nicht. Oder findest du das zu zynisch?«

»Da fragst du die Falsche.«

Er lächelte und zeigte große, rundliche Zähne. Viele der Männer, die ich kennengelernt hatte, wirkten von ihrer sehr körperlichen Arbeit erschöpft, dieser aber machte einen geradezu mustergültig gesunden Eindruck. Wenn er auf der Piper Alpha gearbeitet hatte, musste er mindestens Ende vierzig sein, aber im Dämmerlicht dieser Lobby schien er fast alterslos.

»Auf den Brent-Plattformen gab es im Lauf der Jahre viele Tote. Dieser Chinook-Absturz ... fünfundvierzig Leute, die gerade von der Brent Delta kamen. Und zwei Männer sind am Fuß von Brent Bravo umgekommen. Während der letzten Ölpreiskrise.«

Der Mann erläuterte, dass alle Ölfirmen konkrete Mengen an Öl und Gas benennen mussten, die sie ins Energienetz einspeisten. Zuwiderhandlungen wurden geahndet.

Aber Produktion und Vertragserfüllung stehen in einem ständigen Spannungsverhältnis. Die Plattformen ermüden mit der Zeit. Weil sie Wind und Wetter ausgesetzt sind, müssen sie ununterbrochen gewartet werden. Die meisten Routinewartungen unterbrechen allerdings die Förderung, und gerade in Krisenzeiten setzen viele Unternehmen auf die schnelle Lösung. Shell hat 1999 angeblich ein Regelwerk angewendet, das unter dem Namen TFA bekannt war: *Touch Fuck All*, Finger weg von allem. Auf den Genehmigungsbescheiden, hieß es, hätten quer über dem Schriftstück die Buchstaben TFA gestanden, die die Arbeiter anwiesen, die Ausrüstung lieber so zu lassen, wie sie war, als eine Stilllegung zu riskieren (was Shell natürlich bestritt). Das Unternehmen beauftragte eine interne Prüfung, bei der sich die Vorwürfe bestätigten und ein sofortiges Einschreiten empfohlen wurde. Aber dann wurde der Prüfer versetzt, und sein Bericht kam erst 2006 wieder zum Vorschein, kurz bevor die Ermittlungen wegen Unfallverursachung mit Todesfolge auf der Brent Bravo aufgenommen wurden.

Eines Tages, erzählte der Mann, seien zwei Arbeiter beauftragt worden, zum Grund des Beines der Bravo hinunterzuklettern, um nach einer lecken Leitung zu sehen. Es gab zu dem Zeitpunkt eine Menge lecker Leitungen auf der Plattform. Eine Menge Schrammen und Abschürfungen am Gesamtgefüge. Am Grund des Beines war es abscheulich, es stank dort bestialisch. Man hatte kaum Licht, es war feucht. Die Männer mussten sich auf einen Metallrost über dem abgestandenen Wasser in der Bilge stellen und das Leck mit einem Flicken aus Neopren und einer Rohrschelle beseitigen. Allerdings wussten sie nicht, dass es sich bei der klaren, geruchlosen Flüssigkeit, die aus dem Rohr austrat, um flüssigen Kohlenwasserstoff handelte. Der tropfte auf das Gitter, verdampfte dort allmählich und sammelte sich rings um sie zu einer donutförmigen Wolke.

Alarmsysteme wurden aktiviert, und die Ventile, die dazu gedacht waren, Gase von der eigentlichen Anlage weg und hinauf zur Hochfackel zu leiten, nahmen ihren Dienst auf. Alle, bis auf eines, das versagte. Das System war schon länger nicht mehr getestet worden. Zum Testen braucht man schließlich die Finger. Die Männer versuchten noch, über die Treppe zu entkommen, aber sie waren viel zu weit unten. Innerhalb von Minuten waren sie erstickt.

Shell bekannte sich zu Versäumnissen bei der Sicherheit und musste ein Bußgeld von 900 000 Pfund zahlen; etwas weniger, als sie in einer Stunde verdienten. Einschlägige Beweise für die TFA-Regel wurden bei der Verhandlung nicht vorgelegt, aber das Unternehmen räumte ein: »Uns bleibt noch viel zu tun.«

Der Mann hielt inne und blickte hinaus auf die Straße. Die Passanten waren bleiche Silhouetten vor dem Netzgewebe. Der Lärm des Verkehrs an der Holburn Junction war nur ein fernes Summen.

»Es gab noch einen«, sagte er. »Ist schon ein paar Jahre her. Auf der Delta. Da hat sich einer die Taschen mit Werkzeug vollgestopft und ist einfach runtergesprungen.«

Ich starrte ihn an. Der Mund blieb mir offen stehen, im Einklang mit seinem.

»Die Geschichte habe ich jetzt schon so oft gehört, ich dachte, das ist ein Großstadtmärchen.«

»Aber nein. Das ist wirklich passiert. Eine halbe Stunde

vorher hab ich ihn noch gesehen. Ich kam auf dem Flur an ihm vorbei und sagte: ›Na, Jimmy, alles klar bei dir?‹ Er hat nichts gesagt, ist einfach weitergegangen. Ich hab mir nichts dabei gedacht. Dann fingen auf einmal die Lautsprecherdurchsagen an, er solle sich bei der Heli-Verwaltung melden. Ich sag noch: ›Vielleicht ist er ja von der Plattform gesprungen.‹ So als Scherz, weißt du? Kannst du dir vorstellen, wie ich mich später gefühlt hab? Als der Alarm losging: *Mann über Bord.* Danach kam die ganze Geschichte raus. Er war wohl sehr auf Geld aus. Hat oft Überstunden gemacht. Das weiß ich nur vom Hörensagen. Aber er war der weltgrößte Geizhals. Nur Bares war Wahres. Das hat wohl irgendwie mit reingespielt. Seine Frau wollte ihn verlassen und sollte das Haus kriegen. Da ist er durchgedreht. Vielleicht dachte er ja, wenn er sich umbringt, kriegt sie nichts. Bei Selbstmord zahlt keine Versicherung.«

»Die Leute machen schon komische Sachen, wenn sie sich scheiden lassen.«

»Ja.« Er lehnte sich zurück, damit die Kellnerin Platz hatte, unsere Getränke abzustellen. »Allerdings.«

*

Caden war in meiner Abwesenheit fleißig gewesen. Er hatte die Betten abgezogen, die Bettwäsche gewaschen und sie zum Trocknen über die Türen gehängt, sodass es in der Wohnung ein wenig klamm war.

Das Geschirr war ordentlich in den Schrank geräumt, alle Böden waren gestaubsaugt. Im Gästezimmer lagen seine Kleider so exakt gefaltet auf dem Bett, als hätte er ein Lineal benutzt. Den Seesack und seine Schuhe (Turnschühchen aus hartem Leder in Blau und Rot, die aussahen wie Bowlingschuhe für Kinder) hatte er hinter der Tür verstaut. Er war der ordentlichste Mann, der mir jemals begegnet war, fand keine Ruhe, bis alles genau am richtigen Platz war. Ich hatte gesagt, er könne ruhig ein paar Sachen hier deponieren, der Kleiderschrank im Gästezimmer gehöre ihm, wenn er das wolle. Der Vorschlag löste einen seltsamen Widerstand in ihm aus, er hatte nur vier Oberteile und eine kurze Hose mitgebracht. Er reise eben gern mit leichtem Gepäck, erklärte er. Einmal, als er gerade unter der Dusche war, durchwühlte ich den Seesack. Ich weiß gar nicht, wonach genau ich suchte, ich gehorchte einfach einem übermächtigen Drang, und das mit dem Seesack war immerhin verzeihlicher, als auf seinem Telefon zu spionieren. Aber bis auf eine Wasserflasche und seine Kreditkarte war er leer. Ich ließ mich zurück auf die Fersen sinken und drehte die Karte in der Hand, immer und immer wieder, als könnte sie irgendwelche verschlüsselten Informationen enthalten.

Anfangs schob ich es noch darauf, dass er sein halbes Leben auf sehr engem Raum verbrachte. Aber im Lauf des Sommers wurde mir klar, dass die Bemühungen, seiner unmittelbaren Umgebung eine Ordnung aufzuzwingen, eine Reaktion auf seine Lebensverhältnisse waren, die aus dem Ruder liefen. Bis auf ihn war kein Mensch überrascht, dass Rachel die Gründe für seinen Auszug nicht schluckte (es waren ja auch keine richtigen Gründe, nur die nebulöse Bekundung, dass »etwas« mit ihrer Ehe nicht stimme). Wie schnell sie mich dann aber ausfindig machte, schockierte uns beide.

An dem Abend legten wir uns ins Bett, hielten einander

fest umschlungen und zogen uns die Bettdecke über den Kopf. Das ist doch absurd, dachte ich, wir verstecken uns buchstäblich unter der Bettdecke. Dabei waren wir zu zweit und sie allein, aber die Gewalt ihrer Wut gab uns das Gefühl, sie wäre in der Überzahl. Was immer wir sonst taten, es bildete nur den Kontrapunkt zu einem insistenten, insektenhaften Surren. Sein Telefon. Dann meins. Dann wieder seins. Dann meins. Innerhalb der Wohnung war mein Smartphone mit dem Rechner synchronisiert, sodass immer beide Geräte gleichzeitig schrillten und ich mich doppelt schikaniert fühlte.

Welches von beiden ich auch einschaltete, stets rieselte ein Schauer aus Beschimpfungen auf den Bildschirm. *Schlampe. Dreckstück. Hure. Flittchen. Hast die Beine breitgemacht. Dich ficken lassen. Missgeburt. Dreckige Fotze.* Ich war das Luder, das unschuldige Kinder peinigte. Die Dorfmatratze, die glückliche Familien zerstörte. Der Dämon, der mit seinem bösen Zauber das Gras auf meiner Seite des Zauns so aufmotzte, dass es noch greller grün wirkte. Zeitweise rief sie ununterbrochen an oder schickte sieben Nachrichten in Folge. Dann wieder blieb sie rätselhaft stumm und zeigte sich nur in Gestalt ihrer Kreditkartenabbuchungen. Caden scrollte diese Posten mit grimmigem Lächeln durch. Nur er hatte das Recht, so viel Geld auszugeben. Bei ihnen zu Hause ging es zu wie in den Fünfzigerjahren: Er stellte ihr eine monatliche Summe zur Verfügung, wie einer Angestellten oder einem Kind. Und auch in der Art, wie sie sich ausdrückte, klang immer etwas Geschäftsmäßiges mit, hinter ihren Drohungen und Verwünschungen hörte man sehr deutlich die Kasse klingeln.

Ich sei nur ein billiges Luder. Die ganze Affäre ein billiges Vergnügen. Sie sei zehn Mal so viel wert wie ich. Nicht mal ein neueres Modell habe er sich leisten können! Gegen eine schäbige alte Schachtel habe er sie eingetauscht.

Für Rachel gab es genau zwei Sorten Frauen, die »Gute Ehefrau« und die »Schlampe«. Die Gruppierung der Schlampen ließ sich noch einmal unterteilen in die »Kleinen Schlampen« (knackige junge Dinger in kurzen Kleidchen, die nur mit dem Ziel um die Häuser zogen, schwanger zu werden) und die »Ausgewachsenen Schlampen«. Gute Ehefrauen hingegen waren immer nur eins: perfekt. »Sag deiner Frau, man merkt mal wieder ihren verinnerlichten Frauenhass«, sagte ich oft nachsichtig, wenn ich Caden mein Telefon hinhielt.

In mir aber tobte die Wut. Ich versuchte, ihre Nummer zu blocken, aber das nützte nichts. Sie ließ sie einfach unterdrücken oder verwendete eins aus ihrem offenbar unerschöpflichen Vorrat an Wegwerfhandys. Längst sehnte ich mich nach den paradiesischen Wochen zurück, als sie meinen Namen noch nicht gewusst hatte. Kaum hatte sie den herausbekommen, war es das Werk weniger Stunden, auch alles andere in Erfahrung zu bringen. Immer wieder rief sie Caden an und teilte ihm die neuesten Informationsschnipsel mit, als müsste sie eine Prüfung ablegen und wäre wild entschlossen, die Bestnote zu erreichen. Sie durchforstete das Internet nach den unvorteilhaftesten Fotos von mir, die sie ihm dann schickte (bissige Bildunterschrift inklusive). Sie las alle meine Artikel. Und irgendwie kam sie auch an meine Adresse, die sonst kein Mensch hatte, nicht mal meine Mutter.

Ich gab es ungern zu, aber sie machte mir Angst. Eine Furcht, so alt wie die Institution Schule: vor Mädchenbanden, der geballten Kraft weiblicher Feindseligkeit. Auf Fotos verströmte sie die bedrohlich drahtige Magerkeit, das ungebremste körperliche Selbstvertrauen eines unbesiegten Weltergewichts. Es war nicht sosehr ihre Statur, sondern vielmehr ihre Haltung, die signalisierte, dass sie zuschlagen konnte. Sie blickte cool in die Kamera, als forderte sie die Betrachterin heraus, sie ruhig weiter anzuschauen. Nie war es mir gelungen, ihren Instagram-Account durchzuscrollen, ohne das Gefühl zu bekommen, sie wisse irgendwie Bescheid. Das gab meinen Spioniereien einen zusätzlichen Kick. Ihr Konto war öffentlich, wie man es von einer Frau erwarten konnte, die ihrem Ex beweisen wollte, sie sei *2 blessed 2 b stressed* und entsprechend gefasst (zwei Drittel fröhlich-unbeschwerte Selfies auf ein Drittel säuerliche Memes). Dabei gehörte Karma zu ihren Lieblingsthemen: Jedem lacht einmal das Glück. Selbst das größte Raubtier beißt irgendwann ins Gras. Zeit ist die einzige Währung, die wirklich zählt.

Offensichtlich war Caden ein Ehebrecher von der Art, die auf Abwechslung aus ist, so wie ich früher unbedingt eine dunkelhaarige Skipper wollte, um meinen Trupp blonder Barbie-Puppen zu ergänzen. Seine Frau und ich hätten unterschiedlicher nicht sein können. Sie hatte große, helle Augen und unfassbar viele glänzend rote Haare – ein dunklerer, satterer Rotton, als ich mir vorgestellt hatte –, die sie immer hochgesteckt trug, um ihren langen, schlanken Hals zu betonen. Ihr Gesicht war herzförmig, mit einer hohen, gewölbten Stirn und einem winzigen Kinn. Eckig gefeilte

Acrylnägel. Hauchdünne High Heels. Die hochpolierte Fassade einer Frau, die nicht zu arbeiten braucht. Ihr Kopf war deutlich zu groß für ihren Körper, und vor allem ein bestimmtes Kleid – ein schmaler blauer Schlauch, der am Hals in einer Art Stehkragen endete – ließ sie aussehen wie diese Cluedo-Figuren mit ihren Flaschenhälsen.

All ihre Fotos hatten diesen hyperrealen Touch: die Augen eine Winzigkeit größer als normale Augen, die Haut weichzeichnerverwischt. Ihre Kleider waren weniger richtige Kleidung als vielmehr eine Art Kostüm. Herbst-Rachel, die in beigebraunen Ugg-Boots und Grobstrick durch den Wald spazierte, an jedem Arm ein Zwillingsmädchen. Pilates-Rachel in grauer Yogahose und rosa Nikes, einen straffenden rosa Bubble-Tea in den zarten, rosa lackierten Fingern. Rennbahn-Rachel im dezent gemusterten Kleid und chopinenhohen Plateauschuhen. Hochzeit-Rachel in einer Irrsinnskreation aus Rüschen, Spitzen und anderem Firlefanz, wahllos angebrachten Zierfalten und sinnlos asymmetrischen Partien. Sie war eine ernste Braut, ragte gestreng empor aus ihrer steifen Tüllkorsage wie die Galionsfigur eines Wikingerschiffs, die den sturmgepeitschten Wogen trotzt. Vielleicht ahnte sie ja schon, dass ihr junger Galan ihr zum Lächeln wenig Anlass bieten würde.

Ich hielt diese Schnüffeleien geheim. Allein die Andeutung, dass ein Kontakt zwischen uns bestand, machte ihn ganz nervös. Mir war streng untersagt, ihre Anrufe anzunehmen oder auf ihre Nachrichten zu antworten, sosehr sie mich auch provozieren mochten. Er behauptete beharrlich, das sei zu meinem Besten. Der Umgang mit ihr sei dreckige Männerarbeit, vergleichbar mit dem Ölwechsel beim Auto oder dem Gang zur Mülltonne, und für solche Tätigkeiten eignete ich mich nicht. *Die ist echt ein Albtraum*, sagte er dann und schauderte wie ein Kind, das an einen wahrhaftigen Albtraum zurückdenkt. *Das willst du alles gar nicht wissen.* Aber ich wollte es wissen. Unbedingt. Es interessierte mich, was sie bei ihrem siebten, achten, neunten Anruf am selben Tag noch zu sagen hatte. Er nahm diese Anrufe so getreulich entgegen, wie er es getan hatte, als sie noch zusammen waren, sprang auf und huschte aus dem Zimmer.

Einmal ging ich ihm nach, aber was ich dabei mitbekam, war wenig aufschlussreich. Er lehnte am Küchenschrank (mit hochgezogenen Brauen und ausdrucksloser Miene), während dem Telefon ein blecherner Schwall Schimpfwörter entströmte. Als ich die Tür wieder hinter mir schloss, hörte ich ihn noch tief aufseufzen. Die meiste Zeit war es, als teilten wir die Wohnung mit ihr. Es war ihr gelungen, sich mit bloßer Willenskraft zum Dreh- und Angelpunkt unseres Lebens zu machen.

Caden – der mich früher immer verständnislos angesehen hatte, wenn ich auf sie zu sprechen kam, als würde er keine Frau dieses Namens kennen – sprach jetzt von praktisch nichts anderem mehr. Für mich waren diese Gespräche langweilig und stressig zugleich, wie Matheaufgaben, und ich wünschte mir, sie würden endlich aufhören. Tagtäglich gab es neue Entwicklungen, neue Angebote oder Rückzieher, weitere Freundinnen oder Freunde, die zu ihr übergelaufen waren. Diese Scheidung riss Menschen mit sich wie ein sinkendes Schiff; wer immer nah genug stand, um den Untergang zu beobachten, geriet unweigerlich in seinen Sog.

»Rachel hat grad geschrieben«, rief er mir zu, als ich zur Tür hereinkam. »Sie sagt, sie hasst uns.«

Ich warf den Schlüsselbund auf den Tisch und sah meine Post durch. Ein Rennen lief, er hatte die Namen der startenden Pferde hinten auf einen braunen Umschlag gekritzelt.

»Uns beide? Oder nur dich?«

»Sie meint, es wär echtes Wichserverhalten gewesen, sie einfach von der Plattform anzurufen. Sie meint, ich hätte wenigstens den Anstand haben können, es ihr ins Gesicht zu sagen.«

Weil ich in diesem Punkt Rachels Meinung war, schwieg ich. Ich ging ins Schlafzimmer, zog mein Kleid aus und steckte mir die Haare hoch. In der Wohnung war es ungemütlich heiß. Unsere Beziehung war noch so frisch, dass es unter normalen Umständen als eindeutiges Angebot verstanden worden wäre, wenn ich in Unterwäsche zurück ins Zimmer kam, aber Caden war so abgelenkt, dass es ihm gar nicht auffiel.

»Sie meint, ich wär in jeder Hinsicht ein kleiner Mann.«

Ich holte uns zwei Bier aus dem Kühlschrank, der bis auf ein paar versprengte Knoblauchzehen und einen Bund durchweichten Thymian leer war. Meine Bemühungen, Caden zu beweisen, dass ich eine ebenso gute Ehefrau sein konnte wie Rachel, waren zum Erliegen gekommen, meine Haushaltsführung zu ihrem nachlässigen Normalzustand zurückgekehrt. Ich hatte alle Begeisterung fürs Kochen verloren, weil er so heikel war. Die Liste der Lebensmittel, die er nicht mochte, war lang und ausführlich (und umfasste neben vielem anderem: Fisch, mit Ausnahme von Fischstäbchen, Meeresfrüchte, Käse, Leberpastete, Eidotter, Tofu,

Blutwurst, Chorizo, Hummus, Gurken, Erbsen, Sahne, Sahnesoßen, Porridge, Essiggurken, Oliven, Joghurt, Avocado, Kaffee und Wein), und ich hatte keine Lust, stundenlang in der Küche zu stehen, wenn er dann doch nur im Teller herumstocherte. Hauptsächlich ernährten wir uns von Kindergeburtstagsessen – Würstchen im Teigmantel, Chips, Hähnchenschenkeln, Schokolade –, was das Vorläufige an unserem Verhältnis, dieses Gefühl, dass wir bloß Beziehung spielten, umso mehr betonte.

»Du bist kein kleiner Mann«, sagte ich und reichte ihm sein Bier. »Du bist ein netter Mensch, der eine wenig populäre Entscheidung getroffen hat.«

»Die Mädchen wollen mich nicht mehr sehen.«

»Sie werden eine Zeit lang sauer sein. Und dann kriegen sie sich wieder ein.«

Ich zog die Klarsichtmappen aus meiner Tasche und setzte mich neben ihn. Sein Atem duftete süß nach Alkohol. Ich überlegte, wann er wohl angefangen hatte zu trinken.

»Was ist das?«

»Die Geschichte eines ehelichen Konflikts.«

»Von wem?«

»Von dem Mann, mit dem ich mich gerade getroffen habe.«

Sein Schreibstil war geprägt von Auslassungen, überflüssigen Gedankenstrichen und willkürlichen Absätzen, ganz ähnlich den Pausen und Sprüngen in seinem mündlichen Bericht.

»Seine Frau war ein richtiges Biest.«

»Da kriegst du aber nur seine Seite zu lesen.«

»Stimmt. Aber er war sehr nett.«

»Wahrscheinlich hat er gelogen, um dein Mitleid zu erregen.«

»Nicht alle Menschen lügen.«

»Alle Offshore-Menschen schon.«

»Er war auf der Delta, als dieser Typ runtergesprungen ist.«

»Ja, schon klar.«

»Wieso sollte er mir was vorlügen?«

»Um dich zu beeindrucken.«

»Was ist daran denn eindrucksvoll?«

Caden gab keine Antwort, sondern nickte nur gebieterisch zum Fernseher hinüber. Das Rennen war vorbei, die Nachrichten liefen, und gerade war ein Beitrag mit ein paar Männern in Kampfmontur und Sturmhauben zu sehen.

»Die findest du bestimmt gut.«

»Wie kommst du darauf, dass ich IS-Kämpfer gut finde?«

»Du denkst doch garantiert, daran sind deren Eltern schuld.«

»Ich bin längst nicht so links, wie du offenbar glaubst.«

»Bestimmt willst du, dass die alle herkommen und sich freiwillig melden.«

»Ich steh total auf Recht und Ordnung.«

»Und dann verschaffst du ihnen noch ein schönes großes Haus mit sechs Zimmern für ihre vielen Kinder.«

Er streckte sich neben mir aus. Ich strich ihm das Haar aus der Stirn. Er hatte ein vorwitziges Gesicht, das sich immer treu blieb. Die Jahre hatten die Haut etwas zurechtgeschliffen, aber die Grundstruktur war unangetastet. Auf Babyfotos würde man ihn sofort erkennen, für diese Partyspielchen, bei denen Fotos geheimnisvoller Kleinkinder auf

Bastelpapier geklebt werden, war er ein schlechter Kandidat.

»Von den beiden Frauen in deinem Leben benimmt sich nur eine so, als wäre sie in einer levantinischen Schamkultur aufgewachsen. Und ich bin's nicht.«

Wie aufs Stichwort brummte mein Telefon:

Ich weis wo du arbeitest. Ich kann dir n haufen Probleme machen.

»Mir scheint, sie würde sich in der Scharia ziemlich gut machen.«

Der lavendelfarbene Abend verdichtete sich. Draußen fuhr ein Auto vorbei, im Schlepptau ein paar kristallklare Two-Step-Fragmente. Die Prostituierten an der Straßenecke hatten ihre Anoraks und Jeans abgelegt und konnten sich endlich einmal so kleiden, wie Prostituierte es nach landläufiger Vorstellung tun. Normalerweise war es abends ruhig in dieser Gegend, jetzt waren noch bis spät Leute unterwegs, weil die Hitze die Ausgehzeiten verlängerte.

Caden zappte trübsinnig durch die Kanäle. Das Wissen, dass es auf dieser Welt Menschen gab, die ihn für unvollkommen hielten, schmerzte ihn. Ich hatte ihn für erwachsen gehalten, weil er so viel Geld verdiente, dabei war er nicht anders als ich. Kritik stieß ihm sauer auf. Bonitätsprüfungen, Steuererklärungen, medizinische Check-ups und jede andere Form der Beurteilung. Es war uns gelungen, die Erwachsenen abzuhängen, und damit hatten wir ein Machtvakuum erzeugt. Wir legten uns nachmittags wieder ins Bett, als wohnten wir irgendwo am Mittelmeer und nicht in einer kühlen, presbyterianischen Hafenstadt. Am nächsten Morgen erwachte ich dann mit Schuldgefühlen. Wir ließen uns ohne Ende mit trashigen Fernsehsendungen berieseln, unter besonderer Berücksichtigung unterirdischer Reality-Shows, in denen Männer mit ebenholzfarbener Sonnenbräune und Karottenhosen austauschbare Frauen in gestelzte »Gespräche« verwickelten. Der Sender ITV2 war ein wahres Möbiusband aus hirnlosem Inhalt. Dort fand man nahe Verwandte der Besetzung von *The Only Way Is Essex*, Menschen, die lose mit den Kardashians verbandelt waren, und die Spin-offs aller möglichen Spin-offs.

»Lass mal da«, sagte ich, als er bei *Love Island* landete.

Für diese Sendung hatten Said und ich eine leichte Obsession entwickelt. Die Grundsituation war natürlich Schwachsinn, aber an irgendeinem Punkt hatten wir aufgehört, das Ganze ironisch zu betrachten, und waren ernsthaft eingestiegen. Ich hatte ihn in die Mysterien von *Das Bist DU* eingeweiht, ein Spiel, das meine Schwester und ich erfunden hatten. Im Großen und Ganzen hatte er es schon begriffen, aber er musste sich noch in die Nuancen einarbeiten.

Diese ersten Wochen in Aberdeen – die Zeit mit Said und seinem Back-to-Back – hatten längst eine Patina angenommen. Ich vermisste die zwei. Ich vermisste ihre Wohnung. Alles dort hatte so etwas Eingewohntes: das leicht durchgesessene Sofa, das abgeschliffene rötliche Holz der Fensterrahmen. Es erinnerte mich an das Haus meiner Cousinen, was sicher auch an den Polstermöbeln mit ihrer altmodischen Farbpalette aus Korallenrot und Grün lag und dem leichten Holzfeuergeruch, der in allen Zimmern hing. Ich wollte dieser Freundschaft ein Denkmal setzen, indem ich Caden zwang, *Love Island* mit mir zu gucken, aber der

Tenor seiner Kommentare war ganz anders, und so empfand ich das Fehlen der beiden nur umso deutlicher.

Caden gelang es nicht, die nötige Distanz zu kultivieren. Die Männer sahen alle aus wie er, mit trainiertem Bizeps, angeschrägter Frisur und Tattoos auf den Armen. Die Frauen sahen aus wie Rachel, mit buschigen Wimpern, perlmuttglänzender Brauenpartie und Haaren bis zur Taille. Sie sahen sich auch untereinander ähnlich und außerdem den Models in der Werbepause. Diese kosmetisch erzeugten Ähnlichkeiten verwässerten auch alle ethnischen Unterschiede, und so wirkte es, als stammten sie alle aus derselben Familie, einer Ahnenreihe schmollmündiger, stupsnasiger Amazonen mit gelblich brauner Haut. Sie waren auch alle ähnlich gebaut und nahmen die gleichen kurvigen Posen ein – Rücken ins Hohlkreuz, Hintern raus –, sodass sie im Sitzen an Springer beim Schachspiel erinnerten oder an Seepferdchen. Sie waren Selfmade-Frauen, und wie alle Selfmade-Menschen vor ihnen konnten sie ihren Ursprüngen nicht entkommen. Sie brachten es zwar zu einer Art Karriere, aber es blieb doch immer eine Kluft zwischen den Reality-Stars und den anderen.

Auf dem Bildschirm wurde gerade ein junger Mann im offenen Jeep zur Villa gebracht. Sein Profil war so glatt und straff, als hätte man es aus Wachs modelliert. Er kommentierte seinen Weg die Auffahrt entlang in leierndem Ton aus dem Off:

»Ich bin meine eigene Marke. Ich werde den Mädels eine ganz neue Sorte Mann vorführen. Die Leute bewundern mich immer, die mögen meinen Style. Die mögen es, wie ich das Leben anpacke. Wenn ich ausgehe, dann nur in die besten Clubs mit den besten Drinks und den besten Frauen. Ich bin seit Jahren keiner Frau mehr nachgelaufen. Bei meinem Image laufen die mir nach ...«

Mein Telefon vibrierte. Diesmal kam die Nachricht von Said.

Der bist du, stand da.

*

In meinem letzten Traum vor dem Aufwachen – der zugleich der lebhafteste war, wie das bei diesen späten Träumen oft der Fall ist – war Aberdeen von Russland besetzt. Oder zumindest von Menschen, die Russisch sprachen. Es schneite, glitzernden weißen Weihnachtskarten-Pulverschnee und nicht dieses nasse, graupelige Zeug, das grau wird, sobald es aufs Straßenpflaster trifft. Die Menschen huschten in Chinchillamützen und langen Wollmänteln umher. Alle Schilder waren in kyrillischer Schrift. Ich war die Einzige in der ganzen Stadt, die kein Wort Russisch konnte, und Said machte den Dolmetscher für mich. Er führte mich am Ellbogen durch die Straßen, als wäre ich erblindet. Und ich fühlte mich auch wirklich beeinträchtigt. Ich hatte meine Fähigkeit zu kommunizieren verloren. Alle um mich herum besaßen ein Wissen, das ich dringend brauchte und nicht hatte. In einem Raum mit hoher Decke, der ganz mit schwerem rotem Brokatstoff ausgekleidet war – entweder handelte es sich um die Kurzwarenabteilung eines Kaufhauses oder um eine Hotelsuite –, trafen wir auf den Back-to-Back. In den letzten Augenblicken des Traums erklärte er mir, dass man die betonten Silben russischer Wörter automatisch richtig aussprach, wenn man dabei lächelte.

Wenn dir jemand nachts im Traum erscheint, dann heißt das, er hat vor dem Einschlafen an dich gedacht.

Es war mir alles so echt vorgekommen, dass ich beim Aufstehen fast damit rechnete, Schnee auf der Straße zu sehen. Caden war schon wach und wanderte, das Telefon fest am Ohr, durch die Wohnung. Er wollte später am Tag nach Hause fliegen, um seine restlichen Kleider zu holen und bei seiner Mutter einzulagern. Was er sonst besaß (die acht Fernsehgeräte, die fünf DVD-Boxen, die Biographien der Berufsverbrecher, das Bild mit der weißblonden Nymphe bei Sonnenuntergang), würde er aufgeben. »Gar nicht«, hatte er geantwortet, als ich ihn fragte, wie sie das alles denn aufteilen wollten. »Ich bin erst dreißig. Ich hab noch genug Zeit, neu anzufangen.«

Ich folgte ihm in die Küche. Ich wollte ihm erzählen, was ich geträumt hatte, dem Ganzen Substanz geben, ehe es wieder verpuffte. Dann sah ich sein Gesicht. Ohnehin blass, war er jetzt kreideweiß vor Entsetzen. Er drückte das Telefon an die Brust und brachte mich mit bleichen Lippen auf den neuesten Stand. Das war seine Mutter gewesen. Es war ein Brief von Rachels Anwalt eingetroffen. Ihr Entschluss, zehn Jahre lang zu Hause zu bleiben, hatte sie zur weiteren Unterhaltsberechtigten gemacht. Jetzt forderte sie für die nächsten fünfzehn Jahre Unterstützung, womöglich auch für immer. Ungeachtet der Ziele, die sie vor der Hochzeit verfolgt hatte, würde sie bei der Scheidung behandelt werden, als wäre sie um eine Karriere gebracht worden, und eine entsprechende Entschädigung erhalten. Sie verlangte viertausend Pfund im Monat. Ich sprach den zweiten Gedanken aus, der mir in den Kopf schoss (der erste – *Hast du nicht immer gesagt, sie weiß nichts von dem Geschäftskonto?* – erschien mir nur wenig hilfreich).

»Das ist doch nur ein erster Vorschlag. Ihr Anwalt hat ihr bestimmt gesagt, sie soll sich reinhängen und möglichst viel fordern, solange du dich schuldig fühlst.«

Er sah mich gekränkt an.

»Nichts kriegt die. Ich stecke meinen Lohn in einen Dachfonds. Das machen die Jungs bei der Arbeit alle. Wieso soll ich dafür zahlen, dass sie sich den ganzen Tag den Hintern platt sitzt? Wenn sie Geld will, soll sie sich nen Job suchen.«

Auf der Fahrt zum Flughafen schwiegen wir, in unsere jeweils eigenen Gedanken versunken. Als wir fast in Dyce waren, griff er nach meiner Hand. Er hatte die Ärmel seines Pullis hochgeschoben, wie in Vorwegnahme der Drecksarbeit, die am Ende des Flugs auf ihn wartete. Er lächelte mich an, aber das nützte nichts. Die Fahrt hatte wohl eine Art Reflex ausgelöst, und ich spürte, wie ich in einen Zustand aufgebrachter, irrationaler Verleugnung geriet. Den ganzen Morgen ging das schon so, wir wechselten uns in unseren Stimmungen ab, versuchten beide, die schlechte Laune des Gegenübers auszugleichen, als säßen wir auf einer Wippe.

»Ich komm zurück, das weißt du.«

»Wirst du nicht, *das* weiß ich. Sie wird dir ein dermaßen schlechtes Gewissen machen, dass du bleibst. Wenn's um sie geht, bist du total schwach.«

»Ich komm zurück und mach dir ein Kind. Und wenn du dann mit deinem Buch jede Menge Geld verdienst, hör ich auf zu arbeiten und kümmere mich um Strubbelhärchen.«

Parallel zur Straße verlief ein keilförmiges Gemüsefeld. Ich betrachtete die Reihen grauer Kohlköpfe, die dicht an dicht stehenden Plastiktunnel. Was hatte er nur immer mit dem Buch? Sollte er doch ein Buch schreiben, wenn er das so eine geniale Idee fand.

Ich gab mir Mühe, seine Erwartungen zu zügeln, indem ich immer wieder entmutigende Statistiken über die Einkünfte Schreibender ins Gespräch einflocht und ihm in Erinnerung rief, dass ich selbst in meinen besten, einträglichsten Wochen kaum einmal seinen Tagessatz erreichte, aber er blieb unverhältnismäßig beeindruckt davon, dass ich überhaupt einen Beruf hatte.

»Ich kann doch gar nicht mehr schreiben. Seit ich hergezogen bin, habe ich nicht einen brauchbaren Satz zu Papier gebracht.«

Es war das erste Mal, dass ich diesen Gedanken formulierte, und als ich ihn aussprach, wurde mir klar, wie sehr er stimmte. Tränen schossen mir in die Augen, gruben warme Rillen in mein sorgfältig aufgetragenes Make-up. Caden feuchtete den Daumen an und wischte sie weg.

»Das kommt schon wieder.«

»Willst du wirklich dein ganzes Geld ins Ausland schaffen?«

»Wenn sie so weitermacht.«

»Und die Mädchen?«

»Den Zwillingen wird's an nichts fehlen.«

»Ihre iPads können sie aber nicht essen, Caden.«

In meiner Tasche vibrierte das Telefon.

Wie gewonnen, so zerronnen.

Er drückte meine Hand.

»Sie hört bald auf damit. Versprochen.«

»Ich hab die Nase voll von ihr.«

»Ich auch.«

»Ich gehe zur Polizei. Das ist Stalking.«

»Wenn du zur Polizei gehst, wird es noch zehnmal schlimmer. Wir hatten eine Affäre. Ist doch klar, dass sie sauer ist.«

Ich zog meine Hand weg.

»Ich fasse es nicht, dass du auch noch für sie Partei ergreifst!«

»Mach ich gar nicht. Aber versetz dich mal in ihre Lage. Du hast ihr den Mann gestohlen.«

»Ich habe dich nicht gestohlen. Wieso redest du denn auf einmal wie sie?«

Das Taxi hielt vor dem Flughafen. Wir hatten unsere letzten Minuten damit verplempert, über Rachel zu streiten. Weil mir klar war, wie sehr sie das gefreut hätte, gab ich mir alle Mühe, mich zusammenzureißen. Ich griff wieder nach seiner Hand, und wir betraten das Gebäude. Die Ankunftshalle wirkte traurig, wie eine schlecht besuchte Party. Ich dachte an den vergangenen Winter, an die Tage angriffslustiger, hochtouriger Zuversicht. *Ende März ist alles wieder normal.* Aber es war nicht wieder normal geworden. Und wie es aussah, würde es erst noch schlimmer werden, bevor sich etwas besserte. Die Nordsee war am Ende. Das hörte man jetzt überall. Wirtschaftlicher Erfolg bewegt sich mit der Erbarmungslosigkeit eines Hais voran und wirft alles von sich, was alt, aus der Mode, obsolet ist. Wir hatten eine lange Glückssträhne gehabt. Aber nichts währt ewig.

»Vergiss mich nicht«, sagte ich vor der Passkontrolle.

Er zupfte an meinem Mantelkragen, wie er es früher immer getan hatte, und drückte die Lippen an meine Schläfe.

»Wie könnte ich?«, murmelte er in mein Haar.

Ich blickte ihm nach. Er drehte sich noch einmal um und winkte. Danach sah ich ihn niemals wieder. Aber was hatte ich auch erwartet? Jemandem nachzuschauen bringt nur Unglück.

Der Großteil der Truppe kommt immer aus Teesside. Die Teesside-Mafia. Jeder kennt jeden. Die wissen, wer bereit ist anzupacken. Und sie wissen auch, wer sich drückt. Als ich damals anfing, gab es Jungs, die hatten noch nie gejobbt, nicht mal ne Lehre gemacht, denen konnte man einfach einen Lebenslauf schreiben, sich selbst als Bürgen angeben und noch einen weiteren gemeinsamen Freund als zweiten Bürgen, und schon hatten sie ihren Offshore-Einstieg als qualifizierter Techniker oder Ölarbeiter. Ich kenne Jungs, die haben keine Erfahrung – nicht die geringste –, arbeiten aber Vollzeit offshore, mit einem erfundenen Lebenslauf und erfundenen Bürgen. Vor Jahren war das so, wenn man rausfuhr und sagte: »Passt auf, ich hab das noch nie gemacht«, und zu den Leuten, mit denen man arbeitete, ganz ehrlich war, dann sagten die: »Mach dir keine Gedanken, wir passen schon auf dich auf.« Die lernten dich dann an. Und schon warst du drin im Gewerbe.

7

PIPER BRAVO

»Und wo geht's jetzt hin?«

»Nirgendwohin«, sagte ich. »Nach Hause.«

»Geh nicht«, sagte der Mann. »Trink noch was mit mir.«
Ich blickte zu ihm hoch, versuchte, seine Hintergedanken
zu ergründen. Ein massiger Mann, nicht nur groß, sondern
auch breit, mit einem dicken Polster aus Muskeln quer über
den Schultergürtel, das ihn fast ein bisschen bucklig wirken
ließ. Er trug eine schwere, gefütterte Jacke mit pelzbesetz-
ter Kapuze, die er über die Schirmmütze gezogen hatte. Im
Zug hatte er erzählt, er sei früher Boxprofi gewesen, Wel-
tergewicht, obwohl ich mir schwer vorstellen konnte, dass
er jemals so leicht gewesen war.

Er war in Darlington eingestiegen und hatte mir unter
seiner Mütze hervor zugenickt, als würden wir uns schon
kennen. Im Waggon war es leer, so wie am Flughafen, wie
in der ganzen Stadt in diesem Herbst, und als er irgendwo
hinter Berwick zu erzählen anfing, tat er es mit ähnlicher
Leichtigkeit. Irgendwie wirkte er vertraut. Als hätten wir
uns bereits unterhalten und würden einfach da weitermachen, wo wir aufgehört hatten. Vor dem Fenster rauschte
das Grenzland vorbei, und über unseren Köpfen gingen die
Lichter an, die wohl vom Dämmer draußen aktiviert wurden. Die langen Nächte brachen hier schnell herein.

Als wir in Aberdeen ankamen, war es schon richtig dunkel. Ich hatte über den Sommer jedes Zeitgefühl verloren. Die Dinge liefen nicht mehr chronologisch. Ständig wühlte ich in jüngeren Erinnerungen, die mir dadurch oft realer, substanzieller vorkamen als die Gegenwart, die sich wiederum anfühlte wie ein Hirngespinst. Die Tage waren lang gewesen, das Licht draußen erbarmungslos hell, während ich mich wie eine Schlafwandlerin bewegte und kaum etwas mitbekam. Die Babyparty meiner Schwester, der Geburtstag meiner Cousine, eine Woche Ibiza. *Verdirb ihr das bloß nicht*, hatte meine Mutter mir am Tag der Babyparty mit leiser, fester Stimme eingeschärft. Es ärgerte mich, dass sie das sagte, obwohl es mir in mancher Hinsicht vorkam, als würde ich es tatsächlich verderben, als würde ich den ganzen Tag mit schlechtem Karma vergiften, wie die böse Fee, die nicht zu den geladenen Gästen gehören darf. Das Verhältnis zwischen meiner Schwester und mir war seit Monaten ziemlich kratzbürstig. Wir spielten jetzt in verschiedenen Teams. Im Haus drängten sich ihre schwangeren Freundinnen, majestätisch und mondgesichtig in ihren weiten Kleidern, und wenn sie mich nach meinem Buch fragten, glaubte ich, in ihren Mienen Mitleid zu erkennen.

In diesen Kreisen galt man nichts, wenn man nicht Teil eines Paares war, und alle Fragen, die sich nicht um Heim und bessere Hälfte drehten, waren nur Störgeräusche. Sie saßen im Garten, machten Partyspielchen rund ums Thema Baby und quietschten entzückt, als meine Schwester die Tapete mit dem Entenmuster aus ihrem Geschenkeberg zog. Ich drückte mich, ganz böse Fee, im Gästezimmer herum, trank Campari und checkte zwanghaft mein Telefon.

222

Das war in der Zeit direkt danach, als ich noch zu wissen glaubte, wie es laufen würde. Ich glaubte, der Schock habe eine betäubende Wirkung auf Caden. Sobald ihm klar würde, was ein Leben ohne mich bedeutete, käme er zurück. Ich merkte, dass ich mich auf diesen Tag freute wie ein Kind auf Weihnachten. Ich malte mir den Strom kreuzunglücklicher Nachrichten aus, die ich bekommen würde, so wie ein Kind die Päckchen beäugt (ohne zu wissen, was sie enthalten, aber doch mit der Ahnung, dass es etwas Schönes sein wird).

Aber der Tag kam nie. Als Caden einen kompletten Arbeitszyklus durchlaufen, drei Wochen zu Hause und drei Wochen offshore verbracht hatte, ohne mich auch nur einmal anzurufen, gab ich die Hoffnung auf. Er litt nicht so wie ich, war zu stolz und verletzt, um zum Telefon zu greifen. Er hatte mich aus seinem Leben, aus seiner Geschichte herausredigiert.

Seine Frau zeigte da mehr Ausdauer. Jeden Samstagabend klingelte sie durch, nachdem sie sich mit ein, zwei Cocktails mit den »Mädels« Mut angetrunken hatte. Die hält mich wohl für blöd, dachte ich, wenn ich den Anruf einer unterdrückten Nummer auf dem Display aufleuchten sah. Offenbar weiß sie nicht, wer ich bin: *die* Unterdrückte-Nummern-Ignoriererin vor dem Herrn. Aber natürlich wusste sie alles über mich und hatte keinen Grund, mir irgendeine Intelligenz zu unterstellen. Nach einiger Zeit hörten ihre Anrufe auf. Und damit war auch meine letzte Verbindung zu dem Paar für immer gekappt.

Möglich, dass ich in dieser Phase ein wenig wahnsinnig wurde. Ich wurde zur besessenen Archivarin, zur durchgeknallten Wissenschaftlerin, ging jedes Ereignis im Kopf durch, versuchte, meine Schritte nachzuvollziehen, den Augenblick dingfest zu machen, ab dem ich falsch vorgegangen war. Ich war fixiert auf Datums- und Zeitangaben – auf alten Zugfahrkarten und Rechnungen, bei Textnachrichten, auf den veralteten Zeitschriften im Wartezimmer von Arztpraxen – und sehnte mich in diese Momente zurück, um mein Verhalten korrigieren, all meine schlechten Gewohnheiten rechtzeitig ablegen zu können. Ich weinte unfassbar viel, ständig waren meine Wangen mit auberginefarbenen Mascaraschlieren verschmiert, wie bei einer Marienstatue, die blutige Tränen weint.

Diese übertriebene, an roten Tränen reiche Verzweiflung hatte bemerkenswerte, kuriose Nebenwirkungen. Die Leute fingen an, über mich zu reden, als wäre ich gar nicht da. Meine Mutter überlegte laut, ob ich wohl eine Art Nervenzusammenbruch hätte. Freundinnen und Freunde machten große Augen, wenn sie mich sahen, und ermahnten mich, endlich mal was zu essen.

Aber was wussten sie schon? Ich hatte schlichtweg keine Zeit zum Essen. Ich war viel zu sehr mit Weinen beschäftigt, damit, lange E-Mails voller Selbstrechtfertigungen zu verfassen, die nie abgeschickt werden sollten, und Caden online nachzuspionieren, herauszufinden, ob er mir irgendwelche verschlüsselten Botschaften schickte. Als ich auf Instagram ein Foto von meiner Freundin und mir beim DC10 auf Ibiza postete, lud er wenige Stunden später ein ganz ähnliches hoch. Schau dir nur den Bildaufbau an, sagte ich zu ihr. Praktisch identisch. Wir sind beide in den Ferien, umarmen beide einen befreundeten Menschen, strahlen beide. Was mag das nur heißen? Sie spähte über meine Schulter. Er trägt ein Unterhemd, sagte sie. Wie kannst du bloß in einen Mann verliebt sein, der Unterhemden trägt?

War ich immer noch wahnsinnig? Das fragte ich mich, als der Mann nach meiner Tasche griff, sie sich über die Schulter warf und mir durch die Bahnhofshalle voranging. Auf jeden Fall war ich ganz wild auf Gesellschaft. Die vielen Tage und Wochen allein sammelten sich allmählich zur großen Last. Manchmal redete ich ganze Wochenenden kein Wort mit irgendwem, bedankte mich allenfalls an der Supermarktkasse fürs Wechselgeld oder im Café, wenn ich meine Bestellung gereicht bekam. Einsamkeit war kein abstraktes Konzept mehr, sondern eine sehr lebendige Bedrohung, vor der ich immer eine Haaresbreite Vorsprung behalten musste, so wie der Vogel aus dem Zeichentrickfilm, dessen Beinchen vor den schnappenden Kiefern des Kojoten zum Wirbel verschwimmen. Und so folgte ich ihm, ohne groß nachzudenken, über die Bahnbrücke, eine steile Steintreppe hinauf und durch ein paar schmale Gassen. Wir hatten uns seinem Hotel von hinten genähert, und so merkte ich erst beim Anblick der schmiedeeisernen Brüstung vorn, wo wir uns befanden.

»Hier war ich schon mal«, sagte ich.

Sie war schon mal hier. Das sagten ständig alle über das Baby meiner Schwester. Die Kleine hatte große, dunkle Augen und auf der Wange ein winziges Blutschwämmchen. An dem Abend, als ich sie kennenlernte und alle anderen schon gegangen waren, begann sie plötzlich zu schreien. Meine Schwester und ich starrten einander mit unverhohlener Panik an; wir hatten beide keine Ahnung, was zu tun

225

war. Das Baby lag auf meinem Schoß, heiß und starr wie ein Schürhaken, und brüllte und brüllte. Vor uns tänzelte unsicher meine Schwester herum und wedelte mit einem kleinen Bären an einer Schnur wie eine Medizinfrau mit ihrem Fetisch. Die meiste Zeit aber lag das Baby still in seiner Wiege und machte ein ernstes Gesicht. *Eine alte Seele*, sagten alle. *Sie war schon mal hier.*

Ich aber war tatsächlich schon hier gewesen. Es war die Kellerbar, in der ich an jenem verschneiten Tag Caden und Tyler getroffen hatte. In dieser kleinen Stadt war ich überall schon zweimal gewesen. Für mich war die Vergangenheit kein fremdes Land, sondern ein benachbartes Fürstentum mit gleicher Sprache und laschen Grenzkontrollen.

»Ach ja?«

Der Mann warf einen Blick zu mir nach hinten. Er sah aus, als würde er mir nicht glauben.

»Ist schon etwas her«, ergänzte ich. »Letzten Winter.«

Ich schaute mich um, ließ die Realitäten des Raums auf mich wirken. Er war sauberer, kleiner, weniger heruntergekommen, als ich ihn in Erinnerung hatte. An den Wänden hingen in regelmäßigen Abständen mehrere große Flachbildschirme, auf denen in niedriger Lautstärke die Höhepunkte eines Fußballspiels liefen. Außer uns waren nur noch zwei Gäste da, einsame Trinker, die jeder für sich an der Theke hockten. Der Schock, den ich beim Eintreten empfand, bei dem Versuch, die Umgebung mit meiner Erinnerung an sie zu vereinbaren, ließ mich an den kleinen Klimmzug denken, den ich jedes Mal hatte machen müssen, wenn ich Caden wiedersah, um sein reales Ich mit der Version von ihm zu versöhnen, die ich im Kopf hatte.

Es hieß, hier sei mal eine Frau vergewaltigt worden. Letztes Jahr im Sommer, nicht in dem, der gerade hinter uns lag. Während einer langen, heißen Juliwoche, als der Nebel gar nicht weichen wollte. Die eintreffenden Besatzungen kamen in eine bereits überfüllte Stadt. Flüge wurden gestrichen, alle Hotels waren voll. Kein Mensch war vorbereitet. Billige kurze Hosen, T-Shirts, Sonnenbrillen waren überall ausverkauft. Die Pubs platzten schon vormittags aus allen Nähten. In der ganzen Stadt herrschte Feierstimmung: die Hitze, die vielen Menschen, die über Bord gegangene Routine. Die Frau war mit einem Mann nach oben verschwunden, den sie an dem Abend kennengelernt hatte, ein paar Stunden später fand man sie draußen im Rinnstein. Die Stadt lebte von Gerüchten, ständig wurden neue Geschichten in ihr System aus Flüstereien und Andeutungen eingespeist und kamen, gespickt mit neuen Details, wieder heraus. Aber diese Geschichte hatte ich nun schon mehrfach gehört, und die Details blieben unverändert, ich ging also davon aus, dass sie stimmen musste.

»Ich bring nur kurz meine Tasche aufs Zimmer«, sagte der Mann. »Soll ich deine auch mit hoch nehmen?«

Ich wusste nicht, wie ich darauf reagieren sollte. Mir ging durch den Sinn, dass ich von so viel Anmaßung auch gekränkt sein könnte, aber für mich war vor allem wichtig, selbst keinen Anstoß zu erregen.

»Nein«, sagte ich. »Vielen Dank.«

Als er wieder nach unten kam, fragte ich ihn, wohin er unterwegs sei.

»Auf die Bruce. Nicht gerade mein Highlight. Letztes Mal saßen wir zwei Tage in Sumburgh fest. Da oben gibt's nichts, nur Kühe und komische Einheimische. Die haben da alle krisselige Haare und schlechte Schuhe. Clogs, könnte man sagen. Nicht, dass ich so der Fashionista wäre.«

Darüber musste ich lächeln. Es klang ganz klar nach einem fremden Wortschatz. Wobei er sichtlich an seiner Jacke hing, denn er behielt sie an. Der Pelzbesatz war dicht und glänzend, und die offenbar kostspielige Jacke hob ihn sehr von seiner Umgebung ab. Ich fragte mich, ob er wohl glaubte, dass ich sie klauen würde, dass dieses ganze Interview nur ein ausgeklügelter Schwindel war und ich bloß auf die Gelegenheit wartete, die Jacke zusammenzuknautschen, mich aus der Bar zu verdrücken und in der Dunkelheit zu verschwinden.

»Vor der Bruce war ich auf der Piper Bravo. Und davor auf den Falklandinseln.«

»Wie war das?«

»Ach, grässlich. Grässlich! Ich hab schon an den härtesten Orten der Welt gearbeitet. Saudi-Arabien: ein echtes Drecksloch. Es ist heiß da, aber nicht gut heiß. Trotzdem, auf den Falklands war's am schlimmsten. Die Plattform liegt auf halber Strecke zwischen den Inseln und dem Südpol. Pratsch mittendrin. Da ging's manchmal in einer halben Stunde von fünfzehn Grad plus runter auf zehn Grad minus. Du schaust nach draußen, der Himmel ist klar. Und als Nächstes – peng! – kommt der Blizzard. Aus dem Nichts. Echt nicht schön da. Und die Leute sind arschig, die haben überall noch Fotos von Maggie Thatcher. Es ist dunkel, kalt. Man kann nirgendwohin. Ich war fünf Wochen im Einsatz, danach drei Wochen frei. Die Anreise hat drei Tage gedauert, die Rückreise auch. Das nennt sich dann Urlaub.

Und aus meiner Sicht war's da auch gefährlich. Darum bin ich weg. Wenn man die Arbeit nicht richtig machen kann, lässt man es lieber ganz bleiben. Ich hab kein Problem mit körperlicher Anstrengung, damit komm ich gut klar. Aber mental hat's mich ausgelaugt. Ich bin depressiv geworden. Nach der Stelle musste ich zehn Wochen lang komplett aussetzen.«

»Hast du Pinguine gesehen?«

Ein kurzes Lächeln belebte die schwere Trapezfläche seines Gesichts.

»Klar. Eine Unmenge. Davon gibt's um die fünf Millionen auf den Inseln.«

»Ich hätte ja mehr Angst, auf Piper B zu arbeiten«, sagte ich. »Das ist doch eine echte Unglücksplattform.«

Er nickte nüchtern.

»Da kriegt man auch Angst. Wenn nachts die Container an Bord gehievt werden, hört man das: *Bumm!* Wir arbeiten auf einer schwimmenden Bombe. Einer schwimmenden Bombe, die nur darauf wartet, von irgendwas gezündet zu werden.«

Eine Plattform, erklärte er, sei wie ein Dampfkochtopf. Immer seien große Mengen Öl und Gas an Bord, und man könne diese Vorräte auch nicht ausblenden, weil die Dämpfe über der Plattform hingen, in die Belüftungsanlagen gesaugt und in die Kabinen gepumpt würden, sodass man mit Brummschädel und Magengrummeln aufwache. Am schlimmsten seien die ruhigen Tage ohne Seegang, weil da kein Wind aufkomme, um die Dämpfe zu vertreiben.

Noch explosiver sei aber das menschliche Element. Hundert Männer, vom Temperament her grundverschieden, zusammengepfercht in einem Stahlkasten, kilometerweit weg vom Festland und jeder Spur von Zivilisation. Die Kabinen seien klein. Die Betten schmal. Der Aufenthaltsraum habe gerade mal zwölf Quadratmeter. Da hänge die Lebensqualität gänzlich davon ab, dass sich alle an ein paar kleine Anstandsregeln hielten: die Wasserhähne von Spuckeresten säuberten, nachdem sie sich die Zähne geputzt hatten; die Pisse von der Klobrille wischten; die Bartstoppeln entfernten und sie nicht als schmierigen Ring im Waschbecken zurückließen; mit den Zellengenossen absprachen, ob sie lieber morgens oder abends duschen wollten, und ihnen anschließend eine Stunde für sich ließen. (»*Room rats*«, Stubenhocker – Männer, die den ganzen Abend die Kabine belegten und sich weigerten, dem Mitinsassen auch mal fünf Minuten allein zu gönnen – waren offshore noch verhasster als echte Ratten.) Streitigkeiten, die mehr als zwei Wochen vor sich hin brodelten, kochten spätestens ab der dritten richtig über.

»Früher war das ein Umfeld für echte Kerle. Wenn man mit irgendwem nicht klarkam, löste man das unter Männern. Man hat sich mit dem anderen hingesetzt und ihn gefragt: ›Wo liegt dein Problem?‹ Aber jetzt sind da so viele unterschiedliche Länder vertreten, da kommst du mit Gesprächen nicht mehr weit. Die Hälfte der Besatzung kann ja noch nicht mal Englisch. Auf den Falklands hab ich echte Prügeleien erlebt. Da werden jetzt auch die Messer gewetzt. Die Leute sind gar nicht glücklich damit, dass sie ersetzt werden.«

»Inwiefern ersetzt?«

»Wenn gerade alle ihre Jobs verlieren, wo sind denn

dann die Plattformen, die dichtmachen? Nirgendwo liegt eine Plattform auf Halde. Nirgendwo werden Plattformen ausgemustert. Die werden weiter betrieben. Nur die Leute werden ausgetauscht. Beobachte ich schon seit Jahren. Angefangen hat es damit, dass sie das Reinigungspersonal ausgetauscht haben. Dann kam die Nachtschicht, und auf einmal hieß es: ›Wir wechseln die Kranbesatzung.‹ Was bringt es, irgendwem zweihundert Pfund am Tag zu zahlen, wenn man nem Rumänen für die gleiche Arbeit auch achtzig Pfund am Tag zahlen kann?«

Während er redete, starrte der Mann finster auf die Tischplatte, wie eine Bulldogge auf einen Zauberwürfel. Lehren aus der Geschichte gebe es schließlich reichlich. Es sei grob fahrlässig, die nicht zu beachten. Piper Alpha sei gleich nach dem Abschwung '86 passiert, nachdem sie die guten Leute entlassen und nur die behalten hätten, die alles kaputtsparten und die Regeln großzügig auslegten. Klar, einfach so konnten sie jetzt niemanden mehr entlassen. Sie mussten ganze Akten anlegen, sich an ein ausgeklügeltes, codiertes Raster halten, die Arbeiter nach Soft Skills wie »Flexibilität« und »Arbeitseinstellung« bewerten. Trotzdem wurden Leute, die es genau nahmen, die Ansprüche hatten und sich auch mal mit der Verwaltung anlegten, gefeuert. Einwände wurden geahndet. Widerspruch anzumelden war zu einer dieser komischen, altmodischen Gewohnheiten geworden, an denen nur noch die Alten festhielten, so wie die Mütze abnehmen, wenn ein Trauerzug vorbeikommt, oder aufstehen, wenn eine Frau den Raum betritt. Männer, die eine Familie zu ernähren und Hypotheken abzuzahlen hatten, hielten den Mund. NRB – für »*Not Required Back*«, eine

231

Praxis, mit der Arbeiter durch den Zusatz »nicht mehr benötigt« faktisch auf eine schwarze Liste gesetzt wurden – sei sehr real, auch wenn die Betreiberfirmen gern so täten, als wäre das nur ein dummes Gerücht.

»Das große ›S‹ im Wort ›Sicherheit‹ ist eigentlich ein Dollarzeichen«, sagte er. »Für nichts anderes steht es nämlich. Wenn die wählen können, ob sie lieber ein paar Millionen verlieren wollen oder dich, dann weißt du, wie sie sich entscheiden werden. Für die bist du bloß eine Nummer.«

»Bist du in der Gewerkschaft?«

»Klar. Bei Unite. Ich hab auch gegen drei und drei gestimmt. Aber offenbar hat sich kaum einer an der Abstimmung beteiligt.«

Von draußen war ein Klappern zu hören. Eine Bö wehte vom Meer herein, trieb Laub und Abfall zu kleinen Windhosen auf und ließ sie durch die menschenleeren Straßen wirbeln. Hinter der Theke drang, sehr leise, Musik hervor. Der Text war durch das Summen der Bildschirme gerade noch zu verstehen:

I know that you think it's fake
Maybe fake's what I like

Unvermittelt traf mich Heimweh in einer so heftigen Welle, dass ich mich fast vornübergekrümmt hätte. Manchmal dachte ich, dass Caden vielleicht nicht mehr gewesen war als das: ein Ausdruck schweren Heimwehs. Ich dachte kaum je an zu Hause, ohne dabei auch an ihn, oder an ihn, ohne dabei auch an zu Hause zu denken, obwohl er mehr als hundertfünfzig Kilometer von mir entfernt aufgewachsen war.

»Menschen handeln selten so, dass es für sie von Vorteil
wäre«, sagte ich. »Keine Ahnung, warum.«

»Ich hab's ja kommen sehen. Die Leute haben ein Vermögen verdient und praktisch nix dafür getan. Reinigungs-
kräfte für dreihundert Pfund am Tag. Die Ölbranche hat
halt ein kurzes Gedächtnis. In den Jahren des Booms haben
sie sich dumm und dämlich gezahlt. Und jetzt müssen sie
diese ganzen Leute abfinden.«

Er trank sehr schnell. Draußen war mir aufgefallen, dass
er genauso eifrig rauchte, die Hand über die glühende Spitze
wölbte und so heftig an der Zigarette zog, dass sie innerhalb von Sekunden zu einem einstürzenden Aschetürm-
chen heruntergeraucht war. Als ich aufstand, um zur Theke
zu gehen, legte er mir die Hand auf den Arm.

»Ich mach das.«

»Schon gut.«

»Du bist ne Frau. Ich kann dich keinen Drink ausgeben
lassen.«

»Ich kann das von der Steuer absetzen. Für mich ist es
schließlich Arbeit.«

»Sicher?«

Sure. Schauer. Die gleiche melodiöse Abfolge von Vokalen. Als ich es hörte, spürte ich ein Ziehen des Wiedererkennens in der Brust. Die alte, sinnlose, verkümmerte Liebe.

»Ja«, sagte ich. »Ganz sicher.«

Als ich zurückkam, hatte er die Mütze abgenommen.
Ohne sah er älter aus und weniger attraktiv. Allerdings auch
markanter, denn er hatte eine große Delle am Kopf. Seine
Stirn war in der Mitte wie eingedrückt, und von der Seite
sah es aus, als hätte jemand mit der Schöpfkelle ein Stück

aus seinem Gesicht entnommen. Das sah nicht nach Box-
verletzung aus. Vielmehr sah es aus, als wäre er wiederholt
mit einem stumpfen Gegenstand geschlagen worden. Einem
Golfschläger etwa oder einem Wagenheber.

»In anderen Ländern verstehen sie uns nicht«, sagte er, als
ich ihm sein Glas reichte. »Wir sind entspannt, wir lachen
gern. Wenn wir Witze machen, nehmen die das krumm.
Und wir sprechen schnell, wir haben diese einzigartigen
Dialekte. Teesside ist mit am schlimmsten für Leute, die
einen nicht verstehen. Ein Amerikaner hat keinen blassen
Schimmer, was ich sage.«

»Aus welchem Teil von Teesside bist du denn?«

»Billingham. Circa acht Kilometer von Middlesbrough.
In unserem Gewerbe sind viele aus dem Nordosten. Die Gerüstbauer sind fast alle aus Teesside. Du kommst in Aberdeen irgendwo rein und denkst: ›Den kenn ich doch aus der
Schule oder aus dem Pub.‹ Wahrscheinlich bin ich deswegen
in der Offshore-Branche gelandet. Auf der Schule hatte ich
ein paar Kumpels, die hatten immer das Beste vom Besten.
Die besten Turnschuhe, die besten Jeans. Weil der Vater auf
den Shetlands arbeitete oder eben offshore.«

»Was machst du genau?«

»Von der Ausbildung her bin ich Mechaniker. Früher hab
ich bei ICI gearbeitet. Dann war ich irgendwann in der Förderung: Öl aus dem Boden holen, reinigen.«

Die Glocke rief zur letzten Runde.

»Mit dir kann man echt gut reden«, sagte er.

»Dafür bin ich ausgebildet.«

»Ich hab das Gefühl, ich kann dir alles sagen.«

Ich sah ihn mit großen Augen an und gab mir Mühe, den

verschlagenen Unterton journalistischer Neugier aus meiner Stimme zu verbannen.

»Kannst du auch. Du kannst mir wirklich alles sagen.«

»Du bist sicher einsam«, sagte er. »So ganz allein hier im Norden.«

Ich nickte, als wäre mir dieser Gedanke noch gar nicht gekommen.

»Manchmal.«

»Kleiner Tipp. Pass ein bisschen auf dich auf. Die Jungs sind manchmal etwas ... *überreizt*, wenn sie wieder an Land kommen. Es sind nur wenige, aber die bringen uns alle in Verruf.«

»Ich bin immer sehr vorsichtig.«

»Hast du nen Kerl?«

»Nein.«

Auf dem Bildschirm über uns wand sich ein Spieler auf dem Rasen, hielt sich die Wade und verzog das Gesicht. Es lag etwas Inszeniertes in der Art, wie er sich krümmte, in der schmerzverzerrten Grimasse, und ich war überzeugt, dass es ein Fake war. Echter Schmerz ist etwas Intimes und größtenteils gar nicht auszudrücken.

»Sieh dir das an«, sagte ich. »Was für ein Auftritt!«

»Kann ich gar nicht glauben, dass ein hübsches Mädchen wie du allein ist.«

»Ich bin kein Mädchen.«

Er maß mich mit einem langen, besitzergreifenden Blick. Ich registrierte – und unterdrückte – den Impuls, meine Tasche zu nehmen und einfach zu verschwinden.

»Siehst aber aus wie eins.«

»Ich bin vierunddreißig.«

»Siehst kaum älter aus als meine Tochter.«

»Dann«, sagte ich langsam, »muss deine Tochter aber alt aussehen.«

Ich bereute bereits, ihm wahrheitsgemäß geantwortet zu haben. In die Reue mischte sich Groll. Falls es eine Verjährungsfrist dafür gab, sich als abgelegte Geliebte eines Lügners zu definieren, näherte ich mich ihr mit großen Schritten, aber ich geriet zunehmend häufig in solche Gespräche, und da kam man am schnellsten raus, wenn man die Besitzansprüche eines anderen Mannes geltend machte.

»Ich hatte einen Freund. Aber wir haben uns getrennt.«

»Und du bist noch nicht drüber weg?«

»Nicht so richtig.«

»War er von hier?«

»Er kommt aus Stockton.«

»Dann kenn ich ihn sicher. Wie heißt er?«

Ich schüttelte lächelnd den Kopf.

»Bewahrst also immer noch seine Geheimnisse?«

»Gewohnheitssache.«

Sein Blick wanderte über mein Gesicht. Im Zug war er mir wach und aufmerksam erschienen, jetzt nahm er meine Worte durch die Lasur aus Alkohol auf, und seine Reaktionen kamen merklich verzögert.

»Kannst du das gut, Geheimnisse bewahren?«

»Manchmal.«

Er hielt seine Mütze mit beiden Händen fest. Seine Wangen waren gerötet, dabei war es in der Bar so kalt, dass ich nicht einmal den Reißverschluss meiner Jacke aufgezogen hatte. Er deutete auf mein Telefon.

»Ist das Ding aus?«

Ich schaltete es aus und ließ es in meine Handtasche gleiten.

»Jetzt schon.«

»Ich hab mal einen umgebracht. Vor circa zehn Jahren.«

»Vorsätzlich?«

»Ja.«

Mein Blick wanderte zu der Narbe zurück. Über seine Stirn zogen sich Furchen, so tief, dass es aussah, als hätte jemand das Fleisch mit dem Teppichmesser bearbeitet. Sie verliefen quer durch die Höhlung und setzten ihren Weg auf der anderen Seite fort.

»Was ist passiert?«

»Ich stand dafür vor Gericht. Freispruch. Wegen Mangels an Beweisen.«

»Nein, ich meine … Warum hast du es gemacht?«

»Ich musste.«

»Aber warum?«

»Weil ich musste. Man tut immer, was man tun muss.«

Seine Art, eben noch unterwürfig, war plötzlich gelangweilt, fast schon geringschätzig. Der Prominente, der die Klatschkolumnistin abwehrt, weil sie auf der Suche nach Klatsch und Tratsch im Dreck gräbt. Ich sah mich noch einmal um. Die beiden Männer an der Theke waren verschwunden, die Bar war leer. Mir kam der Gedanke, dass er es vielleicht erfunden hatte. Es wäre eine eigenartige Lüge. Andererseits wäre es aber auch eine eigenartige Wahrheit. Wenn er mir das erzählte, einer Frau, die er erst seit ein paar Stunden kannte, wie vielen Leuten hatte er es dann noch erzählt? Vielleicht wollte er es sich ja von der Seele reden, wie man das bei einem Priester tut. Die Leichtigkeit, mit

237

der ihm das Geständnis über die Lippen gegangen war, ließ allerdings nicht vermuten, dass es ihn sonderlich belastete. Vielleicht erzählte er es ja allen. Oder er hob es sich für Frauen auf, für solche, die wirkten, als fänden sie eine gewisse Gewaltbereitschaft erregend.

»Das solltest du aber lieber für dich behalten«, sagte ich. »Außer, du willst ins Gefängnis.«

Beim Aufstehen merkte ich, dass ich betrunken war. Das breite Gesicht des Mannes verschwamm immer wieder. Er bot an, mich nach Hause zu bringen. Dann, sagte er, müsse er sich wenigstens keine Sorgen um mich machen. Ich erwog abzulehnen, war aber schon beiseitegetreten, um ihn vorgehen zu lassen. Was konnte schon Schlimmes passieren? Das Schlimmste war ja längst passiert. Und hier war ich, allein gelassen, am anderen Ufer.

Wir gingen die Treppe hoch, bogen ein paarmal falsch ab, streiften durch die Teppichbodenflure des Hotels, passierten mehrfach dieselbe schwergängige Feuerschutztür. Als wir nach draußen traten, war die Luft kühl. Der Wind trug einen durchdringenden Geruch nach Flussmündung heran. Auf dem Weg durch die Stadt blieb ich hinter dem Mann, nutzte seine massige Gestalt als Windschutz. Am Denkmal für Edward VII. lungerten ein paar Jugendliche, ihr Hund rannte ohne Leine umher. Ich blieb kurz stehen, um ihn zu streicheln, und der Mann herrschte mich an, ich solle die Finger von ihm lassen. Also ließ ich die Finger von ihm und rannte ein paar Schritte, um den Mann wieder einzuholen.

Als wir zu meiner Straße kamen, blieb ich an der Ecke stehen. Ich mochte die Gegend nicht, wenn es dunkel war.

An der Hafenstraße standen alte Lagerhäuser mit feuchten Gässchen und schmalen Durchgängen dazwischen, und abends legte sich Schweigen über die Straße, eine so vollständige Stille, dass es mir den letzten Nerv raubte. Einmal, erinnerte ich mich, hatte es mich so gegruselt, dass ich wieder umgekehrt war. Kurz nach meinem Einzug sah ich auf dem Heimweg am Eingang eines dieser Gässchen einen Mann stehen. Er blickte mir entgegen, während ich auf ihn zuging und die üblichen Berechnungen der Frau ohne Begleitung anstellte: Wie weit ist es bis zu meiner Haustür? Wie schnell kann ich in diesen Schuhen laufen?

Als ich mich näherte, machte er einen Schritt nach hinten, in den Schutz der Gasse, bis sein Gesicht im Schatten lag. Bis dahin war ich entschlossen gewesen, einfach an ihm vorbeizugehen, aber dieser eine Schritt wirkte so vorsätzlich, so gezielt, dass mir klar war, das würde nicht gutgehen. Ich machte auf dem Absatz kehrt und lief zurück zum Bahnhof.

»Da wären wir«, sagte ich und blieb ein paar Häuser vor meinem stehen.

Der Mann drehte sich zu mir um und streckte den Arm aus. Eine endlose, gellende Sekunde lang glaubte ich, er würde mich an der Kehle packen, aber er zupfte nur am Kragen meiner Windjacke und strich gedankenverloren über das Goretex-Material.

»In der Jacke siehst du aus wie ne kleine Einbrecherin.«

Ich erwog, verwarf es dann aber, zu erwidern, dass nur ein Esel den anderen Langohr schimpft.

»Danke für die Begleitung.«

»Du hast geschwindelt, als du mir gesagt hast, wie weit es ist. Zurück muss ich mir ein Taxi nehmen.«

Ein paar Straßen weiter schlug eine Autotür. Über uns kreischte eine einsame Möwe. In der Manteltasche schloss ich die Hand um meinen Schlüsselbund.

»Weißt du noch, was du mich vorhin gefragt hast?«

Mit unbewegter Miene sah er auf mich herunter. Der Alkoholdunst drang ihm in Wellen aus den Poren. *Ausdampfen.* So nannten sie das.

»Er heißt Tyler. Tyler Accord.«

Ich hielt es für möglich, dass er das Gespräch, obwohl es noch keine Stunde her war, schon vergessen hatte, dass es ein Bekenntnis ohne Kontext sein würde. Aber er bückte sich zu mir und brachte sein Gesicht nah an meines. Sein Atem war heiß und schwer, seine Stimme laut an meinem Ohr.

»Soll ich ihn für dich umbringen?«, fragte er.

Es waren zwei Gerüstbauer, und direkt geprügelt haben sie sich nicht. Der eine – nennen wir ihn mal Jim – hatte schon vorher auf der Plattform gearbeitet, ein friedlicher Typ, den alle mochten. Den anderen nennen wir Tom. Zwischen ihnen gab es schon böses Blut, weil sie früher mal zusammengearbeitet hatten. Tom war ein paar Einsätze zuvor auf die Plattform versetzt worden, im gleichen Turnus wie Jim. Er hatte schon gehört, dass Jim auf dieser Plattform arbeitete, und hat angefangen, vor den Kollegen über ihn herzuziehen, meinte, er würde ihn sich schnappen und ihm »die Birne einschlagen«. Aber Worte sind das eine und Taten das andere, und irgendwann hat es sich richtig zugespitzt, als Jim morgens in die Umkleide kam, wo Tom sich wieder mal das Maul zerriss. Jim hat Tom zur Rede gestellt. Tom wollte Jim schlagen. Aber Jim ist auch ziemlich fix, und bevor Tom ihn schlagen konnte, hatte er ihm schon eins auf die Nase gegeben, sodass er sein ganzes T-Shirt vollgeblutet hat. Mehr war's nicht. Am Ende hatte Tom zwei Veilchen und hat sich eine ganze Zeit vor den anderen Jungs versteckt. Wenn einer wissen wollte, was passiert ist, hat er erzählt, er wäre gegen ein Geländer gelaufen.

8

NINIAN CENTRAL

»Dann hängst du also im Prinzip den ganzen Tag in Bars rum und besäufst dich, und abends ziehst du durch die Stripclubs?«

»So ungefähr«, sagte ich.

»Ach, du Scheiße! Bester Job der Welt, würd ich sagen.«

»So lustig ist das gar nicht«, sagte ich. »Schaut mal hier.«

Ich tippte mir auf die linke Wange. Die beiden Männer sahen pflichtschuldigst hin. Ein kleiner Kreis Pickel strahlte durch mein Make-up hindurch, in Farbe und Leuchtkraft ein starker Kontrast zu meiner übrigen Gesichtshaut, die trocken und aschfahl wirkte.

»Schlechte Ernährung. Die Folgen eines solchen Vampirlebens. Wenn ich wieder zu Hause bin, muss ich erst mal hardcore entgiften. Dann gibt es einen Monat lang keinen Alkohol.«

»Das schaffst du doch nie. Weihnachten steht vor der Tür.«

»Bis Weihnachten dauert's noch ewig«, sagte ich. »Ihr glaubt nur, dass es schneller kommt, weil ihr die Wochen nicht mitzählt, die ihr offshore verbringt.«

Es war die letzte Oktoberwoche, und die Luft hing voller Geister. Dichter Nebel hatte sich über die Stadt gelegt, alle Flüge blieben am Boden. Die Pubs quollen über von un-

ruhigen Männern, die darauf warteten, dass sich der Rück-
stau auflöste. Ich hatte die beiden am Tresen gleich neben
dem Eingang zum Bahnhof entdeckt. Der eine war blond
und dünn, hatte ein spitzes Gesicht und wirkte ein bisschen
schmuddelig. Der andere war klein, dunkler und dümmlich,
und sein kahlrasierter Kopf war ganz mit Sommersprossen
bedeckt, wie ein Hühnerei.

In meiner Teeniezeit war der Oktober immer der Monat
gewesen, in dem meine beste Freundin und ich unseren
»neuen Look« planten. Wir legten diese Planungen ganz
bewusst mit dem Beginn des neuen Schuljahres und der
Herbst-/Wintersaison zusammen, obwohl sie weit weniger
von der Mode als vielmehr von der Musik beeinflusst wurden. Es war die Ära der Event-Videos, der Hype-Wil-
liams-typischen Kopplung aus breitgefächertem Ehrgeiz
und grenzenlosen Budgets, bei der die Künstlerinnen und
Künstler in drei Minuten fünf- bis sechsmal das Outfit
wechselten und witzige Cameo-Auftritte in den Clips ihrer
Kollegen hatten (haben heutige Rapper eigentlich gar keine
Kumpels mehr, fragte ich mich manchmal): Busta Rhymes,
der einen Elefanten durch die Gänge einer Festung südlich
der Sahara führt; Janet Jackson mit silbernen Kontaktlinsen
und strengem Pony; Missy Elliott, glupschäugig und verspielt in aufblasbarem Schwarz; ganze Trupps von Frauen
mit tollem Körper in Regenmantel und Timberlands. Wir
nahmen uns einen großen Notizblock und brainstorm-
ten zu den neuen Looks, schrieben uns Dinge auf wie *flie-
ßende Wellen (Lockenstab), Nagellack in Beerenton, grü-
ner bauchfreier Fischerpulli* oder *Haar-Mascara von Dior
(rot???).* Wir gaben ihnen Namen wie »Rapper-Hausfrau«

und »Inuit-Prinzessin«. Zwei Tage lang analysierten wir die Looks, schworen ihnen Gehorsam, diskutierten über Charaktereigenschaften, die wir passend zu ihnen noch entwickeln könnten. Und dann vergaßen wir sie wieder, bis zum nächsten Jahr.

Jetzt startete ich zum ersten Mal in meinem Leben tatsächlich mit einem neuen Look in den Herbst, obwohl der Prozess, den ich dafür durchlaufen musste, wie bei vielen Errungenschaften des Erwachsenenlebens weit weniger spaßig war, als mein Teenager-Ich es sich ausgemalt hätte. Ich war dünner als je zuvor, mein Stoffwechsel schien unwiderruflich im Eimer, oder aber dauerhaft befeuert, je nachdem, wie man das betrachten wollte. Häufig vergaß ich das Essen ganz. Nachts lag ich wach und spürte das Räderwerk laufen, so angeregt und klar im Kopf, als hätte ich eine Line gezogen. Ich gab das Masturbieren auf und ließ mir die Schamhaare wachsen (als äußeres Zeichen innerer Entschlossenheit, wie eine neue Gewohnheit). Ich legte mir ein neues Parfum zu, ein altmodisch-orientalisches, und schminkte mich stärker. Eine komplette Schicht Foundation, Concealer, Lidschatten, Lidstrich. Dunklerer Lippenstift in einem so satten Rosa, dass es fast schon als pflaumenfarben durchging. Drei Schichten wasserfeste Wimperntusche. Mattes Contouring für hohle Wangen. Ich sah aus wie eine Flugbegleiterin oder eine dieser Frauen, die im Kaufhaus hinter dem Ladentisch lauern und Vorbeigehende mit irgendeinem Duft besprühen. Ich sah älter aus.

Ein paar Wochen zuvor hatte mich morgens die Türklingel geweckt. Ich hatte keine Ahnung, wer das sein könnte. Kein Mensch in der Stadt kannte meine Adresse. Ich sah aus dem Fenster. Vor dem Haus stand, mit laufendem Motor, ein weißer Range Rover. Mein Mund wurde trocken; das Herz hämmerte mir in der Brust. Ich hörte eilige Schritte auf der Treppe – den leichten Tritt eines kleinen Mannes – und öffnete mit feuchten Händen die Wohnungstür.

Davor stand ein Handwerker. Er sagte, der Makler habe ihn geschickt, um eine Stichprobenkontrolle durchzuführen. Tränen traten mir in die Augen und drohten überzufließen. Ich bat ihn um seinen Ausweis, und er fauchte mich an, er habe sowieso Schlüssel zu meiner Wohnung und nur aus Höflichkeit geklingelt. Ich sagte ihm ganz offen, dass er mich zu einem schlechten Zeitpunkt erwische. Ich sei noch im Schlafanzug und gerade aufgewacht. Er nannte mich eine Schlampe und zog ab.

Der Vorfall ernüchterte mich. An dem Tag schloss ich meine Tagträume weg und machte mir ein paar harte Tatsachen klar. Er würde nicht zurückkommen. Mein Kopf hatte das schon vor geraumer Zeit begriffen. Jetzt war es mir auch ins Mark gedrungen. So lange hatte ich mein Leben nach seinem Dienstplan ausgerichtet, dass ich nicht ohne weiteres aufhören konnte nachzurechnen, wann er an Land sein würde und wann offshore, aber zumindest hoffte ich in den Wochen, in denen er zu Hause war, nicht mehr darauf, beim Aufwachen eine unverständliche Textnachricht oder eine angetrunkene Voicemail vorzufinden. Er würde nicht plötzlich vor meiner Tür stehen und mir beichten, dass auch er furchtbar unglücklich sei und auf einen Anruf von mir gewartet habe. Und obwohl ich ihn ständig und überall zu sehen glaubte (an der Straßenecke im dämmrigen Abendlicht, draußen vor dem Bahnhof beim Telefonieren, in der

Union Street, schnellen Schrittes und die Schultern in der Kälte hochgezogen, oder beim Überqueren einer Straße, gleich vor mir, im fahlen Profil) und jedes Mal im Wiedererkennen zusammenzuckte, wusste ich doch, dass es unwahrscheinlich war, ihm zufällig zu begegnen. Er wohnte ja nicht hier. Auf dem Weg zur Arbeit kam er allenfalls durch die Randbezirke der Stadt.

Mir war klar, dass ich niemand Neues kennenlernen und mich damit in die Rekonvaleszenz mogeln konnte. Ich hatte zwar ein paar Dates, aber die waren wie der Versuch, eine Heroinsucht mit Aspirin zu bekämpfen. Anschließend kam ich nach Hause und heulte, bis mir der Hals wehtat und ich einen Brummschädel hatte, und wenn ich am nächsten Tag die Nachbarn im Treppenhaus traf, schämte ich mich. Ich fand mich damit ab, dass ich krank war. Ich war krank, das Heilmittel hatte nur er, aber er würde es mir nicht geben, weil er fand, dass ich es nicht verdiente. Ich musste allein da durch. Ohne Schmerzmittel.

Weil mir nichts anderes zu tun blieb, arbeitete ich. Ich führte ein *Film-noir-haftes* Halbleben, stand mittags auf und ging direkt zum Bahnhof, wo ich den ersten Drink des Tages kippte. Ein besserer, tapfererer Mensch hätte diese Männer vielleicht auch nüchtern angesprochen, aber ich war schüchtern und brauchte den Alkohol. Mit dem Türsteher eines Stripclubs unweit des Bahnhofs hatte ich ausgemacht, dass er mir eine Nachricht schickte, wenn sein Lokal sich allmählich füllte. Nach einem Tag voller Interviews ging ich nach Hause, aß einen Happen, duschte, zog mich um und brach wieder auf. Ich war ständig müde. Meine Alkoholtoleranz stieg beträchtlich. Ich wechselte von Bier zu Whisky, weil ich mir einredete, der sei zumindest reiner. Es kostete mich echte Willenskraft, meine frühesten Konditionierungen abzulegen. Das Gleiche las ich in den Gesichtern der Männer: die drei Instanzen der Psyche, die miteinander im Clinch lagen.

Den meisten war eingeschärft worden, nicht mit Reportern zu reden, so wie man Kinder ermahnt, nicht mit Fremden zu reden, aber jetzt saß da eine Frau vor ihnen, eine echte Frau, für viele die erste, die sie seit drei Wochen sahen, und bot ihnen an, ihnen im Austausch gegen zehn Minuten ihrer Zeit einen Drink zu spendieren. Namen notierte ich fast nie. Und ich sagte auch nicht, dass ich Journalistin sei. »Autorin« klang viel neutraler, als liefen sie damit weniger Gefahr, sich eine Kündigung einzuhandeln. Gruppeninterviews brachten meistens wenig; sie hatten immer etwas von Geplänkel, ein Hin und Her ohne Tiefgang. Es entstand eine gewisse Diskrepanz zwischen der investierten Zeit und dem Ertrag. Aber dann und wann erzählte ein Mann mir alles. Ich erwischte ihn vielleicht in der Bar am Flughafen oder in der Bahnhofshalle, und er gab seine sämtlichen Geheimnisse preis.

Solche Männer sprachen mit der Sehnsucht der Exilierten von ihrem Zuhause, aus einer durch den Abstand verzerrten Perspektive. Die Häuser, die sie so vermissten, waren Puppenhäuser, in denen Frau und Kinder zu hübschen Tableaus arrangiert wurden. Ich war entsetzter, als ich hätte sein dürfen, wie viele sich zu Affären bekannten, wie groß die Bandbreite solcher Kontakte im Kopf verheirateter Männer war. Wie viele Untergruppen sich da drängelten, die alle unter der Gattungsbezeichnung »Nebenbei« geführt wurden. Freundinnen. Was Kleines nebenher. Schnelle Ficks. Huren. Geliebte, mit ehegefährdender Macht und Position. Egoboosterinnen. Aufmerksamkeitsspenderinnen. Andere Frauen jeglicher Couleur.

Bei der Arbeit telefonierten sie über Wegwerf-Handys mit ihnen, kommunizierten über Apps, die keine Spuren hinterließen. Waren sie wieder an Land, vernichteten sie die SIM-Karte, versteckten das Handy, löschten die App. Auf eine sehr reale Weise existierten diese Frauen nur, wenn die Männer offshore waren. Zu Hause blieb der Zugang verschlossen, und die Freundinnen verschwanden. Ich musste zunehmend den Drang niederkämpfen, Mitgefühl zu äußern, kumpelhaft in die Anekdoten einzustimmen, damals, als ich dies gemacht, und damals, als ich das gemacht habe, und zwar nicht nur, weil es unprofessionell gewesen wäre.

Mir wurde klar, was ich eigentlich wollte: meinen eigenen Gerichtstermin, eine Möglichkeit, mich vor einem parteiischen Publikum zu erklären. Es reichte nicht, nur meinem Freundeskreis zu erzählen, was Caden getan hatte. Ich wollte es auch *seinen* Freunden erzählen, seinen Kollegen, ihn vor seinesgleichen bloßstellen. Mein Traum war eine zufällige Begegnung mit Menschen, die ihn näher kannten, Menschen, auf deren gute Meinung er Wert legte. Ich würde ihnen meine Version der Ereignisse präsentieren, sie mit der Klarheit meiner Argumente auf meine Seite ziehen. Mein Lieblingsszenario – unwahrscheinlich, aber nicht völlig unmöglich, denn die Nordsee ist ein Dorf, und das Wetter schlug bereits wieder um – bestand darin, irgendwie die Besetzung meines allerersten Interviews wieder am selben Tisch zu versammeln, alle bis auf ihn. Dann würde ich ihnen berichten, was seit jenem Abend passiert war, und wir würden ihn gemeinsam an den Pranger stellen. Alle würden einander mit Geschichten über seine Schlechtigkeit überbieten und mir außerdem versichern, wie gut ich aussah – wovon sie natürlich später auch ihn in Kenntnis setzen würden.

Die Versuchung, zu viel zu sagen, war also immer da. Und gelegentlich, mit vier Flaschen Bier im Plus und einer deutlich verminderten Fähigkeit zur Objektivität, gab ich ihr auch nach. Dann fuhr mich der Mann, mit dem ich gerade redete, womöglich an: »Na, hoffentlich hast du was draus gelernt!«

Häufiger allerdings versuchte er, mich von einer anderen Art Lektion zu überzeugen. Die beste Heilung sei, mit ihm ins Bett zu gehen. Ich solle einfach sämtliche Hinweise auf seinen Familienstand ignorieren – den Ehering, das trillernde Handy, die rotwangigen Kleinkinder und hochzeitlich weißen Tüllwolken auf seinem WhatsApp-Profil, einmal sogar, besonders eindrücklich, ein knittriges Ultraschallbild, das mir nur Minuten zuvor mit scheuem Stolz präsentiert worden war – und mich seiner Zuwendung überlassen. Es muss ja nur dieses eine Mal sein, sagte er. Nur dieses eine Mal. Wenn wir's jetzt nicht tun, kriegen wir keine Chance mehr, nie wieder. Und einen Fehltritt darf sich doch jeder mal erlauben. Ich tue alles für sie, und sie weiß es gar nicht zu schätzen. Sie hält's nicht aus, wenn ich mal was nur für mich mache. Sie ist eifersüchtig, ständig kontrolliert sie mich. Sie hat ja keine Ahnung, wie hart ich schufte.

Inzwischen beherrschte ich die Sprache schon teilweise, wie eine Exilantin, die nach einem halben Jahr im neuen

Land eine Handvoll Sätze aufgeschnappt hat. *Meine Ex spinnt:* Ich behandele Frauen schlecht. *Meine Ex will mich kontrollieren:* Ich gehe notorisch fremd. *Meine Ex ist so verbittert:* Ich bin nicht in der Lage, einen Zusammenhang zwischen Ursache und Wirkung herzustellen. *Meine Ex hat mich ausgenommen bis auf den letzten Penny:* Ihr wurde ein Betrag zugesprochen, der dem entspricht, was sie in unsere Ehe investiert hat. *Meine Ex lässt mich die Kinder nicht sehen, obwohl ich einen Haufen Geld bezahle:* Ich bin der Ansicht, Unterhaltszahlungen funktionieren wie VIP-Tickets beim Konzert, wo man für den direkten Kontakt mit den Künstlern zahlt, egal, ob man ein guter Vater ist. *Du bist nicht wie andere Frauen:* Ich halte Frauen mehr oder weniger für austauschbar. Dann saß ich da und dachte mir, dass Mütter, die ihren Töchtern erzählen, sie seien etwas ganz Besonderes, sie ohne Flankenschutz in die Welt entlassen. Hin und wieder fragte ich einen der Männer, warum er überhaupt geheiratet habe. Und bekam jedes Mal die gleiche Antwort. *Kein Mann will jemals heiraten. Sie machen das alle nur für ihre Freundin.*

»Wer redet mehr?«, fragte ich jetzt und schob mein Smartphone dem Dunkleren hin. Aus irgendeinem Grund richtete ich meine Fragen instinktiv an ihn. Er strahlte eine mürrische Anziehungskraft aus, die Autorität dessen, der sich keine Mühe gibt. »Du oder er?«

»Er wird mehr zu sagen haben«, antwortete der Dunkle. »Ist immer so.«

Ich wandte mich dem Blonden zu. Der fing sofort an zu reden, als wäre er ganz erpicht darauf, der Einschätzung seines Freundes zu entsprechen. Seine Plattform, Ninian

Central, war dafür berüchtigt, wie schlecht man dort wieder wegkam. (Wann immer ich anmerkte, ich würde gern mit jemandem reden, der dort arbeitete, bekam ich denselben Witz zu hören: *Da wirst du keinen finden, Süße. Die sitzen alle dort fest.*) Sie lag ganz im Norden der Nordsee und war schlecht konstruiert. Wenn der Wind aus einer bestimmten Richtung kam, zog die heiße Luft aus den Abluftschächten aufs Helideck hinunter, drang in die Turbinen der S-92s und legte sie lahm. Trotzdem war Südwind noch die geringste Sorge. Flüge zum Festland konnten aus den idiotischsten Gründen ausfallen: Gänse auf der Landebahn in Scatsta; Eis auf der Landebahn in Scatsta (offenbar war mit Eis auf den Shetlandinseln im November nicht zu rechnen); ein Pilot, der nicht im Dunkeln fliegen konnte; eine defekte Glühbirne im Lagerraum mit den Rettungsanzügen. Manchmal saßen die Arbeiter sieben, acht Tage nach Ende ihrer Schicht noch auf der Plattform fest, sodass aus einem enervierenden Drei-und-drei- ein durchaus gefährlicher Vier-und-zwei-Wochenrhythmus wurde. Wobei der Mann mir erzählte, er sei bisher meistens in die andere Richtung liegen geblieben. So sei sein Leben immer schon gewesen. Er sei ein Glückskind.

»Ich habe einen Maulwurf bei euch auf der Plattform«, sagte ich, als er wieder schwieg. »Er mailt mir alles, was ihn stört. Letzte Woche soll es eine Prügelei gegeben haben.«

Die Männer wechselten einen Blick. Der Dunkle ließ ein erschrockenes, bellendes Lachen hören.

»Es gab keine Prügelei«, sagte er kopfschüttelnd.

»Da hab ich aber was anderes gehört. Ich habe gehört, es soll jemand niedergeschlagen worden sein.«

»Hat dir das dein Maulwurf erzählt?«

»Ich hab's von zwei Seiten gehört.«

Das machte ihnen offenbar große Freude. Der Blonde kugelte sich regelrecht auf seinem Stuhl. Er hatte ein hübsches, kullerndes Lachen, als würde man ein Baby kitzeln.

»Wart ihr an der Prügelei beteiligt?«, fragte ich. »Du warst dabei, oder?«

»Von wegen! Seh ich aus, als könnte ich einen niederschlagen?«

Nein, das musste ich einräumen. Er war so schlaksig wie eine Figur aus einer Zeichnung von L. S. Lowry, bestand nur aus Ellbogen und spitzen Kanten.

»Aber du weißt davon?«

»Es gab Gerüchte. Mehr war das nicht. Böse Gerüchte.«

»Die Gerüchte habe ich auch gehört«, sagte der Dunkle. »Aber es soll mehr als ein Niederschlagen gewesen sein. Viel mehr.«

»Was hast du denn gehört?«

»Gar nichts. Hab eh schon zu viel gesagt.«

»Das macht echt keinen Spaß mit euch. Ganz schlechte Interviewpartner seid ihr, alle beide.«

Sie wechselten noch einen Blick und lachten. Der Blonde wandte sich mir zu und stützte das Kinn in die Hand wie ein theatralischer Talkshowhost.

»Ich wüsste ja mal gern, wer dein Maulwurf ist.«

Ich lächelte unbeeindruckt und zupfte meine Ärmel zurecht.

»Journalistinnen lassen sich ihre Quellen nicht entlocken.«

»Ach was!« Er wischte meine Skrupel mit einer Handbewegung weg. »Sag uns, wer es ist. Wenn ich morgen nicht loskomme, hab ich das Gespräch eh gleich wieder vergessen.«

»Ein Maulwurf ist eine anonyme Quelle.«

»Für wen arbeitet er? Zumindest das kannst du uns doch verraten.«

»Weiß ich nicht«, antwortete ich. »Ich weiß gar nicht viel über ihn, nur dass er bei euch auf der Plattform arbeitet und nicht glücklich ist.«

»Muss ein Gerüstbauer sein«, brummte der Dunkle.

So gut wie alle Offshore-Arbeiter, mit denen ich bisher geredet hatte, waren sich darin einig, dass Gerüstbauer faul, dumm und nicht ehrlich seien, dass ihnen die Sucht nach Steroiden das Hirn vernebele, dass sie fast schon kriminell unfähig seien und sinnlose Lügen verbreiteten.

»Er sagt, euer Offshore-Installationsmanager behandelt die Plattform wie sein Königreich. Und dass der Chopper, in dem er sitzt, immer pünktlich startet. Bei jedem Wetter.«

»Soll ich dir erzählen, was bei meinem letzten Einsatz passiert ist? Ich lieg im Bett und höre zwei Hubschrauber ankommen – im einen saß der OIM –, und die sind beide bestens gelandet, zack, genau da, wo sie sollten.«

»Ich habe auch gehört, er hat sich eine schicke neue Produktionseinheit bauen lassen, die sonst kein Mensch haben wollte, aber gleichzeitig Leute entlassen.«

»Also, das kann ich nun wirklich nicht kommentieren.«

»Und was ist aus dem Jungen geworden, der neulich Schwefelwasserstoff eingeatmet hat?«

Der Ellbogen des Blonden verlor den Kontakt zur Tischplatte, sein Arm rutschte weg. Er rappelte sich wieder auf und sah mich an.

254

»Woher weißt du *das* denn?«

»Von meinem Maulwurf.«

»Die sind sich nicht mal sicher, ob es wirklich Schwefel-wasserstoff war.«

»Was war es dann?«

»Du bist schon ziemlich neugierig, was?«

»Muss man sein in meiner Branche.«

»Klar. Denk ich mir. Wer nicht wagt, der nicht gewinnt, heißt es doch.«

Wir tauschten Klatschgeschichten aus, bis es dunkel wurde. Sie erzählten mir, dass die Plattformbetreiber in den sozialen Medien spionierten und nach den abfälligen Kommentaren, den abweichenden Meinungen Ausschau hielten, um aus einer Freistellung eine fristlose Kündigung, aus einer Abfindung einen Gratislauf für sich zu machen. Es kam vor, dass Männer suspendiert und um ihre Stelle gebracht wurden, nur weil sie im falschen Facebook-Posting markiert worden waren. Manche wurden auch auf die Murchison versetzt, was einer Entlassung auf Raten gleichkam, denn die Plattform sollte im März stillgelegt werden. Der Blonde lächelte, als er von der Murchison erzählte. Er hatte sieben Jahre dort verbracht.

Es sei die schönste Plattform von allen, weil bei der Konstruktion an die Menschen gedacht worden sei.

Sie erzählten von den Bedingungen, unter denen sie im Winter arbeiten mussten, dem Schnee, der quasi waagerecht fiel, und den Windgeschwindigkeiten von hundertfünfzig, die an den Befestigungen rissen und die gesamte Konstruktion auf ihren Stelzen erbeben ließen (»Die Plattform ist quadratisch, wenn der Wind also mehr als siebzig Stundenkilometer erreicht, dann ... na ja, dann heißt es eben, wir sollen die entsprechende Seite meiden«, erzählte der Blonde und rieb sich mit dem knochigen Zeigefinger die Nase). Im Dezember wurde es schon um halb drei dunkel. Dann konnte die gefühlte Temperatur bis auf zwanzig Grad minus absacken. So alt, wie die Plattformen waren, überspülte das Wasser das komplette Deck. Trotzdem wurden die Leute bei jeder Witterung rausgescheucht. Was sie erlebten, war ein systematischer Abbau ihrer Rechte, quasi eine Umkehrung von Maslows Bedürfnispyramide.

Der Blonde arbeitete bereits seit mehr als zehn Jahren offshore und hatte die allgemeine Moral noch nie so am Boden gesehen. Wie sollte man selbst noch zufrieden sein, wenn alle Kumpels ihre Abfindung bekamen? Er hatte erlebt, wie Freunde von ihm Urlaube und Beisetzungen versäumten. Er hatte Kranke gesehen, die auf der Plattform festsaßen, obwohl sie längst hätten ausgeflogen werden müssen.

Pünktlich nach Hause zu kommen galt als kleineres Wunder, trotzdem wurden alle Verhandlungen übers Versetztwerden rasch im Keim erstickt. Sie könnten froh sein, überhaupt Arbeit zu haben, teilte man ihnen mit. Es gab Männer, die riefen bei ihrem Arbeitgeber an und erboten sich, den ersten Einsatz umsonst zu leisten. Die Offshore-Branche wurde von einer ganz neuen Sorte Arbeiter überrannt: den Sechs-Wochen-Wunderknaben. Selbstständig und mit einer kurzen Fortbildung im Gepäck, schnappten sie den echten Profis die Stellen weg und bekamen dafür auch noch mehr Geld. Stinknormale Installateure verlegten plötzlich Bohrleitungen. Es gab Schweißaufseher, die hatten noch nie eine Schweißzange in der Hand gehabt. Söldner, gut gerüstet für die neue Ära: hohe Tagessätze, keinerlei Rechte. Das war Kapitalismus in Reinkultur, freie Marktwirtschaft, aufs Allernötigste reduziert.

»Gestern Abend habe ich mit jemandem geredet, der auch für euer Unternehmen arbeitet«, sagte ich. »Ein Ex-Marinesoldat. Er war Scharfschütze im Irakkrieg. Hat mir erzählt, er habe viele Menschen getötet.«

»Das war garantiert ein Gerüstbauer, dieser Clown«, sagte der Dunkle. Er verschränkte immer wieder die Arme weit oben vor der Brust. Das machte er auch jetzt, schob die Hände in die Achselhöhlen und runzelte die Stirn wie ein verdrießlicher Teddybär. »Die reden alle nur Müll. Im Ernst.«

Der Blonde kicherte.

»Du weißt schon, dass der dich angeschwindelt hat?«

»Hat er nicht«, beharrte ich.

Ich behandelte die Geschichte als lustige Anekdote, obwohl mir in dem Moment ziemlich unwohl gewesen war. Während er einen dreifachen Whisky nach dem anderen kippte, waren die klugen, witzigen Antworten des Mannes immer mehr zu paranoidem Gerede über die Regierung, Verschwörungstheorien und Auftragsmorde verkommen. Wie er da so an der holzverkleideten Wand des Pubs lehnte, mit Vollbart und wildem Blick, kam er mir vor wie ein schiffbrüchiger Seemann, den der Wassermangel um den Verstand gebracht hatte. Das ist es, was Männer bei Frauen nie begreifen. Sie machen uns Angst, vor allem, wenn sie getrunken haben.

»Er war allerdings ziemlich betrunken. Er hat mitten im

Pub versucht, mich am Kopf zu packen und zu küssen. Ich habe mich weggeduckt, und er meinte: ›Darum kümmern wir uns später noch.‹ Es klang ein bisschen nach Vergewaltiger.«

»Nur ein bisschen?«, meinte der Dunkle.

»Du hast ihn hoffentlich keinen Drink für dich holen lassen«, sagte der Blonde seufzend.

»Du bist hoffentlich nicht neben ihm aufgewacht«, sagte der Dunkle.

»Weder noch. Und im Übrigen war er Installateur.«

»Stubenhocker!«, brüllten sie wie aus einem Mund.

Eine Gruppe Männer platzte in die Bar, als hätte ein Windstoß sie durch die Tür geschleudert, und ließen ihre Seesäcke zu Boden fallen. Der Blonde ging neue Drinks holen. Ich fragte seinen Freund, wo er denn arbeite. Auf der Tiffany, antwortete er. Mir kribbelten die Handflächen.

»Ich glaube, von da kenne ich niemanden«, sagte ich.

Doch, tust du. Neben dem Mann tauchte Caden auf. Ich blinzelte, um die Erscheinung zu vertreiben. (Sie war mit dem Wind zur Tür hereingekommen, ich spürte sie.) *Verschwinde*, sagte ich zu ihr. *Stör mich nicht dauernd. Du nervst.*

»Tja, die ist auch ziemlich klein«, sagte der Mann und senkte bescheiden den Kopf. »Alles in allem sind wir bloß um die siebzig.«

»Das klingt … nett«, sagte ich schwach. Caden waberte immer noch neben ihm herum und machte keine Anstalten zu verschwinden. Ich wandte den Blick ab. »Gemütlich.«

»Ist ein echtes Drecksloch.«

»Und was arbeitest du da?«

Ein Lächeln spielte um seinen Mund. Er hatte Grübchen, zwei Einkerbungen, so tief und kreisrund, als hätte man sie ihm mit einem Bleistift ins Gesicht gedrückt.

»Ich bin Gerüstbauer«, sagte er.

Der Himmel, der durch das hohe Glasdach gerade noch sichtbar war, wurde allmählich dunkel. Drinnen hatte sich das Licht verändert und einen kühlen Grauton angenommen. Vor dem Fenster eilten zwei korsettbewehrte Hexen und ein Kobold mit geringeltem Schwanz vorbei und die Haupttreppe hinauf; ihr Kreischen hallte durch die leere Bahnhofshalle. Der Dunkle ließ sich von seinem Barhocker rutschen. Er musste seinen Zug erwischen. Ich winkte ihm mit raschem Fingerflattern zu. »Treib's nicht zu bunt«, rief ihm der Blonde noch nach. Ich warf einen Blick auf die Wanduhr. Inzwischen war ich immer nur in Eile, war mir ständig bewusst, wie viel Zeit ich verplempert hatte und wie wenig mir noch blieb.

»Ich muss los«, sagte ich. »Mein Freund feiert heute noch seinen Abschied.«

»Brauchst du einen neuen Freund?«

Wir sahen einander an, und in unseren Mienen spielte die unschlüssige Frage unbeaufsichtigter Kinder: »Und was machen wir jetzt?«

»Das ist mir, glaub ich, zu viel Aufwand.«

»Dann mach dir halt keinen. Komm mit mir ins Wettbüro.«

»Bist du später noch hier?«

»Kann gut sein«, sagte er.

*

Said war im Aufbruch. Sein Unternehmen hatte alle Aka-
demiker abgebaut. Sie würden nicht nach Brunei versetzt
werden, sie wurden nirgendwohin versetzt. Jetzt zog er zurück nach Hause, um sich zum Wirtschaftsprüfer weiterzu-
bilden. Wirtschaftsprüfer, meinte er, brauche die Welt doch
immer. Der Back-to-Back wollte nach Frankreich, um dort
die Skisaison mitzunehmen. Danach, mal sehen.

Ich war sauer, dass die beiden desertierten. Mir kam es
wie Verschwendung vor, dass sie komplett aus der Ölbranche ausschieden, all das Wissen. Darin unterschieden wir
uns. Sie waren jung und unsentimental. Sie kannten den
Sunk-Costs-Effekt.

Ich hätte mich mehr um Said bemühen sollen, dachte ich
auf dem Weg durch die Stadt. Aber er gehörte nun mal zu
den Wochen im Frühsommer, einer Zeit, die im binären
System des gebrochenen Herzens als »Davor« galt. Said
war untrennbar mit diesem »Davor« verbunden. Ich hatte
ihn fast jeden Tag gesehen, und wenn wir uns einmal nicht
sahen, piepsten den ganzen Tag unsere Telefone von dem
ständigen Geschnatter zu Beginn einer Freundschaft, wenn
man gar nicht aufhört, Gemeinsamkeiten zu finden. Ich
hatte Angst, es könnte wehtun, ihn zu sehen, mich zurück-
werfen. Gleichzeitig konnte ich mich nicht erinnern, wann
ich das letzte Mal mit jemandem etwas trinken war, ohne
ihm dabei mein Smartphone hinzuhalten.

Den Back-to-Back sah ich als Ersten. Er stand anmutig
an eine Brüstung am Rand des Glasanbaus gelehnt, redete
mit einer blonden Frau und machte ein gelangweiltes Gesicht. Als er mich sah, breitete er die Arme aus und begrüßte mich als seinesgleichen. Ich hatte eine körperliche

Grenze überschritten, war jetzt wie er. Schmal, reduziert. Eine kleine, neugierige Gerte von einer Person.

Wieder war ich erstaunt, wie viel Hitze er abstrahlte. Für mich sah er immer aus, als müssten sich seine Berührungen kühl anfühlen. Wahrscheinlich fußte diese Annahme auf seiner blassen Haut, der glatten, katzenhaften Art, mit der er seine Zuneigung zeigte.

»Scheiße, wo hast du denn gesteckt?«

»Hmm«, machte ich. »Bist du warm.«

Er legte mir die Hände auf die Schultern und hielt mich auf Armeslänge von sich weg. Die blonde Frau warf mir einen Blick zu, der klar signalisierte, dass es sie nicht weiter interessierte, wo ich gesteckt hatte, solange ich nur schleunigst dorthin zurückging.

»Im Ernst. Wo hast du gesteckt? Ich hab gedacht, wir sehen dich jetzt ständig.«

Ich verbiss mir den Impuls, mich zu entschuldigen. Es tat mir ehrlich leid, aber wie immer galt das Bedauern hauptsächlich mir selbst. Vielleicht wäre ja alles besser geworden, wenn wir Freunde geblieben wären.

»Keine Ahnung. Ich hatte mein Freundschaftsschmetterlingsnetz schon gezückt und alles. Aber dann ... Irgendwie ist hier nichts so gelaufen, wie ich es geplant hatte.«

»Klar.« Er ließ den Blick versonnen durch den Raum schweifen. »Ich weiß, was du meinst.«

»Tut mir übrigens leid«, sagte ich. »Das wollte ich noch sagen. Said hat mir alles erzählt.«

»Braucht es nicht. Ich konnte meinen Job nicht ausstehen.«

»Du findest bestimmt was anderes.«

»Klar. Wird schon.«

»Nein.« Ich legte ihm die Hand auf den Arm. »Das klang jetzt zu sehr nach Allgemeinplatz. Ich meinte, *du* findest bestimmt was anderes. So gescheit, wie du bist. Du kannst doch alles machen. Wenn ich eine Firma hätte, ich würde dir sofort eine Stelle geben. Ach was, ich würde eine Stelle schaffen, extra für dich.«

»Siehst du, genau darum find ich es so toll, wenn du dabei bist. Mein Leben ist eine einzige lange Serie von Enttäuschungen. Aber du kriegst es immer hin, dass ich mich mit mir selbst wieder besser fühle.«

»Du solltest dich auch mit dir gut fühlen«, sagte ich. »Du bist so ein großartiger Mensch.«

Said sah uns mit unlesbarer Miene zu. Jedes Mal, wenn wir miteinander redeten, befiel mich ein Gefühl, das sich nur schwer vernünftig erklären und noch viel schwerer wieder abschütteln ließ, als hätte ich ihn irgendwie gegen mich aufgebracht. Wir gingen herzlich miteinander um, aber zwischen uns surrte es vor Anklängen von Groll und Zugeständnissen. Dass er mich heute Abend dazugebeten hatte, wirkte ein bisschen wie eine Begnadigung der sündigen Gräfin, die nach der Verbannung ins Moorland wieder in die angesehenen Gesellschaftskreise vorgelassen wird. Gut möglich, dass ich mir das alles nur einbildete, aber die Erlebnisse des Sommers hatten mich verändert. Ich war zu einer Anhängerin des Instinkts geworden, und in dem Raum gleich hinter dem Solarplexus war ich überzeugt davon, dass ich ihn verärgert hatte.

»Wie ist es dir ergangen?«, fragte er. Sein Kuss war kühl an meiner Wange.

»Ganz gut.« Ich erschrak, als mir klar wurde, dass das beinahe stimmte. Richtig gut ging es mir noch nicht wieder, aber doch besser, als es mir eine Zeit lang gegangen war. »Viel zu tun.«

»Ach ja? Gut siehst du heute jedenfalls aus.«

Er behielt mich sehr aufmerksam im Blick, so, wie man vielleicht eine Schlange im Terrarium oder einen großen Hund ohne Leine beäugen würde. *Kann die etwa raus? Wird sie mich beißen?*

»Soll das heißen, ich sehe sonst furchtbar aus?«

»Du weißt genau, dass es das nicht heißen soll. Warum müssen Frauen eigentlich immer alles falsch verstehen?«

Wir schwiegen beide. Ich spürte das übermächtige Verlangen nach einer Zigarette.

»Das ist der neue Look. Ich versuche mich an Valeria aus *Narcos*.«

Er zog die Mundwinkel nach unten und nickte.

»Was soll ich sagen? Steht dir.«

»Said?«

»Ja?«

»Scheiß auf Deutag. Im Ernst, scheiß auf die. Manche Leute sehen ihr Glück nicht mal, wenn sie es vor der Nase haben.«

»Stimmt«, sagte er. »Scheiß auf Deutag. Und scheiß auf Aberdeen. Ist sowieso viel zu kalt hier oben.«

Ein Schweigen richtete sich zwischen uns ein. Ich warf einen Blick Richtung Terrasse.

»Ich geh mal … da rüber. In den Raucherbereich.«

»Hey.« Er hielt mich zurück, schloss die Finger um mein Handgelenk.

»Was denn?«

»Mach die Hand auf.«

»Wieso?«, fragte ich mit halbem Lächeln. In mir regte sich der unwillkürliche Widerstand eines Menschen, dem befohlen wird, die Augen zuzumachen, sich nicht zu bewegen, dazubleiben. Ich ließ die Hand weiter hängen.

»Mach die Hand auf, dann siehst du schon.«

Ich öffnete die Hand. Er zog ein Plastiktütchen aus seiner Gürteltasche, tippte dagegen. Ein paar graubraune Kristalle landeten auf meiner Handfläche. Ich leckte sie auf, schüttelte mich, griff nach seinem Bier. Dieser Geschmack. Daran würde ich mich nie gewöhnen.

»Danke«, sagte ich zwischen zwei Schlucken.

Er lächelte matt.

»Jederzeit gern.«

Alles wiederholt sich. In so einer kleinen Stadt schließen sich Kreise schnell. Ich trat in die feuchte Luft hinaus und zündete mir eine Zigarette an. Hier hatten Caden und ich an dem Tag gesessen, als er mich in High Heels und ein Kleid stecken wollte. Es war heiß gewesen, Juni. Die Sonne knallte auf den Anbau herunter, die Sukkulenten sonderten ihren feuchten Atem ab, draußen drückten sich die Blätter an die Scheiben (so, wie jetzt die Nacht auf sie niederdrückte). Der ganze Raum fühlte sich an wie ein riesiges Terrarium, nur dass der Boden mit Birkenholzbohlen statt mit Erde ausgekleidet war. An dem Tag hatten wir auch das strubbelhaarige Baby erfunden. *Die hab ich erfunden.* Das hatten wir früher, in der Schule, immer gesagt, wenn wir die schüchterneren Mädchen einluden, die sich dann zu spät erblühten gesellschaftlichen Erfolgen mauserten.

Die hab ich erfunden; sie ist meine beste Erfindung. Nein, hast du nicht, ich war das. So hatte ich Said erfunden. Oder vielleicht auch er mich. Was spielte das jetzt noch für eine Rolle? Wir waren beide im Aufbruch.

»Die fährt ja wirklich voll auf dich ab!«

Der Back-to-Back hatte sich von hinten an mich herangeschlichen. Die blonde Frau stand jenseits der Glaswand und unterhielt sich mit ihrer Freundin. Im Profil sah sie angespannt aus, missmutig. Immer wieder drehte sie den Kopf Richtung Terrasse. Als sie sah, dass ich zu ihr hinschaute, erwiderte sie meinen Blick. Ihre Miene sagte, dass sie mich tot sehen wollte. Dass sie hoffte, ich würde bei einem Offshore-Brand umkommen.

»Da brauchst du gar nicht so erfreut zu klingen. Was genau ist eigentlich ihr Problem?«

»Ach, gar nichts. Wir haben ein paarmal gevögelt, das ist alles. Gut möglich, dass ich ihr meinen Penis nachher noch reinschiebe.«

»Echt?«

»Nehm ich schon an. Ist doch nichts dabei, oder?«

Ich zuckte mit einer Schulter und ließ meine Kippe in eine Pfütze fallen. Vom Dachfirst und aus den Regenrinnen tropfte Wasser herab, die kahlen Bäume neigten sich vertraulich zur Terrasse hin.

»Dann hör mal auf, dich ständig mit anderen Frauen zu beschäftigen. Geh rein und rede mit ihr.«

Obwohl ich meine gerade erst ausgedrückt hatte, beäugte ich neiderfüllt seine Zigarette. Ich war ein Mensch mit zu vielen Lastern geworden. Wenn ich aus Aberdeen fortging, würde ich mich von all dem reinigen.

»Kommst du noch mit ins Tunnels?«

Ich schüttelte den Kopf.

»Bin noch verabredet.«

»Heißes Date?«

»Kann man nicht behaupten.«

»Bist auch gar nicht für dieses Wetter angezogen. Mit deinem Strampler.«

»Das ist ein Jumpsuit!«

Er grinste. Diese herzzerreißend schiefen Zähne.

»Ist doch das Gleiche.«

Vom Wasser her zog der Nebel heran, schlängelte sich in feuchten Ranken durch die Straßen. Die Straßenlaternen umgaben sich mit ihren seichten Lichtteichen, denen es kaum gelang, durch die Schwaden zu dringen. Säulen aus Feuchtigkeit tanzten in ihrem blutleeren, orangefarbenen Schein. Ich schlang die Arme um den Körper und ging schneller. Ich war tatsächlich falsch angezogen, wie immer. Frauen aus dem Norden Englands wissen grundsätzlich nicht, wie man sich im Winter anzieht. Das ist ein alter Witz. Sie stapfen ohne Mantel auch noch durch Schneeverwehungen, nichts als einen Jumpsuit von 3.1 Phillip Lim und vier Schichten Selbstbräuner zwischen sich und den Elementen. Dabei hatte man als Frau in Wahrheit gar keine Möglichkeit, sich für den Winter in Aberdeen richtig anzuziehen, zumindest nicht, solange man seine Kleidung in Großbritannien kaufte. Ein Winter in Aberdeen war nach grausamsten, skandinavischen Maßstäben kalt. Seine Kälte kam aus einer anderen Epoche, es war eine Kälte, die in der heutigen Kultur keinen Platz hatte. Vor meinem Umzug hierher war ich der Meinung gewesen, ich wüsste, was frieren heißt, nämlich, in der feuchten Luft von Liverpool dahinzudümpeln oder an einem vergleichsweise eisigen Tag in London. Aber auch in der Hinsicht hatte ich mich getäuscht, wie in so vielem anderen.

Der Blonde wartete in einer Bar unweit der Bon-Accord Street. Die Bars von Aberdeen fielen für mich in drei Kategorien: schmuddelig, rau und langweilig (manche fielen auch in zwei Kategorien gleichzeitig, wie bei einem Venn-Diagramm). Diese mied ich eigentlich, nachdem ich sie ein paar Monate zuvor als »schmuddelig und langweilig« eingestuft hatte, aber wie überall sonst an diesem Abend war es auch hier voll. Die Leute schwappten schon aus der Tür auf den Vorhof, und an der quadratischen Theke mitten im Raum standen von zwei Seiten lange Schlangen. Das Personal glitt in seinem hölzernen Pferch umher, polierte Gläser, wischte den Tresen und ließ sich genüsslich Zeit. Der Mann fragte, was ich trinken wolle, und ich sagte, er solle mich überraschen. Er nahm mich beim Wort und brachte mir einen Cocktail, den ich nicht einordnen konnte und den ich mir auch nie selbst bestellt hätte. Dunkel, stark und überbordend süß. Zwischen den Eissplittern wippte eine Maraschinokirsche wie eine auf einer Eisscholle gestrandete Boje.

»Das sind Offshore-Leute, stimmt's?«, sagte ich und deutete mit dem Kopf auf ein Grüppchen auf der anderen Seite der Theke. Sie trugen Polohemden und enge Jeans, die Ärmel fielen ihnen bis über die Hände, und sie hatten sich an völlig willkürlichen Stellen die Haare ausrasiert. Und nicht nur das: Ihre jungen Gesichter glühten vor weihevoller, entschlossener *Englishness*.

»Wahrscheinlich«, sagte der Mann. »Erkennst du das inzwischen todsicher?«

Ich richtete den Blick wieder auf ihn.

»Bei Männern in deinem Alter wird's ein bisschen schwieriger. Aber … die Jungen sehen alle gleich aus.«

»Wirst sie bestimmt vermissen, wenn du wieder weg bist, was?«

Die Frage überraschte mich. Darüber hatte ich noch gar nicht nachgedacht. Mit diesen Männern zu reden war mein Job. Ein Job, den ich mir zugegebenermaßen selbst ausgedacht hatte, der aber trotzdem mit der gleichen gelegentlichen Langeweile, dem gleichen Gefühl von Zumutung einherging wie ein klassischer Bürojob.

»Wahrscheinlich. Zurzeit kommen sie für mich dem am nächsten, was man so Kollegen nennt.«

»Ich weiß ja ehrlich gesagt nicht, wie du das hinkriegst. Wenn ich hier mal zwei Tage festsitze, fang ich an, mich mordsmäßig zu langweilen, und fühle mich mordseinsam. Ich hasse Alleinsein.«

Ich spießte die wippende Kirsche auf und musterte den Mann noch einmal. Im schummrigen Licht wirkten seine Pupillen riesig, und er schielte leicht. Das helle Haar stand büschelweise in die Höhe, wie verklumpte Federn. Er sah aus, als hätte er in einem Container übernachtet.

»Was denn?«, fragte er. »Was ist so lustig?«

»Du. Manche Dinge sieht man den Leuten eben sofort an. Es war total offensichtlich, dass du so sein würdest. Das meine ich übrigens nicht als Beleidigung. Es ehrt dich, dass du andere Menschen magst.«

Wir saßen jetzt in einer Nische am Rand der Tanzfläche.

Die Musik war laut, wir mussten einander ins Ohr schreien, um uns überhaupt zu verständigen. Am Tisch nebenan saß ein Grüppchen junger Frauen mit auf schlichte Weise teuer aussehenden Handtaschen und langen, glänzenden Haarbahnen. Eine trug bernsteinfarbene Kontaktlinsen, die anstelle der Pupillen vertikale Schlitze hatten. Eine andere zeigte beim Lachen lange weiße Schneidezähne, die zu Fängen zurechtgefeilt waren. Aberdeener Prinzessinnen. Wenn Männer sich über sie beklagten, beklagten sie sich in Wahrheit über das Wesen der ganzen Stadt: verschlossen, geldgeil, streng. Diese Frauen verorteten ihren Unmut, gaben ihm einen Namen.

Ich selbst spürte bei ihrem Anblick eine Einsamkeit ganz anderer Art. Mir fehlen meine Freundinnen, dachte ich, als ich zusah, wie sie sich auf die Tanzfläche verlagerten. Wie achtlos hatte ich sie fallen lassen, als ich hierherzog! Man braucht Jahre, um einen Menschen richtig kennenzulernen, um solchen Verbindungen den Boden zu bereiten und sie reifen zu lassen, und ich hatte meine weggeworfen, als könnten in einem halben Jahr neue Freundschaften von ähnlicher Qualität entstehen.

»Gehen wir woandershin«, sagte ich. »Hier ist es zu laut.«

»Ins Monkey House?«

Ich schüttelte den Kopf. Das Monkey House war noch so ein Zwei-Kategorien-Ort, abgelegt unter »schmuddelig und rau«.

»Was ist mit deinem Hotel? Da könnten wir an der Bar noch was trinken.«

»Da sind doch nur Schwachköpfe.«

»Genau. Die Sorte Schwachköpfe, mit denen ich reden will.«

»Nein«, erklärte er unerwartet bestimmt. »Die seh ich in den nächsten drei Wochen noch oft genug.«

Ich sah zu der Gruppe auf der anderen Seite der Theke hinüber. Entwurzelte englische Männer. Oder Jungs, ganz objektiv betrachtet.

»Weißt du, ich habe mein allererstes Interview in deinem Hotel geführt. Da war so ein grässlicher Typ. *Jason.* Er hat mich als Hure bezeichnet. Ich bin ganz schön geladen abgerauscht, mitten im Interview.«

Er erwiderte meinen Blick. Seine Augen hatten diesen blassen, metallischen Farbton, der immer als »blau« bezeichnet wird, obwohl bei genauerem Hinsehen gar kein Blau darin enthalten ist.

»Nicht Jason«, sagte er. »Jayden.«

»Wie bitte?«

»Der Typ, den du meinst. Er heißt Jayden. Ich kenne ihn. Ich kenne die Geschichte.«

Wieder kribbelten mir die Handflächen. Unter der Tischplatte grub ich die Finger hinein. Mein Herz, gegen solche Behandlungen immun, hämmerte gegen den Brustkorb. Ich spürte ein Beben im ganzen Körper. Das Kraftfeld meines früheren Lebens griff auf meine Gegenwart über. Als ich aufsah, merkte ich, dass er mich aufmerksam musterte, seinen nächsten Schritt abwog.

»Ich nenn dir jetzt mal einen Namen«, sagte er. »Caden Doyle.«

Die Nordsee ist ein Dorf. Verwunderlich war nicht, dass es passierte, sondern vielmehr, dass ich mit so vielen Männern hatte sprechen müssen, bis es passierte. Kurz erwog ich, zu lügen und zu behaupten, ich würde ihn nicht kennen, aber dann dachte ich, dass er das wohl getan hätte. Ich spürte ihren Atem an meinem Ohr, Rachel, meine ständige Begleiterin in diesen Tagen. *Eins mach ich nämlich nie, und das ist lügen. Hat er dir sicher erzählt.* Ländliche Syntax, Dorfgrammatik. Weit und breit berühmt für Treu und Redlichkeit.

Einst hatten wir uns geliebt, gewaltig genug, um eine Familie zu zerstören. In den Wochen und Monaten, die seither vorbeigeglitten waren, hatte diese Liebe die rutschige, trügerische Struktur eines Traumes angenommen. Damals aber war sie nur allzu real gewesen.

»Ich kenne Caden«, sagte ich. »Wenn auch nicht sehr gut.«

Er lächelte, genoss meine Gesellschaft jetzt, da wir einen gemeinsamen Bezugspunkt gefunden hatten, umso mehr.

»Weißt du, als du das eben erzählt hast, dachte ich gleich: Das hab ich doch schon mal gehört. Ich hab's gleich am Tag, nachdem es passiert ist, erzählt bekommen. Und dachte mir: ›So viele Journalistinnen oder Frauen, die Offshore-Arbeiter interviewen wollen, kann's hier draußen doch nicht geben.‹«

»Stimmt. Da bin nur ich. Soweit ich weiß.«

»Caden ist echt so ein Spinner. Ich kenn den noch von zu Hause. Der hatte ständig was am Laufen.«

Und dann verspürte ich den Zorn, den jede Frau verspürt, wenn sie erfährt, dass der Mann, der ihr das Herz gebrochen hat, noch atmet. Warum lebte Caden überhaupt noch? Welchen Zweck hatte er noch zu erfüllen? Und warum zog er noch um die Häuser und hatte Spaß, wo er doch auf dem Boden einer schmucklosen Dachkammer hocken und Tränen über meine alten Textnachrichten vergießen sollte? Es lag etwas Dreistes, Starrsinniges in seiner Vitalität, seinem Beharren darauf, einfach da zu sein, genau wie vorher. Ihm ging es blendend, ich war bis in die tiefsten Zellstrukturen verändert. Das war einfach nicht fair. Es war nicht fair! Er hatte etwas in mir getötet. Dafür hätte er büßen müssen, indem er sich selbst tötete.

»Ach ja?«, sagte ich. »Darüber weiß ich nichts.«

Der Blick des Mannes ruhte auf meinem Gesicht, als hätte er dort einen gewissen Trost gefunden.

»Echt nicht?«, sagte er.

Wieder floss Caden vor mir ins Bild. Regenjacke. Zwei tiefe Kerben rechts und links vom Mund. *Ich liebe dich*, flüsterte die Erscheinung. *Ach, fick dich doch*, gab ich zurück.

»Das letzte Mal hab ich ihn tatsächlich hier getroffen. Er hat geschäumt. Keine Bar wollte ihn mehr reinlassen.«

»Hattet ihr ne kleine Spielrauferei?«

Er legte den Kopf schief und sah mich scharf an.

»Was hast du gesagt?«

»Nichts.«

»Klang aber nicht wie nichts.«

Die Erscheinung war immer noch da. Sie lächelte mir aufmunternd zu, wie Eltern beim ersten Klaviervorspiel. *Na komm, sag's dem Jungen ruhig. Tote lassen sich nicht mehr verleumden.*

Ich schüttelte den Kopf, um sie zu verscheuchen.

»Nichts Wichtiges. Lass uns über was anderes reden.«

Wenn die Hubschrauber kommen, das ist wie Weihnachten.
Das Beste überhaupt. Man hört ja immer diese ganzen Ge-
schichten von den Super Pumas, aber wenn einer kommt,
um dich abzuholen, und es ist ein Chinook, ist dir das auch
egal. Aberglaube kann man sich eh nicht leisten. Man läuft
ja ständig unter Leitern durch, jeden Tag, von morgens bis
abends. Aber da war dieser eine Typ, den ich auf der Taqa
Eider erlebt habe. Das war der Vorarbeiter von den Gerüst-
bauern, er trug immer Lederhandschuhe. Bei jedem Einsatz
ist er am letzten Tag raus auf die Plattform gegangen und
hat seine Handschuhe in die Nordsee geworfen. Das war so
sein Ritual. Er sagte damit: Ich hab den gottverdammten
Einsatz beendet. Ich hau jetzt ab.

9

CLYDE

»Und zu Hause ist wo?«

Während er mich das fragte, schaute ich auf seinen Mund. Seine Lippen waren schmal, die Mundwinkel zeigten nach oben. Dadurch sah er fröhlich aus, selbst wenn sein Gesicht ganz entspannt war, es hatte die gleiche Wirkung wie ein echtes, natürliches Lächeln. Ich konnte ihn nicht anschauen, ohne das Lächeln zu erwidern.

»In Stockton«, sagte ich.

*

An meinem letzten Abend in Aberdeen war ich mit Ryan verabredet, dem einzigen Menschen in dieser Stadt, den ich jetzt, da Said fort war, als eine Art Freund bezeichnen konnte. Ein paar Wochen zuvor war er plötzlich aus einem der Gässchen am Hafen getreten und hatte mich angesprochen. Er humpelte leicht, das Überbleibsel einer alten Verletzung, die er sich auf der Ninian South zugezogen hatte. Er war von einem Stahlträger abgerutscht, hatte sich einmal gegen den Uhrzeigersinn in seinem Sicherungsseil gedreht und war gegen ein Bein der Plattform geknallt. Trotzdem gelang es ihm ohne weiteres, mit mir Schritt zu halten.

»Wie heißt du?«, fragte er.

»Pascale«, antwortete ich.

»Wie die Maßeinheit?«

»Mit einem e hinten dran.«

»Und wohin geht's, Pascale mit e hinten dran?«

Inzwischen war ich so daran gewöhnt, mich mit Fremden zu unterhalten, dass es mir gar nicht weiter gefährlich oder auch nur merkwürdig erschien, als dieser kleine Mann plötzlich aus dem Durchgang trat und mich in ein Gespräch verwickelte. Mit das Anziehendste an Ryan waren seine Taschen, die immer voller Koks waren; er bezog es per Post aus Doncaster, und es war so stark, dass mir schon nach einer Line die Luft wegblieb, während mein Kopf von beschleunigten Erkenntnissen widerhallte. Als ich an dem Abend dasaß, kleine Häufchen des Pulvers auf meinen Küchentisch schüttelte und sie zu Lines zerteilte, dachte ich mir, dass ich Ryan mochte – sein schluffiges Äußeres verbarg eine weiche Künstlerseele –, das Koks aber fast noch ein bisschen mehr.

Und so hatte es auch seine Richtigkeit. Ich kannte Ryan schließlich kaum. Koks hingegen war mir schon seit gut zwanzig Jahren ein scharfzüngiger Gefährte. In mancher Hinsicht hatte ich in meinem Erwachsenenleben bisher keine erfolgreichere Beziehung geführt. Es machte mir keine falschen Versprechungen. Es ging sehr offen mit seinen Schwächen um. Und wenn ich beschloss, unsere Verbindung eine Zeit lang ruhen zu lassen, wie es hin und wieder vorkam, stand es nicht vor meiner Tür und versuchte, mich mit allen Mitteln zurückzugewinnen, es rief auch nicht ständig von sieben verschiedenen Nummern an oder belästigte mich mit unerwünschten Textnachrichten. Es respektierte meine Entscheidung und ließ mich in Frieden.

Um drei rief sich Ryan ein Taxi, und ich drängte ihm ohne Vorwarnung Cadens Besitztümer auf: ein paar nie benutzte Elektrogeräte, noch originalverpackt, eine kurze Hose, vier Poloshirts von Hugo Boss. Ich war schier daran verzweifelt, einen Mann zu finden, der klein genug war, dass sie ihm passen würden, aber das Schicksal hat seine eigenen Methoden, Unerledigtes zu klären, und Ryan war nicht nur im selben Bereich tätig wie mein Ex-Lover, sondern auch ähnlich zierlich gebaut, was mich zu der Frage führte, ob eine kleine Statur wohl zu den Einstellungsvoraussetzungen zählte. Es machte mir Freude, ihn mit den Symbolen meiner verflossenen Liebe auszustatten: Spontankäufen, Freizeitkleidung.

Das Taxi kam, und Ryan verschwand in der Nacht, die schwarze Kapuze bis ins Gesicht gezogen, die nagelneuen Geräte unter den Arm geklemmt. Ich schloss die Tür in dem Wissen, dass ich ihn nie wiedersehen würde. Noch ein durchtrenntes lockeres Band. Noch eine gelöste Fast-Freundschaft.

Ein paar Stunden später wachte ich auf und packte rasch meine Sachen. Es war erstaunlich leicht, all die Dinge, die ich gekauft hatte, zurückzulassen. Die wintertauglichen Bettdecken, die dickbäuchigen Vogelbecher, die weißen Geschirrtücher. Sie hatten keine Geschichte, die sie an mich band. Ein paar schafften es dennoch in mein Gepäck: die leichte Wolldecke, das Kissen mit dem Hundekopf, Saids überteuerter Dosenöffner. Der glänzte mit derselben edelstählernen Dreistigkeit aus den Tiefen des Koffers hervor, die er auch auf dem Abtropfgitter zur Schau gestellt hatte. Er hatte immer gewusst, dass er gerettet werden würde. Als ich dem Makler die Schlüssel vorbeibrachte, fiel die Begrüßung kühl aus. Diesmal hatte er ja nichts zu verkaufen, und es war auch noch nicht allzu lange her, dass ich ihn angerufen hatte, um mich wegen des Handwerkers zu beschweren.

Am Flughafen war ich zu früh, der Check-in hatte noch nicht angefangen, und so setzte ich mich in die Bar, ein niedriges Mäuerchen aus Gepäck um mich herum. Männer durchquerten die leere Halle, ihre Schatten fielen bleich auf den weiß gekachelten Fußboden. Sie zogen in Zweier- und Dreiergrüppchen herum, beladen mit Taschen und mit demoralisierter Miene, wie Vertriebene aus einem gescheiterten Staat. Einer von ihnen setzte sich neben mich. Sein Gesicht hatte einen leicht asiatischen Einschlag – breite Wangenknochen, schmale Augen –, seine Haare aber waren dunkelrot, zum Pilzkopf geschnitten, und er hatte ausgesprochen rosige Haut, als hätte er sich das Gesicht mit einem heißen Musselintuch abgerubbelt. Er trug einen khakifarbenen Trainingsanzug, den Reißverschluss hatte er bis unters Kinn zugezogen, wie ein Boxer an seinem freien Tag.

»Ich bin auf der Suche nach Männern wie dir«, sagte ich. »Ich schreibe ein Buch über Offshore-Arbeiter.«

»Bist du Journalistin, oder was?«

Sein Akzent klang ein bisschen wie meiner, nur mit rollendem, walisisch anmutendem »R« und einem zähflüssigbrummigen Cheshire-Einschlag.

»Du würdest mir echt einen Gefallen tun. Ich habe schon so viele Männer aus dem Nordosten. Da könnte ich noch einen aus dem Nordwesten brauchen. Zum Ausgleich.«

Diese Unausgeglichenheit bei meinen Interviewpartnern, sagte er, spiegele die Zahlen offshore. Es gebe viel zu viele aus Teesside. Die seien wie die Heuschrecken. Sie hätten die Clyde und jede einzelne andere Plattform im zentralen Teil der Nordsee fest im Griff. Jedes Mal, wenn man kurz nicht hinschaute, hätten sie sich schon wieder vermehrt. Was ja nicht weiter schlimm sei, wenn es bloß nicht dermaßen schrecklich wäre, mit ihnen zu arbeiten. Wenn sie nicht gerade über das Essen meckerten – außer überbackenen Hähnchenschnitzeln und Fritten mit Spiegelei lehnten sie alles ab –, tönten sie im Aufenthaltsraum viel zu laut herum, belegten viel zu viel Bandbreite, um per FaceTime mit ihren Weibern zu streiten, besetzten die besten Geräte im Fitnessraum, um dort ihre ekelhaft dickflüssigen Proteinshakes zu schlürfen, oder kritzelten mit Edding BORO BOYS ON TOUR an die Wände der Klokabinen, als wären sie noch auf der Schule. Kurzum, sie behandelten die ganze Plattform wie einen Vorort von Middlesbrough und die Arbeit wie einen einzigen, langen Partytrip mit ihren Kumpels. So was passiert halt, wenn man eine komplette Stadt woandershin verpflanzt. Die glauben dann, alles gehört ihnen.

»Die kaufen sich ihre Aufträge«, sagte er und verzog verballhornend das Gesicht. »Ooooh, ich hab schon da und dort gearbeitet. Wir sind für dies und jenes qualifiziert. Diesen Job hab ich gekriegt und jenen Job auch.‹ Alles nur Show! Die Geschichten haben sie von ihren Kumpels gehört. Ändern nur hier und da den Namen.«

Ich gab mir Mühe, meine Miene im Zaum zu halten und ein gewisses Erstaunen zu verströmen, als könnte es mich auch nur ansatzweise verblüffen, dass ein Mann aus Teesside

nichts für gutes Essen übrighat und Lügengeschichten erzählt.

»Früher dachte ich immer, das ist ein generelles Nord-
ost-Ding, inklusive Tyneside. Aber das stimmt nicht. Ist
ein reines Teesside-Ding. Die brüllen einfach lauter als alle
anderen zusammen. Sie glauben, Boro ist der Nabel der
Welt. Und sie glauben, wenn sie nicht wären, würde die
ganze Plattform absaufen. Was die manchmal für einen
Scheiß reden … ›Zu Hause machen wir's immer so und so.
Zu Hause kaufen wir immer das und das.‹ Da will man doch
nur noch sagen: Pass auf, Kumpel, du laberst Müll.«

Er stieß den Zeigefinger in meine Richtung. Ich zuckte
unwillkürlich zurück.

»Und was genau machst du?«, fragte ich.

»Ich bin Isolierer.«

»Wie bist du reingekommen?«

»Der Vater meiner Ex-Frau hat offshore gearbeitet. Er
meinte, ich soll mich bewerben.«

»Du siehst viel zu jung aus, um schon eine Ex-Frau zu
haben.«

Er lachte.

»Hey, ich bin uralt. Ich werd nächsten Monat neunundzwanzig. Wenn ich mich hinsetze, knackt alles!«

»Hat er dir geholfen?«

»Ach was! Der würde nie irgendwem helfen. Er war damals schon ein knickriger Schweinehund, und genau das ist
er immer noch. Sekunde …«

Er warf einen Blick auf mein Smartphone.

»Darf ich überhaupt fluchen?«

Und ich fragte mich, wie schon so oft, was diese Männer

eigentlich glaubten, woher ich meine Autorität bezog. An wen dachten sie tatsächlich, wenn sie mich fragten, ob sie fluchen »dürften«?

»Alles gut. Du kannst ruhig fluchen. Hört ja nur mein Telefon.«

Er erzählte mir noch ein bisschen von seinem Heimatort, der nur drei Autobahnausfahrten von meinem entfernt lag, für mich aber trotzdem komplettes Neuland war. Es war der Ort in dieser reichen Grafschaft, wo diejenigen landeten, denen das Schicksal übel mitspielte. Die Bankrotten, die Arbeitslosen, die Geschiedenen, die Enteigneten. Eine kulturlose Einöde, ein Ort ohne klar umrissenes Profil, näher an Liverpool als an Manchester, obwohl es auch dort Fans von Manchester United gab, ihrer Stadt so fern wie Muslime auf dem Balkan den heiligsten Stätten ihrer Religion. Die einzigen halbwegs gut bezahlten Stellen fanden sich in der Ölraffinerie, und auch die hatten ihren Preis. Die Luft war schlecht, die Zahl der Atemwegserkrankungen hoch.

Nichts sprach für die Stadt, und doch gingen nur die wenigsten von dort weg. Mit viel Glück schafften sie es in einen der angrenzenden Vororte, aber die Stadt übte eine seltsame Anziehungskraft auf sie aus, die sie zwang, in ihrer Reichweite zu bleiben. Ihr begrenztes, engstirniges Wesen war zugleich Ursprung und Symptom dieses Stillstands. Frisches Blut gab es keins, mit Ausnahme einer beachtlichen Anzahl von Travellern, die vor einigen Jahren dort Station gemacht und beschlossen hatten zu bleiben. Ansonsten kannte jeder jeden, und alle zogen ununterbrochen übereinander her. Selbstverwirklichung galt als suspekt, Erfolg als etwas völlig Beliebiges. Klassische Krabbenkorb-Mentalität, sagte der Mann, trank sein Bier aus und wischte sich mit dem Handrücken den Mund ab.

»Klingt ziemlich scheiße«, sagte ich.

»Klar, dass du das so siehst.« Er grinste. »Du bist ja auch total vornehm.«

»Ich bin überhaupt nicht vornehm«, entgegnete ich (mein gebetsmühlenhafter, quengeliger Standardprotest in letzter Zeit). »Ich habe nur so einen hochtrabenden Vornamen. Meine Mutter ist Lehrerin. Sie dachte, der Name gibt mir mehr Möglichkeiten.«

»Und wie läuft das so für dich?«

Hinter uns klopfte der Regen ans Fenster. Die Blätter waren von den Bäumen gefallen, die Stadt gab sich grau und abweisend im kühlen Winterlicht. Auch der Kalender war kahl, bis Weihnachten ohne jede Feierlichkeit. Es war noch gar nicht lange her, da hatte ich Weihnachten immer als Werbeveranstaltung für mich und mein Londoner Leben betrachtet. Die Wochen davor waren eine Zeit der fieberhaften Vorbereitung: abnehmen, Zähne bleichen, Augenbrauen zupfen und Wimpern färben; Haare schneiden und mittels einer chemischen Lösung glätten lassen, Gelnägel auf die Zehen aufbringen, mit einer Mischung aus Hyaluronsäure und Eigenblut die Augenringe aufspritzen. So ließ ich mich dann in den Pubs blicken, in denen ich als Teenager gesoffen hatte, damals, als ich noch mit ungebleichtem Zahnschmelz und jungfräulichen Augenhöhlen leben musste, und gab mich selbstgefällig darüber, wie weit ich es gebracht hatte, wie viel Abstand ich zwischen mich und das jugendliche Landei gebracht hatte, das ich einmal gewesen war.

Jetzt aber erwies sich die Anziehungskraft meiner Heimatstadt als unwiderstehlich. Ich würde auf absehbare Zeit dorthin zurückgehen, und die Lücke zwischen den beiden Ichs würde sich wieder schließen. Das Verschwimmen der Zeit, das ich erlebte, wenn ich neuen, garage-haften House hörte, hatte sich letztlich als Vorahnung erwiesen, denn die zwanzig Jahre seither zählten im Grunde gar nichts. Vielleicht würde ich ja, wenn ich wieder dort war, bei meinem damaligen Freund vorbeischauen und ihn überreden, mit mir in seinem Wagen eine Runde zu drehen. Dann könnte ich ihm erzählen, dass mein Versuch fortzugehen, nichts weiter war als ein gescheitertes Experiment, dass ich die Rolle der Erwachsenen die ganze Zeit einfach nur sehr überzeugend gespielt hatte, dass es damit aber vorbei und ich frei sei, zu ihm zurückzukehren.

Und dann könnten wir den Rest unseres Lebens damit verbringen, unsere Turnschuhe korrekt zu schnüren, unsere Outdoor-Jacken in der Taille zusammenzunehmen, alte Rechnungen zu begleichen, mit Rivalinnen und Rivalen, die ebenfalls kurz vor der Lebensmitte standen, und ganz generell all die ernsthaften Gebote zu befolgen, die er erlassen hatte. Er war jetzt schon seit Längerem wieder auf freiem Fuß. Außer natürlich, er saß schon wieder. Was durchaus möglich war – sogar sehr wahrscheinlich, denn das Leben ist nur eine Aneinanderreihung von Kreisläufen und Abfolgen, und bis auf die Fähigsten unter uns sind wir alle dazu verdammt, sie ständig zu wiederholen, bis in den Tod.

»Bestens, vielen Dank«, sagte ich.

*

Wir gingen gemeinsam über das Rollfeld. Am anderen Ende der Startbahn stapfte eine Gruppe Männer in gelben Überlebensanzügen in ungeordneter Formation durch den Nieselregen. Aus der Ferne sahen sie aus wie Kinder, die in einer langen Reihe durch die Stadt ziehen und einander an den Leuchtwesten halten. Es hieß, die Arbeiter hätten das Recht, den Flug in einem Super Puma abzulehnen. Aber wer würde bei solchen Witterungsbedingungen je von diesem Recht Gebrauch machen? Unser Flugzeug blieb so lange in der Warteposition, dass man schon das Gefühl hatte, wir würden nie vom Fleck kommen. Ich schaute hinaus in die viel zu früh einsetzende Dunkelheit und bereitete mich auf den Ernstfall vor. Was, wenn wir nicht starten konnten? Wenn wir hier für immer festsäßen?

Nichts davon sprach ich aus, aber ich hatte den Eindruck, dass den Mann ähnliche Befürchtungen plagten, denn als das Flugzeug schließlich doch die Startbahn entlangrollte und sich emporhievte, hoch und immer höher durch den Regen und die turmhohen schwarzen Wolken, fragte ich ihn, worauf wir trinken sollten. Er stieß sein Glas leicht gegen meines und sagte:

»Darauf, dass wir doch noch heil aus dieser beschissenen Stadt rauskommen.«

Der Flieger war halb leer, was früher für einen Dienstag sehr ungewöhnlich gewesen wäre, inzwischen aber nicht mehr. Bis auf das Dröhnen der Triebwerke und das Klirren des Getränkewagens, der sich langsam entfernte, war es still. Der Mann schälte sich aus seiner Jacke und enthüllte sehnige, weiße Unterarme. Er stach insofern heraus, als er keine sichtbaren Tattoos hatte. Unverzierte Männerhaut wirkte inzwischen richtig seltsam auf mich, bleich und schutzlos, wie das Gesicht einer ungeschminkten Frau. Er hatte lange, schmale Hände, die Finger waren mit hellen Sommersprossen gesprenkelt. Auch seine Beine waren lang. Selbst wenn er sie zur Seite streckte, auf den Gang hinaus, schien er es nicht allzu bequem zu haben.

»Du bist ganz schön groß«, bemerkte ich und nippte an meinem Drink.

»War ich schon immer.«

Mit dem vierten Whisky in der Hand hatte ich das Gefühl, über dem dahinplätschernden Gespräch zu schweben und sogar über dem Konzept, dass Dinge Folgen haben.

»Ich habe ja nie kapiert, was für ein Aufhebens um große Männer gemacht wird. Frauen erzählen immer, dass sie sich bei ihnen ›sicher‹ fühlen. Aber rein statistisch gesehen ist die Gefahr, als Frau vom eigenen Partner umgebracht zu werden, am größten. Wenn man sich also sicher fühlen möchte, ist man doch eigentlich viel besser beraten, sich für jemand Kleines zu entscheiden, gegen den man sich zur Not wehren kann.«

»Ich bring dich nicht um. Falls das deine Sorge ist.«

»Nein«, sagte ich. »Ich … rede nur so vor mich hin.«

»Dann stehst du also auf Winzlinge? Schade.«

»Ehrlich gesagt gönne ich mir da gerade eine Pause. Mein Ex war klein.«

Er grinste auf mich herunter.

»Hast dich wohl oft mit ihm geprügelt, was?«

»So witzig ist das nicht.«

»Sorry. Was ist denn passiert?«

»Er mochte alles nur nagelneu.«

Zu jedem anderen Zeitpunkt hätte ich diese Frage ganz anders beantwortet. Mein Denken durchwanderte verschiedene Phasen und Moden, in deren Verlauf ich diversen Menschen und Ereignissen die Schuld zuschob, bis ich mich schließlich darauf verlegt hatte, sie bei mir selbst zu suchen, was mir zumindest die Illusion einer gewissen Macht vermittelte. Ich war selbst schuld daran, dass ich in Ungnade gefallen war, einen Überschuss von mir produziert hatte. Manche Frauen waren wie Gold: von beständigem Wert, beständig begehrt. Und manche waren wie Rohöl: aufs Jämmerlichste den Marktschwankungen unterworfen. Aber jetzt lag Aberdeen viele Kilometer hinter mir, und der Abstand war wie ein klärender Stich. Zum ersten Mal sah ich das Gesamtbild, so wie der Blick aus dem Fenster mir bei besserem Wetter die gesamte Stadt enthüllt hätte: ihre steinernen Vororte, die Kette aus dunklen Wäldern und abschüssigen Feldern ringsherum, ihr kaltes Verhältnis zum Meer.

Meine Hand wanderte aufwärts, um mit dem Kreuz an meinem Hals zu spielen. Eine längst überholte Geste. Die Kette war nicht mehr da. Vor ein paar Tagen hatte sie sich nach dem Haarewaschen irgendwie im Föhn verfangen. Ich musste hilflos zusehen, wie das silberne Band sich um den rotierenden Propeller in seinem Inneren wickelte und sich zugleich wie eine Schlinge immer fester um meine Kehle schloss. Ich zog daran, aber dadurch wurde es nur noch enger. Nach kurzem, vergeblichem Kampf – der mir minutenlang erschien, obwohl es sicher nur ein paar Sekunden waren – riss sie schließlich an zwei Stellen. Vom Kreuz gemartert. Eine neue Dimension der alten Angst, einsam zu ersticken.

»Er war verheiratet. Zwischendurch hat er sie sogar kurz verlassen. Es ging uns gut, bis sie herausgefunden hat, wer ich bin.«

»Hatte er Kinder?«

Ich hielt zwei Finger in die Höhe.

»Zwillinge. Zwei Mädchen.«

Die Zwillinge. Nie anders erwähnt als im Doppel. Sein Startbildschirm zeigte ein Foto von ihnen, in identischen Fußballtrikots vor einem frisch mit Teeröl bepinselten Zaun. Ich wandte immer den Blick ab, wenn er sein Smartphone zückte, sodass ihre Gesichter nur verschwommene, nichtssagende Ovale waren, wie die Douens aus der Sagenwelt Trinidads oder meine frühen, impressionistischen Vorstellungen von ihm.

»Wie hat sie dich denn gefunden?«

»Keine Ahnung, wie sie an meine Nummer gekommen ist. Aber dann hat sie mir eine Nachricht geschickt und so getan, als wäre sie von ihm.«

»Schlicht, aber klassisch. Find ich super!«

Der Mann wirkte belustigt. Er hörte so eine Geschichte nicht zum ersten Mal. All das verpulverte Geld, all die investierte Energie, nur um sicherzustellen, dass wir uns nicht billig vorkamen. Aber dann hatte uns das Klischee doch eingeholt. Ich musste daran denken, wie ich damals in der Bahnhofshalle gestanden und auf ihn gewartet hatte. Die Lautsprecheranlage ließ ihr Signal hören und rezitierte ihre Litanei nie gesehener Ortschaften im Norden, die mir nichtsdestotrotz vertraut vorkam, weil ich sie schon so oft gehört hatte: Inverurie, Elgin, Forres, Nairn.

Damals sah ich den Fahrgästen zu, die in den Zug stiegen,

und wünschte mich, wenig loyal, zu ihnen, wollte selbst aus dem Bahnhof rollen und ihn und das ganze Chaos, das er sich eingebrockt hatte, weit, weit hinter mir lassen. Ich überlegte, ihn noch um Verzeihung zu bitten, entschied mich aber dagegen. Täte ich es, das wusste ich, wäre es Teil des Protokolls und könnte gegen mich verwendet werden, wie bei einer Autofahrerin, die sich am Schauplatz des Unfalls entschuldigt. So, wie die Dinge sich danach entwickelten, hätte ich mir darüber keine Gedanken zu machen brauchen. Es wurde ohnehin gegen mich verwendet.

»Danach ging alles massiv den Bach runter. Er fuhr nach Hause, um seine Sachen zu holen. Und rief mich jeden Tag an, mit diesen … Statusmeldungen. Eine ihrer Freundinnen war in einer Bar auf ihn losgegangen. Seine Mutter und seine Cousine mussten sie gemeinschaftlich zurückhalten. Später ist *sie* dann in der Stadt auf ihn losgegangen. Da konnten nur noch ein paar Türsteher helfen.«

»Und zu Hause ist wo?«

Der Mann beäugte mich mit neu erwachtem Misstrauen.

»Das spielt keine Rolle.«

»*Wo?*«

Während er das fragte, schaute ich auf seinen Mund. Sah die Illusion, die seine Lippen erzeugten, und spürte, wie als Reaktion darauf ein dümmliches Lächeln um meine Mundwinkel zuckte.

»In Stockton«, sagte ich.

»Wo? Lauter, ich hör dich so schlecht.«

»In Stockton-on-Tees.«

Er schlug triumphierend mit der flachen Hand auf seinen Klapptisch.

»Hab ich's nicht gesagt? Alles Krawallmacher!«

»Das ist noch gar nichts. Er hat mir erzählt, einmal hätte er gesehen, wie sie eine Frau, mit der sie Krach hatte, über eine Mauer gezerrt hat.«

Der Mann schüttelte nur den Kopf und grinste in seinen Drink.

»Mann, die Frauen da oben fackeln echt nicht lange.«

»Mir hat er immer gesagt, ich wäre seine Droge, aber eigentlich war sie es, die das Suchtverhalten bei ihm ausgelöst hat. Er konnte einfach nicht aufhören, vor ihr zu kapitulieren. Jedes Mal, wenn sie anrief, ist er aufgesprungen und aus dem Zimmer gerannt. Und sie hing ständig am Telefon. Da ist mir klar geworden, dass sie sich vielleicht scheiden lassen würden, ihre Ehe aber dadurch noch lange nicht gelöst wäre. Die waren richtig besessen voneinander. Als er erfahren hat, dass sie beim Anwalt war, dachte ich, er fällt gleich in Ohnmacht. Wahrscheinlich, weil es dann alle mitbekommen würden. Und sie hätte richtig viel Geld gekriegt.«

»Heiraten ist reiner Nepp. Ich hab drei Kinder. Meine Unterhaltszahlungen sind astronomisch.«

Ich ignorierte seinen Versuch, das Gespräch wieder auf sich zu lenken. Wann hatte sich der Schwerpunkt meines Mitgefühls eigentlich so sehr vom Rechnungszahler auf meine Geschlechtsgenossinnen verlagert? Vielleicht, als mir das Geld ausgegangen war und ich folglich auch keine Rechnungen mehr bezahlte.

»So ging's los. Anfangs waren es nur Kleinigkeiten. So subtil, dass sie sonst niemand wahrgenommen hätte. Er hat ein klein wenig länger gebraucht, um auf meine Nachrichten zu antworten. Hat versprochen, mich anzurufen, und es dann vergessen. Und wenn ich ihn drauf ansprach, meinte er, das bildete ich mir nur ein. Und ich hätte es ihm fast geglaubt. Wenn ich es nicht gespürt hätte. Die ganze Zeit hatte ich so ein Grummeln im Magen. Wenn wir geredet hatten, ging es weg. Aber es kam jedes Mal nach ein paar Stunden wieder. Wie Hunger.«

Der Mann fischte den Zitronenschnitz aus seinem Drink und kaute darauf herum.

»Bauchgefühl«, sagte er.

»Er trank zu viel. Das Geld lief ihm wie Wasser durch die Finger. Und immer wieder hat er sein Telefon ausgeschaltet und war weg. Ich war ganz krank vor Sorge. Ich konnte nicht mehr schlafen. Nichts mehr essen. Ich hatte Angst, er würde umkommen oder zu ihr zurückgehen, was in meinem Kopf aufs selbe rauskam. Ich ließ mir Schlaftabletten verschreiben, aber die haben nichts genützt. Die Angst hat sich einfach in meine Träume gebohrt.«

Ich erinnerte mich noch gut an diese Träume. Gar nicht so sehr an den Inhalt, aber an das beklemmende Gefühl. Immer wieder tauchte er plötzlich vor mir auf, ging weiter, in einen unterirdischen Tunnel oder auf die Bühne – der Flughafen von Aberdeen hatte sich in einen düsteren, muffigen Raum verwandelt, der an eine Schulaula erinnerte –, und löste sich schließlich mit einem leisen Knall, wie vom Blitz einer altmodischen Kamera, in Rauch auf. Ich gehörte nicht zu den Frauen, die Fantasien von einer Hochzeit ganz in Weiß hegen, wurde aber hin und wieder vom dunklen Gegenbild dieses Traums heimgesucht. Ich, allein hinten in der Kirche, ganz in Schwarz und einen respektvollen Abstand zu seiner richtigen Familie wahrend. Ich konnte ihn förmlich hören, den vorsichtigen ersten Anruf des unglücklichen Familienmitglieds, dem die Aufgabe zugefallen war, mir die Nachricht zu überbringen. Falls sie mich überhaupt der Benachrichtigung wert befanden, was nicht unbedingt gesagt war.

»Ich glaube, ich war ein bisschen süchtig nach der Willkürlichkeit seiner Reaktionen. Wenn ich morgens aufwachte, wusste ich nie, mit wem ich es an dem Tag zu tun haben würde. Mit dem netten, hinreißenden, beständigen Mann, der alles aufgegeben hatte, um mit mir zusammen zu sein? Oder mit diesem neuen, kalten, chaotischen Menschen, den ich kaum wiedererkannte?

Alles, was ich sagte oder tat, konnte von einer Stunde auf die andere komplett unterschiedliche Reaktionen auslösen. Erst versprach er, mich besuchen zu kommen, dann brauchte er plötzlich Abstand. Im Lauf desselben Gesprächs konnte er drei-, viermal seine Meinung ändern. Mit Argumenten kam man bei ihm nicht durch, weil er nicht zwischen dem, was richtig war, und dem, was er wollte, unterscheiden konnte. Stattdessen löste allein die Tatsache, dass er etwas wollte, einen alchemistischen Vorgang aus, der es auch zum korrekten Vorgehen machte. Es kam mir vor, als hätte ich verlernt, mit ihm zu kommunizieren, so wie ich mein Schulfranzösisch wieder verlernt habe. Nur, dass das eben kein schleichender Prozess war. Es ist einfach über Nacht passiert.«

»Hättest ihn gleich in die Wüste schicken sollen.«

»Das hab ich ja versucht. Aber jedes Mal hat er mich angebettelt, ihm noch eine Chance zu geben. Und seine Entschuldigungsnummer war echt unfassbar. Frauen glauben ja immer, je kleiner ein Mann sich macht, desto mehr tut es ihm leid. Dabei heißt das nur, dass er gut darin ist, sich zu entschuldigen. Bei ihm kam das wahrscheinlich daher, dass er so viel Übung hatte. Das ging drei Wochen so, dann musste er zu seinem nächsten Einsatz. Er war halb im Delirium. Morgens hat er gezittert, er wurde total paranoid. Irgendwie hat er sich in den Kopf gesetzt, seine Telefone würden beide abgehört. Er meinte, wir könnten nur über das Plattformfestnetz telefonieren. Da bin ich echt aus der Haut gefahren. Ich sagte: Wenn du so leben willst, von mir aus, aber ich lasse mir nicht von irgendeiner Frau, die ich gar nicht kenne, mein Leben diktieren. Du – hast – sie – *verlassen!* Jetzt zeig endlich Eier und sag ihr, sie kann dich mal.«

Der Mann gähnte und fuhr sich mit der Hand übers Gesicht.

»Kann ich mich bei dir anlehnen?«

Ich klappte die Armlehne hoch, und er streckte sich aus, sodass er mit dem Kopf in meinem Schoß lag. Sinnlich verschlafen sah er aus, wie eine zerzauste Fünfzigerjahre-Filmdiva. Seine Wimpern waren so dicht und perfekt geschwungen, dass ich, hätte ich sie an einer Frau gesehen, darauf gewettet hätte, dass sie nicht echt waren. Es waren Wimpern wie bei einer Kuh oder einem Showgirl.

»Deine Sommersprossen gefallen mir«, sagte er und sah unter halb geschlossenen Lidern zu mir hoch.

»Die sind nicht echt.«

»Was?«

»Die sind nicht echt. Ich male sie mir auf.«

»Im Ernst?«

»Ja. Wisch mal eine ab.«

Er streckte die Hand aus und rubbelte mir über die Wange.

»Scheiße. Stimmt. Die sehen so was von echt aus.«

»Sollen sie auch. Ich male sie mir jeden Tag neu auf, seit ich fünfzehn bin.«

»Und genau darum tun Männer sich so schwer mit Vertrauen.«

»Muss schlimm sein.«

Ich strich ihm unwillkürlich durchs Haar, zog ihm mit den Fingern einen groben Scheitel.

»Red weiter.« Er schloss die Augen. »Ich hör immer noch zu.«

»Jetzt hab ich den Faden verloren.«

»Er musste zurück zum Einsatz.«

»Ach ja. Für mich war offensichtlich, dass er mich wieder zur Geliebten zurückstufen wollte. Aber manche Prozesse kann man eben nicht umkehren. Und die ganze Zeit über rief sie sechs-, sieben-, achtmal am Tag bei mir an. Je weniger er mit mir zu tun haben wollte, desto mehr war sie davon besessen, Kontakt aufzunehmen. Aber er hatte mir verboten, mit ihr zu reden, darum bin ich nie rangegangen …«

»Bis du dann doch rangegangen bist.«

»Ich wollte über ihn schreiben. Ich brauchte eine Auflösung.«

»Und wie war sie?«

Ich dachte ein bisschen nach. Wie sollte ich das endlose, sich immer weiter hochschraubende Grauen dieses Abends schildern, wie es vermitteln? Im Lauf dieser Stunden hatte ihre keifende Stimme an meinem Ohr etwas Vertrautes angenommen, und am Ende waren mir ihre beiläufigen Schmähungen meines Charakters fast schon kameradschaftlich vorgekommen. Ich war kaum eingeschlafen, da rief sie schon wieder an, mit einer langen Liste von Forderungen, allen voran der, dass ich eine Art Vertrag unterschreiben sollte, in dem ich mich als Hure ihres Mannes zu erkennen gab. Im Scheidungsverfahren sollte ich als Mitbeklagte geführt werden, als hätten wir noch 1922.

Ich nahm den Anruf mit der übernächtigten Fügsamkeit entgegen, mit der die Strafgefangene auf Schlafentzug der FBI-Agentin begegnet. Mit ihr zu reden rief mir in Erinnerung, dass ich grundsätzlich viel zu zurückhaltend war. Die Welt war voll von Menschen, deren Ansprüche das, was sie zu bieten hatten, bei Weitem überstiegen. Wenn ich irgendwas erreichen wollte, musste ich endlich aufhören, mich scheu im Hintergrund herumzudrücken, und mich nach vorn durchboxen, dahin, wo sie standen.

»Ach, sie war richtig toll.«

»Echt jetzt?«

»Nein, natürlich nicht. Sie war neunundzwanzig und redete wie ein Teenager. Immer nur *wer ist hübsch, wer ist schlank, wer ist schluffig, wer ne Schlampe …*«

»Und sie sah so gut aus, oder was?«

»Die Fotos von ihr waren so voller Filter, dass es schwer war, überhaupt zu sagen, wie sie aussah.«

»So was hasse ich ja. Voll der Werbebetrug. Das war auf Tinder meine einzige Regel: keine Filter. Frauen mit Hundeohren, Rentiernase oder Blumenkränzchen werden direkt aussortiert.«

»Schade eigentlich, dass Frauen das nicht auch mit Männern machen können, die ein halbes Jahr lang ihre schlechtesten Eigenschaften wegfiltern.«

Ich streifte die Turnschuhe ab, zog die Füße auf den Sitz.

»Ich hab so oft zu ihm gesagt: ›Egal, was du machst, sag nicht, es wäre nur Sex gewesen.‹ Dann nehm ich diesen Anruf an, und das Erste, was sie zu mir sagt, ist: ›Er sagt, das mit dir war nur Sex‹!«

»Das sagen doch alle Männer, wenn sie erwischt werden.«

»Wenn mein Mann mich verlässt, wär's mir doch lieber, er macht es, weil er die Frau liebt, als nur für ein Loch mit zwei Beinen.«

»Du bist eben nicht wie andere Frauen.«

Mein Lachen war höhnischer als beabsichtigt.

»Und dann hat sie die ganze Zeit gesagt: ›Alles nur Text. Er hat mich für ein paar Textnachrichten verlassen.‹ Und irgendwie hatte sie damit recht. Richtig gesehen hatten wir uns nur sechs Mal. Sie hat mir ein paar schreckliche Sachen über ihn erzählt. Sie meinte, er mache so was ständig, ihre ganze Ehe über. Er sei ein Traumtänzer. Er lüge wie gedruckt. Er hat sogar dann noch gelogen, als die Wahrheit besser gewesen wäre. Bei dem war von vorn bis hinten alles Fake. Selbst Dinge, von denen ich gedacht hätte, sie lassen sich nicht faken.«

»Wie meinst du das?«

»Also … wenn er eine Erektion hatte, dann war die so steif, dass es ihm fast wehtat. Und dann stellt sich raus, er ist viagrasüchtig. Ohne kann er gar nicht vögeln, hat sie gesagt.«

Der Mann drehte den Kopf und schlug die Augen auf.

»Am nächsten Tag hat er angerufen. Hat mich gefragt, ob ich irgendwelche Beweise hätte. Da fiel mir etwas ein, was ich mal über Lügner gelesen hatte. Ein Mensch, der die Wahrheit sagt, versucht, gegen die Behauptung selbst anzugehen. Ein Mensch, der lügt, attackiert den Mangel an Beweisen.«

»War er sauer?«

»So wütend, dass er kaum ein Wort rausbrachte.«

»Und was ist dann passiert?«

»Nichts. Oder doch, etwas war da noch. Bevor er ging, hat er gesagt, ich klänge genau wie sie.«

»Das ist hart.«

»Echt wahr. Der war wie ein Heiratsschwindler. Nur, dass er Frauen Zeit abluchst statt Geld.«

»Und du hast nie wieder von ihm gehört?«

Der Mann machte ein zweifelndes Gesicht. Klaren Kontaktabbrüchen drohte wohl gerade das gleiche Schicksal wie Schnappschüssen oder Brent-Crude-Rohöl. Anfangs hatte ich es selbst nicht glauben können. Jeden Morgen las ich unsere alten Textnachrichten durch, überprüfte mehrmals täglich sein Profilfoto bei WhatsApp. Darauf stand er im Gras und hatte seine verspiegelte Sonnenbrille auf. Ich untersuchte es eingehend, versuchte, die kleine verzerrte Gestalt in den Gläsern zu erkennen, was mir aber nie gelang. Manchmal kam er plötzlich online, dann fiel mir fast das Telefon aus der Hand, weil ich es so eilig hatte, es wieder auszuschalten. Schließlich löschte ich seine Nummer und auch alle gespeicherten Nachrichten. Diese aufflackernden Lebenszeichen kosteten mich einfach zu viele Nerven.

Für mich war er so vollständig verloren, dass er genauso gut hätte tot sein können. Und trotzdem war er noch da, lebendig und bester Dinge, in einer anderen Dimension.

»Glaubst du, er ist zu ihr zurückgegangen?«

»Keine Ahnung.«

»Das hätte sie dir erzählt. Frauen wollen den Kampf immer gewinnen.«

»Aber man kann ja nur um einen Mann kämpfen, wenn er sich zum Angebot macht.«

»Er hatte Kinder. Für einen Familienmenschen ist das ein echter Dealbreaker.«

»Wie kommst du denn darauf, dass er ein Familienmensch ist? Es nervt echt, dass Männer immer füreinander Partei ergreifen.«

»Machen Frauen doch auch.«

»Oh nein«, sagte ich. Durchs Fenster betrachtete ich die ausdruckslose rautenförmige Nacht. »Nein, das tun sie nicht.«

»Auf welcher Plattform war er noch gleich?«

»Auf der Tiffany.«

»Soll ja ein echtes Drecksloch sein. Die ganzen CNR-Plattformen sind marode bis zum Gehtnichtmehr.«

»Dann passen sie ja zu ihm.«

»Wie heißt er?«

Ich erwog, es für mich zu behalten, aber dann beschloss ich, dass er mein Schweigen nicht verdiente. Ich war mir sicher, dass auch er mich nicht mit seinem schützen würde, sollte er jemals in meine Lage kommen.

»Caden Doyle.«

»Klingt wie ausgedacht.«

»Vielleicht war es das auch.«

»Und was jetzt?«

Die Frage war in allem, was sie implizierte, so weit gefasst, dass ich gar nicht wusste, wie ich darauf antworten
sollte. Was jetzt? Zum ersten Mal in meinem Leben hatte
ich keine Ahnung. Unsere Pläne, die damals absolut plausibel gewirkt hatten, kamen mir jetzt sehr unverhältnismäßig vor. Ein Baby. Ein Häuschen am Rand eines Moors.
Ein rothaariges Stiefkinderpärchen. Eine Ex-Frau mit der
Mission, nie zu verschwinden. Eigentlich hätte Rachel sich
zurückhalten und zulassen müssen, dass wir, sie und ich,
unsere Zukunft tauschten, aber sie hatte eben keinen Sinn
fürs Poetische.

»Ich hatte mir immer vorgenommen, nach hundert Interviews hör ich auf.«

»Nummer wie viel bin ich?«

»Hundertdrei.«

»Und Nummer wie viel war er?«

»Eins.«

Er nickte vor sich hin, sah sich in einer heimlichen Vermutung bestätigt.

»Erst mal muss ich alles abtippen. Das kann Wochen dauern. Ich wünschte, ich hätte einen Sklaven, der das für mich
macht. Oder vielleicht keinen Sklaven. Einen festangestell-
ten Diener.«

»Was soll es denn für ein Buch werden? Ein Thriller?«

»Eher eine Art Rätsels Lösung. Ich wollte wissen, wie
Männer sind, wenn sie keine Frauen um sich haben.«

»Aber dich hatten sie doch um sich.«

»Ja, ganz sauber war die Versuchsanordnung nicht.
Schrödingers Offshore-Arbeiter.«

»Wird das dann auch so mordsschlüpfrig? Wie *Fifty Shades of Grey*?«

»Das will ich nicht hoffen. Hast du *Fifty Shades of Grey* gelesen?«

»Nee, aber meine Freundin.«

»War ja klar.«

»Hast du schon einen Titel?«

»*Kurze Interviews mit fiesen Männern.*«

»Ganz schön heftig.«

»Sorry. Schlechter Scherz. Außerdem ist der eh schon vergeben.«

*

Als wir landeten, war der Flughafen menschenleer. Draußen lag schwarz und undurchdringlich die Nacht. An der Gepäckausgabe zog der Mann mich zu sich, sodass meine Augen auf Höhe seiner Brust waren. Ich musterte seine Jacke. Aus der Nähe betrachtet war der Stoff schraffiert, das Logo mit dem angriffslustigen Krokodil stand ein wenig ab. Ich musste mir verkneifen, die Hand auszustrecken und es glattzustreichen. Er verströmte einen vertrauten Geruch. Aftershave, Weichspüler. Der Duft eines blitzblank aufgeräumten Vorstadtreihenhäuschens.

»Ich würd dich gern wiedersehen«, sagte er mit leiser Stimme, obwohl kein Mensch da war, der hätte mithören können.

»Ich glaube, das ist keine gute Idee.«

Behutsam löste ich mich aus seinem Griff. Er nahm mein Kinn zwischen Zeigefinger und Daumen und hob mein Gesicht nach oben. Er lächelte immer noch. Vielleicht war er es ja nicht gewöhnt, abgelehnt zu werden.

»Ganz sicher? *Sure?*«

Hinter uns rotierten die Koffer. Als einer kippte und zur Seite fiel, gab es einen Knall. Wir zuckten beide zusammen.

»Vielleicht«, sagte ich. »Ich glaube schon.«

*

Meine Angst auf dem Rollfeld sollte sich als prophetisch erweisen, wenn auch etwas verfrüht. Ein paar Tage nach Weihnachten brach über die Ostküste Schottlands ein Unwetter herein. In Aberdeen mussten alle Flugzeuge am Boden bleiben, der Zugverkehr kam zum Erliegen, die Straßen wurden gesperrt. Der Don, der Ythan und der Dee traten einer nach dem anderen über die Ufer, als hätten sie sich abgesprochen. Wasser flutete das umliegende Land, ohne sich um die Anzeichen menschlicher Sesshaftigkeit, die es auf seinem Weg vorfand, zu scheren. Ganze Straßenabschnitte brachen in sich zusammen und stürzten in die Fluten. Der Dee stieg und stieg. Sein Strom riss Wohnmobile mit und schleuderte sie achtlos unter Brücken hindurch, als spielte jemand Puuh-Stöckchen. Auf der Nordsee, wo keine Berge die Bohrinseln abschirmten, wütete der Sturm ungehindert. Die Valhall wurde evakuiert, nachdem ein Lastschiff sich von seinem Anker losgerissen hatte und auf die Plattform zutrieb. Das Gleiche geschah mit der Eldfisk und der Embla. Im norwegischen Teil kam ein Mann ums Leben, und zwei weitere wurden verletzt, als eine gewaltige Welle auf die COSL Innovator im Troll Field niederging. Es war der

regenreichste schottische Winter seit Beginn der Wetter-
aufzeichnungen.

In der nachweihnachtlichen Flaute war das Wetter die
einzige Nachricht. Die Einspieler hielten lang auf einge-
stürzte Brücken, überquellende Flüsse, matschige Felder.
Menschen wurden gezeigt, wie sie sich mit Stechkähnen in
Sicherheit brachten, auf Seen, die kurz vorher noch Markt-
plätze, auf Kanälen, die kurz vorher noch Seitenstraßen gewesen waren. Während die Bilder von zerstörten Voror-
ten und überfluteten Äckern vor uns abliefen, kam meine
Familie immer wieder auf mein unerhörtes Glück zu sprechen. Da hast du es gerade noch rechtzeitig geschafft, sagten sie. Ja, antwortete ich. Da habt ihr wohl recht. Es fiel
mir schwer, mein eigenes Schicksal mit dem in Beziehung
zu setzen, was sich da auf dem Bildschirm entfaltete, obwohl sie sich kurzfristig in Reichweite zueinander befunden hatten. Ich fühlte mich schon jetzt so abgetrennt von
der Erfahrung, als wäre ich nie im Norden gewesen. *Après
moi, le deluge.* Oder etwas in der Art.

Da mein Geld längst aufgebraucht war, suchte ich mir
eine Stelle bei einem Schnellimbiss. Der lag, wie der Zufall
es wollte, im Heimatort des letzten Mannes. Im Wesent-
lichen bestand dieser Ort aus vier riesigen Wohnsiedlun-
gen und einer heruntergekommenen Einkaufsstraße dazwischen. Man fühlte sich dort wie in der Einöde, völlig
abgeschnitten von den Sitten und Gebräuchen des Fest-
lands. Wie in einer spanischen Enklave im Ausland, wo
sich abends kein Mensch vor neun Uhr zum Essen setzt.
Viele unserer Stammkunden arbeiteten offshore. Es waren
Dienstleister, die zwischen den Ölplattformen und der

Raffinerie pendelten, und sie brachten immer Neuigkeiten mit.

Nach der Krise legte der Brent-Crude-Preis wieder zu, und die Firmen stellten wieder ein. Diesmal allerdings wurden die Arbeiter damit beauftragt, Plattformen zu demontieren, Ölquellen zu verschließen und die Bestandteile einzeln zu verschiffen. Die Nordsee baute ihre Zelte ab. Ich dachte mir, dass es sich um eine besonders deprimierende Aufgabe handeln musste, ein Unternehmen buchstäblich zu zerlegen. Nach all der Arbeit hatte man nichts vorzuweisen als Abwesenheit, ein paar Quadratkilometer Meer, zurückversetzt in ihren Urzustand. Zudem hatten ja genau diese Konstruktionen jahrelang dafür gesorgt, dass die Familien dieser Männer ein Dach über dem Kopf, Kleider am Leib und genug zu essen hatten, und die Arbeit musste sie ständig daran erinnern, dass ihr Lebensstil im Aussterben begriffen war. Falls sie vorsichtig oder pessimistisch veranlagt waren (oder beides), hatten sie womöglich genug Geld gespart, um sich über Wasser zu halten, bis sie sich darüber klar geworden waren, wie es weitergehen sollte. Aber es würde auch genügend andere geben, die dem wenig besonnenen Beispiel unserer Regierung gefolgt waren und sich eingeredet hatten, ihr Glück werde ewig währen.

Ich betrachtete diesen Ort, seinen Groll und seine erbitterten Fehden, die großen, weit miteinander verzweigten Familien und die vielschichtigen Loyalitäten mit dem Interesse der Außenstehenden. Die Arbeitslosigkeit war hoch; viele bestritten ihren Lebensunterhalt mit Drogendeals. Gefängnisaufenthalte waren ein Marktrisiko, wirkten sich aber nicht zwingend nachteilig auf den Ertrag aus. Kam jemand ins Gefängnis, gingen seine Mauscheleien an seine Brüder über, auch wenn ihnen, wie bei jedem Familienunternehmen, der Name des Gründers erhalten blieb. Die Kundschaft verschuldete sich ständig, holte sich ihre Drogen von der einen Quelle und zog dann weiter zur nächsten, bis schließlich alle Möglichkeiten ausgeschöpft waren und die erste ausbezahlt werden musste. So ging das immer im Kreis herum, und alle standen bei neun von zehn Dealern in der Kreide.

Die Ergebnisse dieses fragwürdigen Systems aus Kreditvergabe und Abbezahlen waren überall zu besichtigen. Häufig kamen junge Männer – allesamt Absolventen derselben Prügelakademie, die auch mein erster Freund besucht hatte – mit einem blauen Auge, einer Platzwunde an der Lippe oder abgeschürften Knöcheln ins Lokal. Ich lernte, dass es zum örtlichen Protokoll gehörte, keine Fragen zu stellen und sich einfach zu verhalten, als sei es ganz normal, so herumzulaufen. Hin und wieder sah ich mich veranlasst, einen Streit vorn im Lokal zu schlichten, und einmal musste ich auch einen Jungen anherrschen, er solle seine Freundin loslassen, als er sie gewaltsam auf den Rücksitz seines Autos verfrachten wollte, wie man einem Hund befiehlt, einen Knochen wieder herzugeben. Ich ließ das Gitter herunter und brachte sie und ihre Freundin durch die Küche nach draußen. »Er wird sich nicht ändern«, sagte ich zu dem Mädchen, während ich die Hintertür aufschloss. »Das sag ich ihr auch immer«, meinte die Freundin. »Aber glaubst du, sie hört drauf?«

Da mein alter Job mir eine Art Lizenz zur Neugier verschafft hatte, war es sicher nicht verwunderlich, dass mir am neuen vor allem gefiel, herumzustehen und mit den Leuten aus dem Ort zu plaudern. Das hatte schlagartig ein Ende, als unser Fahrer entlassen und ich zum Lieferdienst abkommandiert wurde. Immer wieder war er auf der Hälfte seiner Schicht mit dem Geld abgehauen. Am nächsten Tag tauchte er dann wieder auf, stets mit einer plausiblen Erklärung und dem korrekten Betrag, wenn auch in der falschen Sortierung. Spielsucht, vermutete der Inhaber. Oder Überbrückungskredite. Vielleicht auch beides. Symptome derselben Grunderkrankung. Und so warf ich mich, wie Annette Cosway, die sich in *Wide Sargasso Sea* im zerfetzten Ballkleid aufs Pferd schwingt, in meine alten Londoner Klamotten – meine Pferdefuß-Stiefel, die Lederleggings, den einzigen guten Mantel – und stapfte Zufahrtswege auf und ab, lieferte Bestellungen aus und ließ mir Trinkgeld geben, bis die alten Klamotten allesamt kaputt waren, löchrig, zu nichts mehr gut.

So lernte ich die Gegend sehr gut kennen, besser, als die allermeisten Anwohner sie kannten; deren Loyalität umfasste meist nur ihre eigene Siedlung. Der Ort durchlief gerade eine Phase der Erweiterung, in den Randgebieten wurde viel gebaut. Einmal wurde ich zu einer neuen Adresse gleich hinter einem Autobahndreieck geschickt. Mein Smartphone unternahm mehrere Versuche, sie ausfindig zu machen, dann gab es auf. Während ich in Sackgassen hineinund wieder herausfuhr, vorbei an leerstehenden Lagerhallen und Holzplätzen, war ich zunehmend überzeugt, dass der Anruf nur ein Vorwand gewesen war, dass ich vergewaltigt und anschließend in den Kanal geworfen werden würde. Dann plötzlich bog ich um eine Ecke und befand mich in einer frisch geteerten, von hohen, schmalen Häusern gesäumten Privatstraße. Die Häuser sahen kein bisschen britisch aus, sondern waren im Hugenottenstil gehalten, mit Giebelfenstern und französischen Balkonen. Ihre zierliche Märchenoptik und die abwegige Lage der Siedlung verlieh der ganzen Begegnung etwas Surreales. Zurück im Lokal zweifelte ich schon daran, dass ich überhaupt dort gewesen war. Ich versuchte, mir vorzustellen, dort zu leben, mein Kind durch dieses verlassene Gewerbegebiet nach Hause laufen zu lassen oder den Weg auch nur selbst zurückzulegen, aber es gelang mir nicht.

Meist fußt die Entwicklung einer Stadt auf einem Grundprinzip, das erklärt, warum die Menschen sich im einen und die Industrie sich im anderen Gebiet ansiedeln, aber diese neuen Siedlungen widersprachen jeglicher Logik. Sie wurden einfach auf irgendeine Brachfläche oder in ein trockengelegtes Sumpfgebiet gestellt, in Gegenden ohne Infrastruktur, die nur schwer sicher zu erreichen waren. Es gab Siedlungen mit direktem Blick auf die Raffinerie, Siedlungen, die direkt an die Autobahn grenzten, Siedlungen, gegen die das schaumig braune Wasser des Flusses schwappte, und Siedlungen, in denen die Luft zu bitzeln schien – ein Geräusch an der Grenze zur reinen Wahrnehmung, ein atmosphärisches Prickeln –, weil das Gelände entweder direkt hinter dem Umspannwerk lag oder von reihenweise Hochspannungsmasten umstanden war.

An der Hauptstraße ragten riesige Anzeigetafeln auf, die die Luftqualität überwachten. *Schlecht*, verkündeten sie an manchen Tagen. Und an anderen: *Sehr schlecht*. Die Raffinerie verfeuerte Tag und Nacht giftige Substanzen, und der Rauch legte sich wie eine Schwefelwolke über den Ort, verlieh dem Sonnenuntergang einen kränklich gelben Farbton. Manchmal roch es im Lokal nach faulen Eiern, was ich auf die Abwasserleitungen schob, bis der Inhaber mich aufklärte. Da begriff ich die nachlässige Einstellung zur Gewalt, die hier herrschte. Was war schon eine Prügelei, eine Messerstecherei im Vergleich zu den pausenlosen Angriffen auf die Umwelt, dem Leben mit der Chemie?

Als ich noch für Zeitschriften schrieb, hatte mir die Nähe zum Geld anderer Leute einen unverdienten Glanz verliehen. Jetzt kehrte sich dieser Prozess um. Ich nahm immer mehr Ähnlichkeit mit meiner Kundschaft an. Meine Haut wurde schlaff. Die Haare wurden brüchig, fielen aus. Auf Fotos aus dieser Zeit sehe ich aus wie ein Pin-up-Girl aus dem Mittelalter: bleich, hager, die Stirn fast drei Zentimeter höher als früher.

Ein neuer junger Angestellter nahm meinen Platz an der Theke ein. Er war schwerfällig und ungeschickt, mit listigen Äuglein, die aussahen wie blaue Glassplitter. Meist stand er genau zum falschen Zeitpunkt am falschen Ort. Er konnte bei so ziemlich jeder Aufgabe Chaos anrichten: Die Welt der Gegenstände hatte gegen ihn aufgerüstet. Einmal wollte er nur den Staubsauger wegräumen und verstrickte sich dabei in dessen Einzelteilen, wie Laokoon. Schlauch und Stromkabel wickelten sich erst um ihn und dann umeinander, und er brachte ganze zehn Minuten damit zu, sich hierhin und dorthin zu wenden und sich wieder in die Freiheit zu kämpfen. Alle hielten ihn für dumm, dabei war er richtig schlau. Tatsächlich war es Teil dieser Schlauheit, sich dumm zu stellen, den Clown zu spielen, damit er am Ende gar nichts tun musste. Das wurde mir klar, als er mir erzählte, er mache gerade seinen Schulabschluss und werde wahrscheinlich mit zweimal »sehr gut« und einmal »gut« bestehen.

»Das hatte ich damals auch«, sagte ich. »Wart's nur ab. Wenn du dich anstrengst und richtig büffelst, kannst du in zwanzig Jahren auch beim Schnellimbiss arbeiten.«

Das hatte witzig sein sollen, aber als ich mich umschaute, lachte niemand. Der Junge räusperte sich.

»Wie läuft's denn mit deinem Buch?«, fragte er.

Ich ging immer noch jeden Tag in die Bibliothek, schrieb immer noch, auch wenn das Projekt allmählich etwas von einem Vorwand bekam, einer vorgeschützten Geschichte, die ich mir ausgedacht hatte, um meine wahre Berufung dahinter zu verbergen.

»Geht so«, sagte ich.

»Wovon handelt es noch gleich?«, fragte er und legte die Stirn in Falten. »Kräne?«

Wenn nicht viel los war, saßen wir gemeinsam an der Theke und sahen uns die Leute an, die draußen vorbeigingen. Mich faszinierten vor allem zwei junge Frauen, die im Haus gegenüber wohnten. Sie hatten eine gewisse Familienähnlichkeit, aber die eine war erschreckend dünn und die andere ausgesprochen dick. Die Dicke hatte kurze Haare, die sie jede Woche anders färbte: zinngrau, rosa, grün wie ein Papageienflügel. Ich taufte sie (nur für mich) die »Tramps der Moderne«, weil sie tatsächlich die meiste Zeit herumlungerten, in sackartigen Klamotten, als kämen sie direkt aus einem Beckett-Stück. Sie sperrten sich laufend aus. Jeden zweiten Tag sah ich eine vor der Haustür warten, während die andere drinnen stand und missmutig am Schloss herumrüttelte. Diese Vorfälle liefen nach einem gewissen Muster ab, wie eine glücklose Choreographie; wie bei einem Stummfilm, dessen Handlung darin besteht, dass der Protagonist mitten im Sturm einen Stapel Papier fallen lässt oder mit den Schnürsenkeln im Kanaldeckel hängen bleibt. Nüchtern betrachtet hatten sie wahrscheinlich nur einen Schlüssel, und das Schloss hatte seine Tücken, aber die Entfernung und die Tatsache, dass ich nichts über ihr wirkliches Leben wusste, würzten ihre Bemühungen mit einer gewissen Theatralik.

»Die Frauen hier sind voll ruppig«, bemerkte der Junge. »Warum ist das so?«

»Weil sie arm sind«, sagte ich. »Sie haben es schwer im Leben.«

»Glaubst du, die Hübschen angeln sich irgendwann reiche Männer und hauen ab?«

Ich schüttelte den Kopf.

»So läuft das nicht.«

An den Abenden fuhr ich ihn meistens nach Hause. Er wohnte auf halber Strecke zwischen dem Lokal und meinem Haus, und mir war nicht wohl bei dem Gedanken, dass er den Weg allein zurücklegte. Ich hatte den Verdacht, dass er trotz seiner Körperfülle nicht gut auf sich aufzupassen wusste. Er schien mir unzureichend dafür gerüstet, diesen Ort, die gerissene, unberechenbare Bevölkerung und das periodische Aufflackern ihrer Rauflust zu bewältigen. »Auf geht's, Träumerle«, sagte ich und schwenkte den Autoschlüssel. »Machen wir uns vom Acker.« *Träumerle.* Ein Kindheitsspitzname, den mein Vater mir gegeben hatte, damals, als er noch sprechen konnte.

Auf der Fahrt die Hauptstraße entlang kamen wir manchmal an Leuten vorbei, die er kannte. Diese Sichtungen veranlassten ihn zu halb hingebrummelten Kommentaren: »Der war mit mir auf der Schule. Voll der Scherzkeks.«

Und einmal, mit einer gewissen Hochachtung: »Shane Walsh. Dem folg ich auf Insta. Endkrass.«

Wir hielten gerade an der Ampel, und ich warf einen Blick auf den besagten Jüngling. Er war groß und gut gebaut. Das Gesicht rund, aber nicht dick, und seine Haare konnten im trüben Schein der Neonlichter durchaus als rot durchgehen. Als ich in dem Schnellimbiss anfing, hatte ich noch oft an den Mann gedacht und mich gefragt, ob ich ihn wohl wiedersehen würde. Je mehr Zeit verging, desto ferner rückte diese Möglichkeit. Mich beschlich ein Gefühl, als hätte ich ihn und alle anderen nur erfunden. Wenn ich irgendwem erzählte, ich hätte eine Zeit lang in Aberdeen gelebt, sei dorthin gegangen, um ein Buch zu schreiben, klang das selbst in meinen Ohren nach Flunkerei. Ich schaute noch einmal hin. Er war es nicht: viel zu jung. Der Wagen hinter mir hupte. Die Ampel war bereits grün.

An der Raffinerie loderte die Pilotflamme weiß empor. Rauchwolken stiegen vom Werk auf und hingen in dicken Schwaden über dem Fluss.

»Brennt's da?«, fragte der Junge.

»Manchmal verfackeln sie Gas. Es heißt, das erfolgt kontrolliert.«

»Sieht aber nicht so aus«, brummte er düster.

Auf dem Zubringer fuhr ich schneller. Es war ein ungewöhnliches Autobahndreieck, weil man sich der Straße eher von unten als von oben näherte und den Verkehr überhaupt erst in letzter Sekunde sah. Wie oft war ich schon zusammengezuckt und hatte den verrückten Impuls niedergekämpft, die Augen zuzukneifen, während ich mich auf die Kriechspur einfädelte. In seiner Kontingenz, seiner höchst geringen Fehlertoleranz, machte mir das Fahren auf der Autobahn immer noch Angst. Etwas in mir war insgeheim überzeugt, der Tod, dem ich vor zwanzig Jahren von der Schippe gesprungen war, würde mich doch noch für sich beanspruchen, hätte sich zwar in seine Ecke zurückgezogen, aber nur, um dort auf den richtigen Moment zu warten. Nachts lag ich im Bett und ließ all die brenzligen Situationen vor mir ablaufen, die Momente auf Messers Schneide; jede waghalsige Entscheidung, jedes missachtete Risiko breitete sich in eisiger Fülle vor mir aus. Die Bilder tanzten auf der Innenseite meiner Lider und hielten mich vom Schlafen ab.

When I go to bed at night, I think of you with all my might.

Remember? Relate.

Was wohl passiert wäre, wenn ich meine Versuche, mich in den Verkehr einzufädeln, falsch berechnet, wenn der Laster auf der Nebenspur mich übersehen oder nicht durchgelassen hätte? Wenn die Wetterbedingungen nicht so günstig gewesen wären und ich auf der nassen Fahrbahn ins Rutschen gekommen und gegen seine Räder geprallt wäre, oder wenn ich es zwar haarscharf an ihm vorbei geschafft hätte, dann aber gegen die Leitplanke hinter ihm geprallt wäre? *Was, wenn? Was, wenn?* In einer Welt, die so viele Wege ins Leid bereithielt, erschien es mir wie eine statistische Unmöglichkeit, dass ich unversehrt hindurchsegeln sollte.

»Kann ich meine Musik anstellen?«, fragte der Junge.

»Nein.«

»Was bist du eigentlich immer so fies zu mir?«

»Wenn du selbst den Führerschein hast, kannst du laufen lassen, was du willst.«

»Ich brauch keinen Führerschein. Ich hab ja dich als Chauffeurin.«

»Und ob du den brauchst«, entgegnete ich streng. »Kein Mädchen fährt auf dich ab, wenn du nicht Auto fährst.«

Das war ein Schuss ins Blaue. Ich hatte keine Ahnung mehr, was junge Mädchen mochten und was nicht. Zu meiner Zeit hatte das auf jeden Fall gestimmt, aber vieles von dem, was der Junge mir erzählte, legte nahe, dass die althergebrachte Ordnung des Provinzlebens sich seit damals ziemlich verändert hatte.

»Außerdem«, schob ich noch hinterher, »bin ich auch nicht ewig hier.«

Der Junge sagte nichts. Im Gegensatz zu Erwachsenen fühlte er sich auf unseren Fahrten nie verpflichtet, das Gespräch am Laufen zu halten. Von der ungeschriebenen Vereinbarung, der zufolge man der Fahrerin zumindest antwortet, wenn man sich schon von ihr mitnehmen lässt, schien er nichts zu wissen. Wenn ich ihn da so massig auf dem Beifahrersitz hocken sah, hatte ich das Gefühl, mir einen zu dick geratenen Teenagersohn zugelegt zu haben. Anfangs, als er mit mir fuhr, war er ziemlich zappelig gewesen – hatte an der Sitzverstellung gedreht, lauthals telefoniert, darum gefeilscht, bei offenem Fenster seine E-Zigarette rauchen oder seine Musik laufen lassen zu dürfen, wenigstens kurz mal –, aber nachdem ich ihm alles abgeschlagen hatte, war er einfach verstummt, hockte nur noch da und scrollte zerstreut auf seinem Smartphone.

Ich wechselte auf die rechte Spur, um einen Tankwagen zu überholen. Auf dem Abschnitt der Autobahn zwischen der Raffinerie und dem Öl-Terminal war es immer voll, selbst nachts noch. Sattelschlepper fuhren in Formation und wechselten die Fahrspur wie wendige kleine Flitzer. Parallel zur Autobahn verlief noch eine Straße, die halb hinter Hecken verborgen war. Manchmal zogen Scheinwerfer zwischen dem Grün herauf, dann konnte man meinen, dass da ein Auto in die falsche Richtung fuhr und direkt in den Gegenverkehr hineinsteuerte. Nach Süden hin fiel das Land zur Flussmündung ab. Ein entgrenztes Schwellenland, dessen Ränder sich mit den Gezeiten verschoben. Ölige Wasserläufe ließen das Gestrüpp zum Damm werden. Gräben liefen mit Brackwasser voll, das sich über die umliegenden Felder ergoss. Auf dieser Seite hatten die Maschinen das Sagen. Es gab keine Häuser, keinen Hinweis auf menschliches Leben, nur Fabriken und Lagertanks, Pipelines und Destillationstürme. Vor Jahren, hieß es, sei dort einmal ein Junge ums Leben gekommen. Angeblich war er in einen Bottich mit Toluol gefallen und darin ertrunken. Aber das war eine alte Geschichte. Kein Mensch erinnerte sich mehr daran.

»Fährt man heute eigentlich noch in Clubs?«

»Hm?«

Der Junge sah benommen hoch, als hätte ich ihn wach gerüttelt.

»Fährt man heute noch in Clubs in anderen Städten? Und danach wieder zurück?«

»Nee. Die sparen alle lieber und besaufen sich.«

Aus und vorbei also. Ein Teil englischen Lebens, einfach weggewischt. Dieser Junge würde niemals wissen, wie es war, durch die Nacht zu fliegen, während eine komplette Subkultur aus den Lautsprechern drang. Ein Mix mit MC Det, der seinen codierten, für die Erwachsenen unverständlichen Jargon brüllte: *This one goes out to the cotch crew, the bedroom massive. This one's all the driving massive, making their way to a rave. Time to close your eyes and reminisce (not if you're driving, though!). This one's Marissa, Kazia. And Mum: up north somewhere.*

In diesen leeren Stunden hatte England uns gehört. Wir zogen im Konvoi dahin, requirierten die Straßen, das Arteriennetz des Landes, als übten wir ein Kriegsrecht aus. Ich dachte an mich mit sechzehn: Mir war überhaupt kein Risiko bewusst gewesen. Heute war die Welt sicherer, aber auch so engmaschig überwacht. Und etwas geht immer verloren, wenn die Freiheit der Menschen beschnitten wird.

Durchs träge Sommerdunkel gondelten wir gen Westen. Vor uns erstreckte sich glatt und gesichtslos die Autobahn. Als ich das Fernlicht einschaltete, stieß der Junge einen erstickten Schrei aus und ließ sein Telefon in den Fußraum fallen.

»Die Ausfahrt!« Er wedelte wild mit den Armen. »Du verpasst die Ausfahrt!«

Von Panik ergriffen trat ich das Gaspedal bis zum Anschlag durch. Der kleine Wagen drängte vorwärts und überholte einen Transporter auf der Nebenspur. Unvermittelt riss ich das Steuer herum und schlingerte ihm in den Weg. Ohne das laute Hupen hinter uns zu beachten, ließ ich das

Pedal durchgedrückt und sauste quer über die linke Spur auf die Zubringerstraße. Eine Sekunde lang entzog sich das Auto meiner Kontrolle, die Reifen hatten kaum noch Kontakt zur Fahrbahn. Ich trat auf die Bremse, und wir kamen quietschend und hoppelnd zum Stehen; ein Schwall Schotter prasselte gegen das Fahrgestell. Das Herz hämmerte mir in der Brust. Meine Hände rutschten vom Lenkrad.

»Tut mir leid«, sagte ich. »Tut mir schrecklich leid. Ich weiß wirklich nicht, warum ich das gemacht habe.«

Der Junge neben mir schüttete sich aus vor Lachen.

»Du bist ja krass. Hättst uns fast umgebracht.«

Den Rest der Strecke legte ich in betretenem Schweigen zurück. Als er ausstieg, sagte ich:

»Das erzählst du jetzt aber nicht deiner Mutter, oder?«

»Nee«, gab er gutmütig zurück. »Ich verpfeif niemanden.«

Ihn abzusetzen war ein Umweg für mich. Anschließend musste ich entweder wenden und zurück auf die Autobahn oder über Land weiterfahren, durch eine Reihe schmalerer Sträßchen. Die Autobahn war der direktere Weg, aber das Gefühl, einen Rückschritt zu machen, war mir zuwider, und so fuhr ich über die Landstraßen. Es war eine verschlungene, quälende Strecke, die jedem natürlichen Orientierungssinn zuwiderlief. Die meiste Zeit hatte man das Gefühl, man würde nie irgendwo ankommen. An einer Stelle führte der Weg über einen Fluss, dann stieg er steil an und ging über die Autobahn hinweg. Von dieser Brücke aus schaute ich auf die anderen Autos hinunter, an deren Steuer andere eigensinnige Menschen saßen.

Drüben war die Straße nicht mehr beleuchtet, und ich

brauchte eine Weile, bis ich merkte, dass ich falsch abgebogen war. Schläfrig fuhr ich durch die Tunnel aus Bäumen, hinein in Mulden voll tiefer Schatten und versuchte, mir klar zu werden, wo ich war.

In diesem Jahr war der Sommer übergangslos hereingebrochen, und das Laub war so üppig und dicht, dass es den Weg teilweise verdeckte. Aber der Himmel war klar, die Sterne so deutlich zu sehen, dass man sich im Grunde nicht richtig verfahren konnte. Schließlich geriet ich, wie aus einer Trance heraus, auf eine Straße, die mir bekannt vorkam. Aus dieser Richtung war ich zwar noch nie gekommen, aber als ich die Kreuzung hinter mir ließ, war ich mir ganz sicher. Es waren nur noch wenige Kilometer bis nach Hause.

DANK

An meine Eltern, für so ziemlich alles. An meine allerersten Leserinnen und Leser, Eva, Tim, Lucille, Helen, Marissa und Sophy, für die Ermunterungen und das umsichtige Feedback. An Sarah Ellis, meine dienstälteste Freundin, die mich Jon McGregor vorgestellt hat. An Jon, der so großzügig mit Ratschlägen und Kontakten war. An Tracy Bohan, die auch dann noch an mein Buch glaubte, wenn ich es nicht tat, und die beste Agentin ist, die ich mir wünschen kann. An Jake Molloy und Sue Jane Taylor, für ihre Zeit und ihre Erkenntnisse. An Catherine Twomey und ihre Familie, die mir bei kalter Witterung Zuneigung geschenkt haben. Und vor allem an die hundertdrei Männer, die ihre Geschichten mit mir geteilt haben. Ihr hättet das nicht tun müssen, aber ihr habt es getan. Danke. Danke.

Die englische Originalausgabe erschien 2021 unter dem Titel »Seastate«
bei Forth Estate, ein Imprint von HarperCollins Publishers, London

Penguin Random House Verlagsgruppe FSC® N001967

1. Auflage
Copyright © 2021 Tabitha Lasley. All rights reserved.
Copyright © der deutschen Ausgabe 2022
Luchterhand Literaturverlag, München,
in der Penguin Random House Verlagsgruppe GmbH,
Neumarkter Str. 28, 81673 München
Umschlaggestaltung: buxdesign | Ruth Botzenhardt
unter Verwendung eines Motivs von © DEEPOL
by plainpicture/Paul Edmondson
Satz: Uhl + Massopust, Aalen
Druck und Einband: GGP Media GmbH, Pößneck
Alle Rechte vorbehalten.
Printed in Germany
ISBN 978-3-630-87649-8

www.luchterhand-literaturverlag.de
www.facebook.com/luchterhandverlag
www.twitter.com/luchterhandlit